VERS L'ABÎME

Erich Kästner

VERS L'ABÎME

Traduit de l'allemand par
Corinna Gepner

Éditions Anne Carrière

En couverture : *Dans une boîte de jazz berlinoise*, détail,
de Otto Umbehr, dit Umbo.

Titre original :

DER GANG VOR DIE HUNDE

ISBN : 978-2-8433-7760-0

www.anne-carriere.fr

Note de l'éditeur

En 1931 paraît aux éditions Deutsche Verlags-Anstalt (Stuttgart et Berlin) un roman d'Erich Kästner, *Fabian. Die Geschichte eines Moralisten*, « Fabian. Histoire d'un moraliste ». Le texte a été soigneusement relu par l'éditeur, qui en a retranché ce qui lui paraissait obscène ou politiquement trop audacieux.

L'ouvrage proposé ici en traduction reprend la version publiée en 2013 par l'éditeur Atrium Verlag, qui a voulu reconstituer l'œuvre telle que Kästner l'avait initialement conçue. Pour ce faire, il a réintégré au texte de la première édition certains des passages censurés en se fondant sur le tapuscrit d'origine, retrouvé dans le fonds Kästner des Archives de littérature allemande de Marbach.

Publié sous le titre suggéré à l'époque par l'auteur, *Der Gang vor die Hunde*, le roman retrouve ainsi toute sa verdeur et son insolence. Virulente satire sociale et politique, brûlot antimilitariste, description sans fard des mœurs sexuelles, l'œuvre restitue avec fidélité l'esprit d'une époque tourmentée.

CHAPITRE 1

Consultation oraculaire dans un café • Je vais y aller • Une institution au service de l'esprit

Assis dans un café du nom de *Spalteholz*, Fabian lisait les gros titres des journaux du soir : « *Un dirigeable anglais explose au-dessus de Beauvais* », « *Un stock de strychnine au milieu des lentilles* », « *Une fillette de neuf ans saute par la fenêtre* », « *Nouvel échec électoral : toujours pas de ministre-président* », « *Meurtre au Lainzer Tiergarten* », « *Scandale au service municipal de l'approvisionnement* », « *La veste qui parle : une voix artificielle dans votre poche* », « *Baisse des ventes de charbon dans la Ruhr* », « *Les gratifications du directeur Neumann* », « *Des éléphants sur le trottoir* », « *Nervosité sur les marchés du café* », « *La sulfureuse Clara Bow* », « *Menace de grève générale dans la métallurgie* », « *Crime à Chicago* », « *Dumping du bois : négociations à Moscou* », « *Révolte des Starhemberg-Jäger* ». Tâche quotidienne. Rien à signaler.

Il prit une gorgée de café et sursauta. Ce truc avait un goût sucré. Depuis qu'il avait fréquenté le restaurant universitaire d'Oranienburger Tor où, trois fois par semaine, il avalait péniblement des pâtes à la saccharine – il y avait de cela dix ans –, il abominait tout ce qui était sucré. Il alluma précipitamment une cigarette et appela le garçon.

« Que puis-je faire pour vous ? demanda celui-ci.

— Répondez à une question.

— Je vous en prie.

— Est-ce que je dois y aller ou pas ?

— Monsieur pourrait-il être plus clair ?

— Vous ne devez pas poser de question, vous devez répondre. Dois-je y aller ou pas ? »

D'un geste imperceptible, le garçon se gratta derrière l'oreille. Puis, passant d'un pied plat sur l'autre, il dit d'un air gêné :

« Le mieux serait de ne pas y aller. Deux précautions valent mieux qu'une, monsieur. »

Fabian acquiesça.

« Bien. Je vais y aller. L'addition.

— Mais je vous l'ai déconseillé !

— C'est bien pour cela que j'y vais ! L'addition, s'il vous plaît !

— Si je vous avais conseillé d'y aller, vous ne l'auriez pas fait ?

— J'y serais allé quand même. L'addition, s'il vous plaît !

— Je ne comprends pas, déclara le garçon, irrité. Dans ce cas, pourquoi m'avez-vous posé la question ?

— Si seulement je le savais, répondit Fabian.

— Un café, un sandwich, cinquante, trente, quatre-vingts, quatre-vingt-dix pfennigs », déclama l'autre.

Fabian posa un mark sur la table et s'en alla. Il n'avait aucune idée de l'endroit où il se trouvait. Quand on monte dans un bus de la ligne 1 sur la Wittenbergplatz et qu'on change sur le Potsdamer Brücke pour prendre un tramway quelconque que l'on quitte vingt minutes plus tard à cause d'une femme qui ressemble à Frédéric le Grand, comment pourrait-on savoir où l'on est ?

Il suivit trois ouvriers qui marchaient d'un pas pressé et, trébuchant sur des madriers, longeant des palissades de chantier et de mornes hôtels de passe, finit par arriver à la station de métro Jannowitzbrücke. Dans la rame, il sortit l'adresse que lui avait donnée Bertuch, le chef de bureau : Schlüterstraße 23, Mme Sommer. Il alla jusqu'à la station Zoo. Dans la Joachimsthaler Straße, une demoiselle qui balançait ses jambes minces lui demanda s'il était partant. Il déclina la proposition, brandit un index réprobateur et prit la tangente.

La ville ressemblait à un champ de foire. Les façades des immeubles étaient barbouillées de lumières multicolores – les étoiles pouvaient se cacher. Un avion pétarada au-dessus des toits. Soudain, il se mit à pleuvoir des thalers d'aluminium. Les passants levèrent les yeux, rirent et se baissèrent pour les ramasser. Fabian pensa brièvement à ce conte dans lequel une petite fille soulève sa chemise pour recueillir les sous qui tombent du ciel. Il récupéra une des pièces sur le rebord du chapeau d'un inconnu. « *Venez à l'*Exotikbar, *Nollendorfplatz 3. Belles femmes, statues déshabillées, pension Condor dans le même établissement* », pouvait-on lire. Fabian s'imagina tout à coup dans l'aéroplane, en train de se regarder de là-haut, de regarder ce jeune homme dans la Joachimsthaler Straße, dans la foule grouillante, dans le halo lumineux des réverbères et des vitrines, dans le lacis de ruelles, dans l'inflammation fébrile de la nuit. Qu'il était petit ! Et cet homme, c'était lui !

Il traversa le Kurfürstendamm. Un personnage lumineux se déplaçait le long d'un pignon, un jeune Turc avec des globes oculaires électriques. Quelqu'un heurta violemment le talon de Fabian. Celui-ci se retourna d'un air désapprobateur. C'était le tramway. Le chauffeur poussa un juron.

« Faites donc attention ! » cria un policier.

Fabian ôta son chapeau et dit : « Je ferai mon possible. »

Dans la Schlüterstraße, un lilliputien en livrée verte ouvrit la porte, grimpa sur une mince échelle, aida le visiteur à ôter son manteau et s'éclipsa. À peine le petit homme vert avait-il disparu qu'une dame plantureuse, sans doute Mme Sommer, franchit le rideau dans un froufroutement et dit :

« Puis-je vous inviter à m'accompagner dans mon bureau ? »

Fabian la suivit.

« C'est un certain M. Bertuch qui m'a recommandé votre club. »

Elle consulta un cahier et hocha la tête.

« Bertuch, Friedrich Georg, chef de service, quarante ans, taille moyenne, brun, Karlstraße 9, amateur de musique, a une préférence pour les femmes minces et blondes de moins de vingt-cinq ans.

— C'est bien lui !

— M. Bertuch fréquente mon établissement depuis le mois d'octobre, et il est venu cinq fois.

— Cela parle en faveur de votre institut.

— Les frais d'inscription s'élèvent à vingt marks. Chaque visite coûte dix marks.

— Voici trente marks. »

Fabian posa l'argent sur le bureau. La dame plantureuse rangea les billets dans un tiroir, prit un porte-plume et dit :

« Je vous écoute.

— Fabian, Jakob, trente-deux ans, sans profession fixe, actuellement publicitaire, Schaperstraße 17, cardiaque, cheveux châtains. Que voulez-vous savoir d'autre ?

— Avez-vous des souhaits particuliers en matière de dames ?

— Je ne veux pas trop m'avancer. Mes goûts me portent vers les blondes, mais l'expérience aurait tendance à m'en dissuader. Ma préférence va aux femmes de grande taille. Mais ce désir n'est pas payé de retour. Ne remplissez pas cette rubrique. »

On entendait le son d'un gramophone. La dame plantureuse se leva et déclara d'un ton grave :

« Avant que nous n'entrions, je voudrais vous préciser l'essentiel de nos principes. Les rapprochements entre membres du club ne sont pas pris en mauvaise part, au contraire, ils sont encouragés. Les dames jouissent des mêmes droits que les messieurs. L'existence, l'adresse et les habitudes de l'institut ne doivent être communiquées qu'à des personnes de confiance. Nonobstant les idéaux élevés de l'établissement, les consommations doivent être réglées sur-le-champ. Dans les salons communs, aucun couple ne peut exiger d'être respecté. Ceux qui souhaitent ne pas être dérangés sont priés de quitter le club. Celui-ci s'emploie à favoriser la création de nouvelles relations, non celles qui existent déjà. Les membres qui se sont donné le temps de procéder à une évaluation mutuelle sont invités à abandonner toute prétention, c'est la seule manière d'éviter les complications. Suis-je claire, monsieur Fabian ?

— Tout à fait.

— Alors je vous propose de me suivre. »

Il devait y avoir entre trente et quarante personnes. Dans la première pièce, on jouait au bridge. Dans la suivante, on dansait. Mme Sommer indiqua au nouveau une table libre, lui assura que l'on pouvait à tout moment s'adresser à elle en cas de besoin et prit congé. Fabian s'installa, commanda un cognac soda et regarda autour de lui. Fêtait-on un anniversaire ?

« Les gens paraissent plus inoffensifs qu'ils ne le sont en réalité », fit remarquer une petite brune en s'asseyant à côté de lui.

Fabian lui proposa une cigarette.

« Vous avez l'air sympathique, dit-elle. Vous êtes né en décembre.

— En février.

— Aha ! Constellation des Poissons avec quelques gouttes de Verseau. Tempérament plutôt froid. C'est la curiosité qui vous amène ?

— Les théoriciens de l'atome prétendent que même les plus infimes particules de substance sont formées de quantités d'énergie électrique qui tournent les unes autour des autres. Considérez-vous cette opinion comme une hypothèse ou une vision des choses conforme à la vérité des faits ?

— Et susceptible avec ça ! s'écria la jeune personne. Mais ce n'est pas grave. Vous êtes là pour choisir une femme ? »

Il haussa les épaules.

« Est-ce une demande officielle ?

— Sûrement pas ! J'ai été mariée deux fois, pour le moment ça suffit. Le mariage ne me permet pas de m'exprimer. Je m'intéresse trop aux hommes pour ça. Tous ceux que je vois et qui me plaisent, je les imagine en maris.

— Dans leurs particularités les plus saillantes, j'espère. »

Elle rit comme si elle avait le hoquet et lui posa la main sur le genou. « Vous espérez bien ! On prétend que je suis obsédée par l'idée de me caser. Si, au cours de la soirée, il vous prenait l'envie de me raccompagner chez moi, mon logis et moi ne sommes pas grands, mais nous avons de quoi vous accueillir. »

Il repoussa la main fébrile : « Tout est possible. Et maintenant, j'aimerais visiter les lieux. »

Il en fut empêché. Alors qu'il se levait, une femme d'une taille conforme à ses goûts se dressa devant lui et dit : « On va bientôt danser. » Elle était plus grande que lui, et blonde. Respectueuse des usages de la maison, la petite baratineuse s'éclipsa. Le garçon mit le gramophone en marche. Un mouvement se fit autour des tables. On commença à danser.

Fabian observait la blonde avec attention. Elle avait un visage puéril au teint pâle et paraissait plus réservée que ne l'aurait laissé supposer sa manière de danser. Il se taisait, sentant qu'on ne tarderait pas à atteindre le degré de mutisme qui rend toute conversation impossible, même la plus insignifiante. Par chance, il lui marcha sur le pied. Elle devint causante. Elle lui montra les deux dames qui, dernièrement, s'étaient giflées et déchiré mutuellement les habits à cause d'un homme. Elle rapporta que Mme Sommer avait une liaison avec le lilliputien vert, ajoutant qu'elle n'osait imaginer à quoi cela ressemblait. Pour finir, elle lui demanda s'il comptait rester là ; elle était sur le départ. Il la suivit.

Sur le Kurfürstendamm, elle héla un taxi, indiqua une adresse, monta dans la voiture et ordonna à Fabian de s'asseoir à côté d'elle.

« Il ne me reste que deux marks, dit-il.

— Ça ne fait rien, ou presque, répondit-elle, et, s'adressant au chauffeur : Éteignez la lumière ! »

L'obscurité se fit. Le véhicule démarra. Dès le premier virage, elle tomba sur Fabian et lui mordit la lèvre inférieure. Il se cogna la tempe contre la charnière de la capote, porta la main à sa tête et dit :

« Aïe ! Ça commence bien.

— Ne sois pas si douillet ! » fit-elle en l'accablant d'attentions.

L'offensive lui parut trop brutale. Et son crâne lui faisait mal. Fabian n'était pas à son affaire. « Avant que vous ne m'étrangliez, j'aurais bien voulu écrire une dernière lettre », râla-t-il.

Elle lui boxa la clavicule, partit sans broncher d'un éclat de rire qui parcourut la gamme dans les deux sens et reprit sa manœuvre de strangulation. La résistance de Fabian faisait l'objet d'un malentendu croissant. Chaque tournant amenait de nouveaux enchevêtrements. Fabian conjurait le destin d'épargner les virages à leur voiture. Mais, ce jour-là, le destin était de sortie.

Lorsqu'ils s'arrêtèrent enfin, la blonde se mit double dose de poudre sur le visage, paya la course et dit, une fois devant la porte de son immeuble : « Premièrement, tu as plein de taches rouges sur la figure, et deuxièmement, tu viens chez moi prendre une tasse de thé. »

Fabian essuya ses joues maculées de fard à lèvres et répondit :

« Votre requête m'honore, mais demain je dois être au bureau à la première heure.

— Ne m'énerve pas, d'accord ? Tu restes avec moi. La bonne te réveillera.

— Mais je n'arriverai pas à me lever. Non, il faut que je dorme chez moi. J'ai un télégramme urgent qui arrive à sept heures. La logeuse me l'apporte et elle me secoue jusqu'à ce que je me réveille.

— Comment peux-tu savoir que tu recevras un télégramme ?

— Je sais même déjà ce qu'il contient.

— C'est-à-dire ?

— "Sors-toi du lit. Ton fidèle ami Fabian." Fabian, c'est moi. »

Il cligna des yeux en regardant le feuillage des arbres et se réjouit de l'éclat jaune des réverbères. La rue était toute silencieuse. Un chat passa sans bruit dans l'obscurité. Il aurait tant voulu longer les immeubles gris !

« Cette histoire de télégramme, c'est une invention, hein ?

— Non, mais c'est un pur hasard, répondit-il.

— Pourquoi viens-tu au club si la suite ne t'intéresse pas ? fit-elle avec irritation en ouvrant la porte.

— On m'a donné l'adresse et je suis très curieux.

— Alors, hop ! dit-elle. La curiosité a tous les droits. »

La porte se referma derrière eux.

CHAPITRE 2

Une dame très insistante • Un avocat complaisant •
La mendicité gâte le caractère

Dans l'ascenseur, il y avait un miroir. Fabian sortit son mouchoir et se frotta la figure pour en effacer les taches rouges. Sa cravate était de travers. Il avait les tempes brûlantes. La blonde au teint pâle le regardait de toute sa hauteur.

« Savez-vous ce qu'est une furie ? » dit-il.

Elle l'enlaça. « Oui, mais je suis plus jolie. »

Sur la porte, une plaque indiquait « Moll ». La bonne ouvrit.

« Apportez-nous du thé.

— Le thé est dans votre chambre.

— Bien. Allez dormir ! »

La bonne disparut dans le couloir.

Fabian suivit la femme. Elle le conduisit tout droit dans la chambre à coucher, servit le thé, apporta du cognac et des cigarettes et dit avec un geste ample :

« Sers-toi !

— Seigneur, mais vous avez le diable au corps !

— À quel endroit ? » répliqua-t-elle.

Fabian fit mine de n'avoir pas entendu.

« Vous vous appelez Moll ?

— Irene Moll, histoire d'amuser ceux qui ont des lettres. Assieds-toi. Je reviens tout de suite. »

Il la retint et l'embrassa.

« Eh bien, il était temps », dit-elle en s'éloignant.

Il but une gorgée de thé et un verre de cognac. Puis il examina la chambre. Le lit était bas et large. La lampe diffusait une lumière indirecte. Les murs étaient revêtus de miroirs. Fabian but un deuxième cognac et s'approcha de la fenêtre. Elle n'était pas grillagée.

Qu'est-ce que cette femme pouvait bien lui préparer ? Fabian avait trente-deux ans, il avait consciencieusement exploré la vie nocturne, et cette soirée commençait à lui plaire. Il but son troisième cognac et se frotta les mains.

Il cultivait depuis longtemps les sentiments mêlés. Pour pouvoir les étudier, il fallait les éprouver. On ne pouvait les observer que lorsqu'on en était propriétaire. On incisait son âme à l'instar d'un chirurgien.

« Bon, et maintenant, sus au gamin ! » dit la blonde. Elle portait à présent un vêtement de nuit en dentelle noire. Fabian fit un pas en arrière. Mais elle, avec un « Hourra », lui sauta au cou de telle sorte qu'il perdit l'équilibre, tomba à la renverse et se retrouva assis par terre en compagnie de la dame.

« Elle est terrible, hein ? » fit une voix inconnue.

Surpris, Fabian leva les yeux. Un type maigre avec un grand nez, vêtu d'un pyjama, se tenait dans l'embrasure de la porte. Il bâilla.

« Qu'est-ce que vous faites là ? demanda Fabian.

— Excusez-moi, cher monsieur, je ne pouvais pas savoir que vous en étiez déjà à vous traîner par terre avec ma femme.

— Votre femme ? »

L'intrus acquiesça d'un signe de tête, bâilla d'un air désespéré et dit sur un ton de reproche : « Irene, pourquoi as-tu mis ce monsieur dans une situation aussi embarrassante ? Tu me demandes de jeter un coup d'œil sur tes acquisitions et tu ne fais même pas l'effort de me les présenter d'une manière convenable. Sur le tapis ! Je doute que ce monsieur soit d'accord. Et moi qui dormais si bien quand tu m'as réveillé... Je m'appelle Moll, mon cher, je suis avocat et aussi – il bâilla à fendre l'âme – l'époux de cette créature féminine qui prend ses aises sur vous. »

Fabian repoussa la blonde, se leva et remit de l'ordre dans sa coiffure. « Votre épouse entretient-elle un harem masculin ? Mon nom est Fabian. »

Moll s'approcha de lui et lui serra la main. « Je suis ravi de faire la connaissance d'un jeune homme aussi sympathique. Les circonstances sont à la fois habituelles et inhabituelles, tout est affaire de point de vue. Mais si cela peut vous tranquilliser : en ce qui me concerne, j'ai l'habitude. Asseyez-vous. »

Fabian s'exécuta. Irene Moll migra sur l'accoudoir, caressa le jeune homme et dit à son mari :

« S'il ne te plaît pas, je romps le contrat.

— Mais il me plaît, répondit l'avocat.

— Vous parlez de moi comme si j'étais un morceau de gâteau ou une luge, fit remarquer Fabian.

— C'est parce que tu es une luge, mon petit ! s'exclama la femme en pressant la tête de Fabian contre sa poitrine généreuse grillagée de noir.

— Sacré nom de Dieu ! cria-t-il. Laissez-moi donc tranquille !

— Arrête de contrarier ton invité, chère Irene, dit Moll. Je vais aller avec lui dans mon bureau et je lui expliquerai tout ce qu'il a besoin de savoir. Tu oublies que la situation doit lui paraître bizarre. Je te le rends un peu plus tard. Bonne nuit. »

L'avocat serra la main à sa femme.

Elle grimpa sur son lit bas et dit, toute solitaire et chagrinée au milieu de ses coussins :

« Bonne nuit, Moll, dors bien. Ne le soûle pas trop avec tes discours, hein ! J'ai encore besoin de lui.

— Oui, oui », répondit Moll en entraînant son visiteur.

Ils s'installèrent dans le bureau. L'avocat alluma un cigare, eut un frisson, posa une couverture en poil de chameau sur ses genoux et se mit à feuilleter une liasse de dossiers.

« Ce ne sont pas mes affaires, dit Fabian, mais je suis ahuri en voyant ce que vous tolérez de la part de cette femme. Elle vous tire souvent du lit pour vous demander de livrer votre appréciation sur ses amants ?

— Très souvent, mon cher. Au départ, j'ai demandé qu'on m'accorde ce droit par écrit. Au terme de notre première année de mariage, nous avons établi un contrat dont le paragraphe 4 stipule que, chaque fois que la contractante souhaite instaurer des relations intimes avec un individu, elle doit au préalable le présenter à son époux, le Dr Felix Moll. Si ce dernier émet un avis défavorable sur l'intéressé, Mme Irene Moll est priée de renoncer sur-le-champ à son projet. Chaque entorse diminue de moitié l'allocation mensuelle. Ce contrat est très intéressant. Voulez-vous que je vous le lise *in extenso* ? » Moll sortit de sa poche la clé de son bureau.

« Ne prenez pas cette peine ! répliqua Fabian. Tout ce que j'aimerais savoir, c'est pourquoi vous en êtes venu à établir un contrat de ce genre.

— Ma femme faisait de si mauvais rêves.

— Pardon ?

— Elle rêvait. Elle rêvait de choses atroces. Il était évident que ses besoins sexuels croissaient à proportion de la durée de notre mariage et ils engendraient des rêves dont vous n'avez pas idée. J'ai fini par en avoir par-dessus la tête du bas-ventre de ma femme. Je me suis retiré et elle a peuplé sa chambre à coucher de Chinois, de lutteurs et de danseuses. Que me restait-il à faire ? Nous avons passé un contrat.

— Vous ne pensez pas qu'on aurait pu trouver un traitement plus efficace et de meilleur goût ? répliqua Fabian avec impatience.

— Mais encore ? » L'avocat se redressa sur son siège.

« Par exemple : chaque soir, vingt-cinq coups sur les fesses ?

— J'ai essayé. C'était trop douloureux.

— Ça, je peux le comprendre.

— Non ! s'écria l'avocat. Vous ne pouvez pas comprendre ! Irene a beaucoup de force, mon cher ! »

Moll baissa la tête. Fabian sortit un œillet blanc du vase posé sur le bureau, mit la fleur à sa boutonnière, se leva, arpenta la pièce et redressa quelques tableaux. Ce vieux type avait sûrement trouvé plaisir à se faire fesser par sa femme.

« Je veux m'en aller, déclara-t-il. Donnez-moi la clé.

— Vous êtes sérieux ? dit Moll craintivement. Irene vous attend ! Restez donc, pour l'amour du ciel ! Elle sera furieuse si elle voit que vous êtes parti ! Elle croira que je vous ai renvoyé. Restez, je vous en prie ! Elle était tellement contente. Accordez-lui ce petit plaisir ! »

Il avait bondi sur ses pieds et attrapa son visiteur par le revers de sa veste.

« Restez ! Vous ne le regretterez pas. Vous reviendrez. Vous serez notre ami. Et je saurai qu'Irene est entre de bonnes mains. Rendez-moi ce service.

— Vous comptez aussi me proposer un salaire mensuel ?

— Pourquoi pas ? Je ne suis pas dépourvu de moyens.

— Donnez-moi cette clé, et vite ! Je n'ai pas la tête de l'emploi. »

Le Dr Moll soupira, farfouilla sur son bureau, tendit à Fabian un trousseau de clés et dit : « C'est vraiment trop bête. Je vous ai tout de suite trouvé sympathique. Gardez les clés pendant quelques jours. Peut-être reviendrez-vous sur votre décision. En tout cas, je serais ravi de vous revoir. »

Fabian grogna « Bonne nuit », traversa le vestibule à pas de loup, prit son manteau et son chapeau, ouvrit la porte, la referma précautionneusement derrière lui et descendit l'escalier au galop. Une fois dans la rue, il respira à fond et secoua la tête. Dehors, les gens se baladaient sans avoir la moindre idée de ce qui se passait derrière les façades. Voir à travers les murs et les rideaux de fenêtres, comme dans les contes, ce n'était rien : encore fallait-il supporter le spectacle.

« Je suis très curieux », avait-il dit à la blonde créature, et voilà qu'il déguerpissait au lieu d'alimenter sa curiosité avec le couple Moll. Il s'était délesté de trente marks. Il lui en restait deux en poche. Pas de quoi dîner. Il se fit une raison, se laissa aller à emprunter des allées sombres qu'il ne connaissait pas et se retrouva sans l'avoir cherché devant l'arrêt de tram Heerstraße. Il alla jusqu'à la station Zoo, là il sauta dans le métro, changea à Wittenbergplatz et remonta à l'air libre en quittant les enfers à la station Spichernstraße.

Il se rendit dans son café habituel. Non, le Dr Labude n'était plus là. Il avait attendu jusqu'à onze heures. Fabian s'assit, commanda un café et alluma une cigarette.

Le patron, un sieur Kowalski, s'assura respectueusement que tout allait bien. Au cours de la soirée, il s'était produit quelque chose de très drôle. Kowalski eut un rire qui fit briller ses fausses dents. C'était Nietenführ, le garçon, qui avait vu le premier ce qui se passait.

« À la table ronde, là-bas, il y avait un jeune couple. Ils avaient l'air de très bien s'entendre. La femme n'arrêtait pas de caresser la main de l'homme. Elle riait, lui donnait du feu et se montrait on ne peut plus aimable.

— Je ne vois pas ce qu'il y a de drôle.

— Patience, très cher monsieur Fabian. Patience ! La femme – elle était mignonne, il faut le reconnaître – flirtait en même temps avec un monsieur assis à la table d'à côté. Je ne vous dis pas comment ! Nietenführ m'a fait signe de venir. Sacré spectacle ! Le type a fini par lui glisser un petit mot. Elle l'a lu, a fait oui de la tête, lui a répondu et a lancé le poulet sur sa table. Et ce tout en continuant de parler à son ami et de l'amuser avec toutes sortes d'histoires. J'ai déjà vu des femmes qui savent y faire, mais un double jeu aussi incroyable, ça, jamais.

— Et son ami était d'accord ?

— Un instant, très cher monsieur Fabian. Vous allez comprendre ! Nous aussi, on était évidemment très étonnés qu'il se laisse traiter comme ça. Il était assis à côté d'elle, tout content, avec un sourire niais, le bras sur ses épaules, et pendant ce temps elle faisait des signes de tête à son voisin. Il lui répondait de la même façon, on en était soufflés. Et puis Nietenführ est allé à leur table parce qu'ils voulaient payer. » M. Kowalski leva sa tête massive et se mit à rire en direction du ciel.

« Et alors ?

— Son compagnon était aveugle ! »

Le patron fit une courbette et s'en alla en riant à gorge déployée. Fabian le suivit des yeux avec étonnement. L'humanité était indéniablement en progrès.

À la porte régnait une certaine animation. Nietenführ et un autre serveur s'efforçaient de refouler un individu misérablement vêtu. « Fichez-moi le camp. Toute la journée à mendier, c'est écœurant », sifflait Nietenführ, et son acolyte malmenait l'homme, qui était pâle et ne disait pas un mot.

Fabian se leva d'un bond, courut vers le petit groupe et lança aux garçons de café : « Lâchez immédiatement ce monsieur ! » Ils s'exécutèrent à contrecœur.

« Vous voilà enfin, dit Fabian en tendant la main au mendiant. Je suis absolument navré qu'on vous ait offensé. Toutes mes excuses, venez donc à ma table. » Il conduisit l'homme, qui ne comprenait rien à ce qui lui arrivait, à l'endroit où il était assis, l'invita à prendre place et lui demanda :

« Que souhaitez-vous manger ? Voulez-vous une bière ?

— Vous êtes très aimable, dit le mendiant. Mais je vous causerais des embarras.

— Voici le menu. Choisissez quelque chose, je vous prie.

— Ce n'est pas possible ! On va venir me chercher pour me flanquer dehors !

— Certainement pas ! Reprenez-vous ! Le simple fait d'avoir une veste rapiécée et l'estomac qui gronde vous empêche de vous asseoir normalement. Si personne ne vous laisse entrer, c'est en partie de votre faute.

— Quand ça fait deux ans qu'on est au chômage, dit l'homme, on ne voit pas les choses de la même façon. Je dors à l'auberge qui se trouve sur l'Engelufer. L'aide sociale me donne dix marks. Le caviar m'a bousillé l'estomac.

— Quel est votre métier ?

— Employé de banque, si mes souvenirs sont bons. J'ai aussi fait de la prison. Il faut voir un peu de pays. La seule chose que je n'aie pas encore expérimentée, c'est le suicide. Mais il n'est jamais trop tard. » L'homme était assis au bord de la chaise et tenait ses mains tremblantes devant le col de sa veste pour dissimuler sa chemise crasseuse.

Fabian ne savait pas quoi dire. Il essaya mentalement un certain nombre de phrases. Aucune d'elles n'était appropriée. Il se leva et dit : « Un instant, le garçon attend qu'une délégation vienne le chercher. » Il courut au comptoir, demanda au maître d'hôtel de s'expliquer, le prit par le bras et le traîna à travers la salle.

Le mendiant s'était éclipsé.

« Je paierai demain ! » cria Fabian. Il se précipita hors du café et regarda autour de lui. L'homme avait disparu.

CHAPITRE 3

Les chefs sont sévères, mais justes • Un ex-appendice qui fait sensation • Est-ce le plus intelligent qui cède ?

Fabian arriva bien sûr en retard au bureau. Le directeur Breitkopf se tenait comme toujours dans le couloir, à croire qu'il n'avait jamais été malade. Lorsqu'il vit le publicitaire, il tira sa montre en or de son gilet et dit :

« J'imagine que votre montre retarde ?

— J'espère bien que non, monsieur le directeur », répondit Fabian. Il se pencha avec intérêt sur la montre du chef, sortit la sienne de sa poche, compara scrupuleusement les heures affichées et déclara :

« Votre reproche était injuste. Ma montre est à l'heure !

— Je voulais simplement vous fournir une excuse plausible. » La voix de Breitkopf vibrait.

« Ça va vraiment trop loin, déclara Fabian d'un ton poli mais déterminé. Où irons-nous si vous soufflez des excuses à tous les employés qui arrivent en retard, monsieur le directeur ? » Il secoua la tête d'un air soucieux.

« Ma parole, mais vous devenez insolent ! s'exclama l'autre.

— Pourquoi envisager tout de suite le pire, monsieur le directeur ? » rétorqua Fabian. Il laissa le gros homme en plan et traversa le couloir, passant devant de nombreuses portes, pour rejoindre son bureau.

Fischer, son imbécile de collègue, en était déjà à son deuxième petit déjeuner.

« Vous vous êtes fait attraper par le vieux ? demanda-t-il avec curiosité.

— On peut dire ça.

— Mais comment se fait-il que vous ne soyez jamais à l'heure ?

— L'humanité, pontifia Fabian, se divise en deux catégories.

— Les hommes et les femmes.

— À l'aune de mon classement, votre inconvenante distinction est secondaire. L'humanité se divise entre lève-tôt et lève-tard. J'appartiens au second groupe. Bonjour, monsieur Fischer !

— Bonjour.

— Un spécialiste de la physiologie enfantine, qui a adopté mon point de vue sans le connaître, recommande de décaler le début des cours à neuf heures. Quels que soient leur zèle et leur ambition, les lève-tard ne sont pas en état de travailler pendant les premières heures de la matinée. Cela a été prouvé par des tests. »

Le collègue Fischer s'agita nerveusement sur sa chaise.

« Avant que je n'oublie, Kunze a dessiné une série d'annonces auxquelles nous devons ajouter des distiques rimés. Ce travail vous revient.

— Votre confiance m'honore, dit Fabian, mais je suis encore sur les slogans publicitaires des photomontages.

Commencez donc à versifier. À quoi vous servirait-il de vous lever tôt si ça ne rime à rien ? » Il regarda par la fenêtre en direction de l'usine de cigarettes et bâilla. Le ciel était aussi gris que l'asphalte des vélodromes. Fischer se mit à faire les cent pas, arborant sur son front des rides de vif mécontentement, et partit à la pêche aux rimes.

Fabian déroula une affiche, la fixa au mur avec des punaises, se plaça dans le coin le plus éloigné de la pièce et la regarda. On y voyait une photo de la cathédrale de Cologne à côté de laquelle se dressait une cigarette dont la taille ne le cédait en rien à celle du monument. Il nota : « *Rien ne surpasse… Si grande… Elle dépasse tout… Inaccessible…* »

Le directeur Breitkopf apparut dans l'encadrement de la porte, hocha la tête avec clémence et dit à Fabian, plongé dans une insondable contemplation de la cathédrale de Cologne :

« Pourquoi se disputer, mon cher ?

— Ce n'était pas de mon fait, monsieur le directeur.

— N'en parlons plus ! Votre plaquette sur le commerce de détail a remporté un succès fou. C'est ce que m'ont dit plusieurs membres de la direction. Vous avez, semble-t-il, de l'imagination et du goût, ainsi qu'une remarquable capacité de susciter l'intérêt. »

Fabian se planta devant son chef.

« Voudriez-vous m'imposer une augmentation de salaire ?

— Arrêtez avec vos plaisanteries. Le médecin m'a interdit de rire, ma cicatrice pourrait se rouvrir. »

Fischer jugea l'occasion favorable. Il s'approcha et s'enquit de la santé de son supérieur.

« Ce truc met beaucoup de temps à guérir, fit remarquer le directeur. C'est à cause de ce ventre, cher Fischer.

Soyez content de ne pas en avoir. Sous-alimenté comme vous l'êtes, vous pourriez braver une appendicectomie sans sourciller. »

Fischer eut un rire flatté. Breitkopf s'anima. La plaie n'était toujours pas cicatrisée. Il était obligé d'aller tous les jours chez le médecin. L'incision allait de là jusque-là. Il en indiqua les dimensions sur son gilet. Puis il demanda aux deux hommes : « Vous voulez jeter un coup d'œil ? »

Fischer fit une courbette obséquieuse, Fabian un geste engageant de la main. Breitkopf alla pousser le verrou de la porte. Puis il retira sa veste et son gilet, se jeta sur le canapé, ôta ses bretelles, baissa son pantalon et déboutonna son caleçon. « Vous savez à quoi ressemble un homme », dit-il. Il releva sa chemise et la coinça sous son menton.

« Mais vous portez un corset, monsieur le directeur ! s'écria le collègue Fischer.

— C'est juste pour soutenir le corps. Autrement il pend, ça rendrait la cicatrisation encore plus difficile. Allez, dégrafez-moi ça ! Mais doucement, hein ! »

Fischer officia. Le corset se desserra. Breitkopf l'enleva, l'envoya rejoindre la veste et le gilet et déclara d'un ton de commandement : « Et maintenant, regardez-moi cette saloperie ! »

Le terme n'était pas exagéré. Des tampons d'ouate et une bande de gaze jaunie étaient collés en travers du ventre de Breitkopf, sur sa moitié sud, invisibles à leur propriétaire. Le directeur ôta tout cet attirail et dénuda une large cicatrice enflammée, cousue avec du fil. « Regardez ça bien comme il faut », dit-il.

Fabian et Fischer s'agenouillèrent devant l'individu nu et poilu qui n'en restait pas moins leur chef. « Fichtre ! »

s'exclama Fischer. On aurait dit qu'il voyait le pic de Tenerife ou la huitième merveille du monde. Breitkopf rejeta fièrement la tête en arrière, aussi loin qu'il le pouvait sans lâcher sa chemise, toujours coincée sous son menton.

« Eh bien ! dit Fischer. Et vous n'êtes pas au lit ? C'est irresponsable.

— Le sens du devoir, répondit le chef.

— Est-ce que vous voyez la cicatrice de là-haut ? » s'enquit Fabian. Il était resté accroupi.

Breitkopf secoua la tête : « Uniquement dans la glace. Autrement, il faudrait que je me torde le cou. »

Fischer se mit à rire – c'était apparemment ce qu'on attendait de lui –, perdit l'équilibre et se retrouva assis par terre en train de glousser. À l'extérieur, quelqu'un actionna la poignée. « Réunion privée ! » s'écria Fischer. Des pas s'éloignèrent dans le couloir. « Bon, le spectacle est fini ! » dit Fabian. Le directeur se retourna, leur présentant son dos, et replaça précautionneusement la gaze et les tampons d'ouate sur son ventre. Les employés récupérèrent le corset et en équipèrent derechef le vieux poupon. « Doucement, fit-il. En haut dans le troisième trou, en bas dans le deuxième ! »

Fabian se sentit une envie pressante de donner une claque sur l'ample partie fessue de M. Breitkopf. Mais la vie n'est pas aussi simple, on ne peut pas céder inconsidérément à ses impulsions ! Il faut savoir se maîtriser. Où irions-nous si l'on se mettait à talocher le moindre bout de postérieur dénudé qui se présente ? Pendant que Fabian réfléchissait à ce que le monde aurait pu devenir si Joséphine de Beauharnais avait de temps à autre, voire de façon répétée et régulière, fessé son Bonaparte, futur Napoléon Ier, le directeur se rhabillait. Fischer lui présenta gilet et veste. Breitkopf s'y introduisit, formula un bref remerciement et se retrouva peu à peu dûment reboutonné. Il attendit les réactions.

« C'était très intéressant, déclara Fischer.

— Très instructif, renchérit Fabian en adressant au gros homme un sourire en pleine figure.

— J'espère que votre appendice ne vous fait plus souffrir, ajouta Fischer comme s'il lui adressait ses félicitations.

— Mais il n'en a plus, répliqua Fabian. Vous aurait-on ouvert et recousu le péritoine sans vous enlever l'appendice ? Il se produit parfois des choses terribles. J'ai entendu parler de cas où le chirurgien avait laissé dans les intestins tantôt une pincette, tantôt des ciseaux. Mes gardiens connaissent même quelqu'un à qui c'est arrivé deux fois. Il a fini par demander à la direction de l'hôpital qu'on lui mette des boutons, histoire de lui ouvrir et refermer le ventre plus facilement. Pour autant que je sache, sa requête a été rejetée.

— Ne plaisantez pas avec notre pauvre directeur ! » s'exclama Fischer.

Breitkopf lança un regard sévère à Fabian.

« Parlons d'autre chose.

— Très bien. Vous avez eu l'amabilité d'évoquer une augmentation de salaire. Pour quand puis-je l'espérer ? demanda Fabian.

— C'est vous qui en avez parlé. Je vous disais juste que l'entreprise était satisfaite de vos propositions. Il n'y a là rien qui justifie une augmentation. D'autant que vous arrivez presque tous les matins en retard. Vous méritez des compliments et des reproches. En d'autres termes, vos mérites reçoivent leur juste salaire.

— Mais je mérite bien plus ! Que croyez-vous que je puisse faire avec les deux cent soixante-dix marks que l'on me donne chaque mois ?

— Je ne suis pas curieux, répondit M. Breitkopf d'un ton irrité. La vie privée de nos employés ne me regarde pas. D'ailleurs, pourquoi arrivez-vous systématiquement en retard ? Auriez-vous une seconde activité, monsieur Fabian ? Dans ce cas, il vous faudrait une autorisation.

— J'en ai une, en effet.

— Quoi ? Vous avez une autre activité ? C'est bien ce que je pensais ! Et que faites-vous donc ?

— Je vis, répondit Fabian.

— C'est ça que vous appelez vivre ? cria le directeur. Vous traînez dans les bars et les dancings ! C'est ça que vous appelez vivre ? Mais vous n'avez aucun respect de la vie !

— Je n'en ai aucun pour ma propre vie, monsieur ! s'écria Fabian en frappant sur la table avec colère. Mais vous ne pouvez pas comprendre et cela ne vous regarde pas ! Tout le monde n'a pas le mauvais goût d'allonger les secrétaires sur son bureau. Vous m'entendez ? »

Fischer s'était assis sur sa chaise, il avait pâli et faisait semblant d'écrire. Breitkopf tenait son gilet à deux mains ; il paraissait craindre que sa cicatrice ne cède sous le coup de la colère. « Nous nous reverrons », fit-il d'une voix étranglée. Il se détourna et voulut ouvrir la porte d'un geste rageur. Sans succès. Il secoua le battant. Le sang lui monta au visage. Sa sortie était ratée.

« Le verrou est mis, dit Fabian. C'est vous qui avez fermé, à cause de votre appendice. »

Le directeur fit un signe de tête, rougit encore plus, repoussa le verrou, ouvrit brutalement, sortit et claqua la porte.

« Les murs tremblent », fit observer Fabian en se replongeant dans la contemplation de la cathédrale de Cologne et de la cigarette dressée à côté d'elle.

Fischer frappa rétrospectivement des mains au-dessus de sa tête et s'écria :

« Sapristi, mais on frôle le crime de lèse-majesté ! Dans le temps, on se serait fait jeter en prison pour ça.

— Aujourd'hui, on se fait jeter en prison pour ça, dit Fabian.

— Vous avez pris les devants. Il doit avoir une frousse du diable, s'il vous flanque dehors, vous pourriez raconter partout qu'il oblige les filles du bureau à coucher avec lui. Je pense que le coup a porté. Vous êtes un sacré bougre d'insolent ! Mais qu'est-ce que vous ferez s'il vous renvoie malgré tout ?

— Vous n'imaginez tout de même pas que, depuis ma confirmation, je n'ai rien fait d'autre que d'écrire de la bonne publicité pour de mauvaises cigarettes ? Si je valse, je me chercherai un autre travail. Un de plus ou de moins, quelle importance ?

— Parlez-moi un peu de vous, dit Fischer.

— Eh bien, pendant l'inflation, j'ai géré des titres pour une société anonyme. Je devais calculer leur valeur effective deux fois par jour. Pour que les gens sachent à combien s'élevait leur capital.

— Et ensuite ?

— Ensuite, avec un peu de sous je me suis acheté un magasin d'alimentation.

— Pourquoi ça ?

— Parce que nous avions faim ! Au-dessus de la vitrine, il y avait une enseigne : "Épicerie fine du Dr Fabian". Au petit matin, quand il faisait encore sombre, nous allions aux halles avec une charrette à bras complètement branlante. »

Fischer se leva :

« Comment ça ? Vous avez un doctorat ?

— J'ai passé l'examen l'année où je suis devenu rédacteur au Bureau des expositions.

— Sur quoi portait votre thèse ?

— Elle s'intitulait : "Heinrich von Kleist bégayait-il ?" Au départ, je voulais montrer par une analyse de style que Hans Sachs avait les pieds plats. Mais le travail préliminaire me prenait trop de temps. Bon, assez parlé de ça ! Retournez à vos distiques ! »

Il se tut et se mit à faire les cent pas devant l'affiche. Fischer lui jeta en coulisse un regard de curiosité. Mais il n'osa pas reprendre la conversation. En soupirant, il pirouetta sur sa chaise et examina ses notes. Il décida de faire rimer « fumer » avec « nécessité », lissa le papier posé devant lui et ferma les yeux, attendant patiemment l'inspiration.

Le téléphone sonna. Fischer décrocha et dit : « Oui, il est là. Un instant, je vous passe le Dr Fabian. » Et, à l'adresse de Fabian : « Votre ami Labude. »

Fabian prit l'écouteur.

« Salut, Labude, quoi de neuf ?

— Depuis quand les cigarettiers te donnent-ils du *docteur* ?

— J'ai parlé de l'école.

— Bien fait pour toi. Tu peux venir chez moi aujourd'hui ?

— Je peux.

— Appartement numéro 2. Au revoir.

— Au revoir, Labude. »

Il raccrocha, Fischer le retint par la manche.

« Ce M. Labude est votre ami, non ? Pourquoi est-ce que vous ne l'appelez pas par son prénom ?

— Il n'en a pas, répondit Fabian. À l'époque, ses parents ont oublié de lui en donner un.

— Il n'en a pas du tout ?

— Non, c'est incroyable, hein ? Ça fait des années qu'il essaie d'en avoir un. Mais la police ne veut pas en entendre parler.

— Vous vous fichez de moi ! » s'exclama Fischer, vexé.

Fabian lui tapa sur l'épaule d'un air approbateur et dit : « On ne peut rien vous cacher. »

CHAPITRE 4

Mme Hohlfeld est curieuse • Un sous-locataire lisant Descartes • L'autobus indigné

Quand, en fin d'après-midi, Fabian regagna sa chambre – quatre-vingts marks par mois, café du matin inclus, électricité non comprise –, il trouva sur la table une lettre de sa mère. Il ne pouvait prendre de bain. L'eau chaude était froide. Il se contenta d'une toilette, changea de linge, mit son complet gris et parcourut le journal.

Une jeune fille de seize ans avait été arrêtée. Elle avait créé une bande de dix jeunes gars, en avait fait des voleurs, avait couché avec chacun d'eux et les avait tous contaminés. Une semaine plus tôt, un horloger du Nord avait été étouffé dans son lit par deux membres de la bande. Olga, la jeune fille, était couchée nue à côté de lui, un hachoir à la main en cas de besoin. L'homme avait cinquante ans, nombre de filles du coin le connaissaient. Il les avait toutes mises dans son lit et photographiées nues. Les photos furent confisquées et l'on trouva une armoire remplie de linge de soie, de jarretières et de bas.

Ce soir-là, Olga avait introduit ses amis une heure avant le meurtre. Il avait fallu ce temps pour que l'horloger, le visage pressé contre les oreillers, finisse par mourir d'étouffement. Ensuite, ils s'étaient emparés de son argent et des bijoux qu'il avait soigneusement cachés en plusieurs endroits de son logis.

La jeune fille était enceinte, avaient dit les responsables de la police, de cinq mois. Les jeunes gens avaient avoué. Aucun d'eux n'avait exprimé de remords.

Fabian jeta le journal à la poubelle, prit la lettre de sa mère et s'assit près de la fenêtre. Le vacarme de la rue martelait les vitres, telle une averse. Au troisième, quelqu'un jouait du piano. À côté, le vieux conseiller des finances, un homme prétentieux, s'emportait contre sa femme. Fabian ouvrit l'enveloppe et lut :

Mon cher enfant !

Tout d'abord et pour te tranquilliser, le docteur a dit qu'il n'y avait rien de grave. C'est sans doute un problème de glandes. Une chose relativement fréquente chez les personnes d'un certain âge. Ne t'inquiète donc pas pour moi. Au début, j'étais très nerveuse. Mais tout va s'arranger. Hier, j'ai fait une petite promenade dans le jardin du château. Les cygnes ont eu des petits. Au Parkcafé, la tasse de café coûte soixante-dix pfennigs, c'est une honte.

Heureusement que la lessive est finie. Mme Hase s'est décommandée au dernier moment. Elle a un hématome, je crois. Mais je m'en suis bien sortie. Demain matin, je porterai le carton à la poste. Conserve-le bien et, la prochaine fois, veille à mieux le fermer. Autrement, quelque chose pourrait se perdre en route. Mieze est sur mes genoux, elle vient de manger un morceau de gésier et elle me donne des coups avec sa tête pour m'empêcher d'écrire. Si tu recommences à m'envoyer de l'argent, comme la semaine passée, je te tire les oreilles. Nous avons ce qu'il faut et toi, tu as besoin de ton argent.

Ça te plaît vraiment de faire de la publicité pour des cigarettes ? J'ai bien aimé ce que tu as envoyé. Mme Thomas trouve malheureux que tu doives écrire ce genre de choses. J'ai répondu : ce n'est pas de sa faute. Si on ne veut pas mourir de faim aujourd'hui, et personne n'en a envie, on ne peut pas attendre que le métier idéal vous tombe tout cuit dans le bec. J'ai ajouté : c'est provisoire.

Ton père n'a pas grand-chose à faire. Mais on dirait qu'il a un problème de colonne vertébrale. Il marche tout voûté. Hier, ta tante Martha a apporté une douzaine d'œufs du jardin. Les poules pondent régulièrement. Elle est vraiment gentille, ma sœur. Si seulement elle n'avait pas autant d'ennuis avec son mari.

Mon cher enfant, comme j'aimerais que tu puisses revenir à la maison. La dernière fois, c'était à Pâques. Le temps passe si vite. On a un enfant, mais en réalité on n'en a pas. Quelques jours à se voir dans l'année. Si je le pouvais, je prendrais tout de suite un billet de train et j'irais te rendre visite. C'était bien, autrefois. Presque chaque soir, avant d'aller me coucher, je regarde les photos et les cartes postales. Tu te souviens quand on partait avec le sac à dos ? Une fois, nous sommes revenus avec en tout et pour tout un pfennig en poche. Je ne peux pas m'empêcher de rire quand j'y repense.

Au revoir, mon cher petit. Ce ne sera sans doute pas avant Noël. Est-ce que tu te couches toujours aussi tard ? Salue Labude. Dis-lui de veiller sur toi. Et les filles ? Tiens-toi sur tes gardes. Ton père te salue.

Ta mère qui t'embrasse.

Fabian rangea la lettre dans sa poche et regarda dans la rue. Pourquoi était-il assis dans cette misérable chambre, chez la veuve Hohlfeld, qui dans le temps n'aurait pas eu besoin de louer une partie de son appartement ? Pourquoi n'était-il pas à la maison, chez sa mère ? Que faisait-il dans cette ville, dans ce jeu de construction pris de folie ? Écrire des niaiseries dans un style fleuri pour inciter l'humanité à fumer encore plus de cigarettes ? Le naufrage de l'Europe, il pouvait tout aussi bien l'attendre dans sa ville natale. Il s'était imaginé que la Terre ne continuerait à tourner que tant qu'il garderait les yeux fixés sur elle. Ce besoin ridicule d'être présent ! D'autres avaient un métier, progressaient, se mariaient, faisaient des enfants à leur femme et croyaient être dans le vrai. Mais lui se retrouvait – et de son fait, en plus – derrière la clôture, à observer tout cela en spectateur et à devoir acquitter ses mensualités de désespoir. L'Europe était dans la cour de récréation. Les professeurs étaient partis. Il n'y avait plus d'emploi du temps. Le Vieux Continent ne parviendrait pas à boucler le programme. Quel qu'il soit !

La veuve Hohlfeld frappa à la porte, entra et dit :

« Excusez-moi, je croyais que vous n'étiez pas encore rentré. » Elle s'approcha. « Est-ce que vous avez entendu le tapage que M. Tröger a fait, cette nuit ? Il a de nouveau invité des filles. Le canapé est dans un état ! Si ça se reproduit, je le jette dehors. Que va penser la nouvelle sous-locataire qui loge dans la chambre voisine ?

— Si elle croit encore à la cigogne, son cas est désespéré.

— Mais enfin, monsieur Fabian, mon logement n'est pas un hôtel de passe !

— Chère madame, il est bien connu qu'à partir d'un certain âge, les individus commencent à éprouver des besoins qui sont en contradiction avec la morale des logeuses. »

La veuve Hohlfeld fut prise d'impatience.

« Mais il avait au moins deux filles avec lui !

— M. Tröger est un débauché, chère madame. Le mieux serait de lui dire qu'il n'a droit tout au plus qu'à une dame par nuit. Et s'il refuse de se conformer à cette règle, vous le ferez châtrer par la brigade des mœurs.

— Il faut vivre avec son temps », déclara Mme Hohlfeld, non sans fierté. Elle se rapprocha encore. « Les mœurs ont changé. On s'adapte. Je peux comprendre bien des choses. Je ne suis pas si vieille que cela. »

Elle se trouvait juste derrière Fabian. Il ne la voyait pas, mais ses seins incompris étaient certainement en train de se trémousser. C'était de pire en pire. N'y avait-il donc personne qui pût la soulager ? La nuit, elle était sans doute pieds nus devant la chambre du représentant Tröger, à passer en revue ses troupes orgiaques par le trou de la serrure. Elle sombrait lentement dans la folie. Parfois, elle le regardait comme si elle voulait lui ôter son pantalon. Autrefois, les dames dans son genre se réfugiaient dans la piété. Fabian se leva et dit :

« Dommage que vous n'ayez pas d'enfants.

— Je m'en vais. » Découragée, Mme Hohlfeld quitta la pièce.

Fabian regarda l'heure. Labude était encore à la bibliothèque. Fabian s'approcha de la table, sur laquelle s'entassaient des piles de livres et de brochures. Plus haut, sur le mur, était accrochée une broderie portant une inscription : « *Juste un petit quart d'heure* ». Lorsqu'il avait emménagé, il avait déplacé la maxime qui se trouvait alors au-dessus du canapé. Il lui arrivait encore de prendre un livre et d'en lire quelques pages. Il ne l'avait presque jamais regretté.

Il piocha au hasard. Descartes, *Principes de la philosophie*, ainsi s'intitulait l'opuscule. Cela faisait six ans qu'il l'avait étudié, pour l'examen oral avec Driesch. Six ans, un sacré bout de temps. À l'époque il y avait, de l'autre côté de la rue, une enseigne indiquant : « *Chaim Pines, achat et vente de fourrures* ».

Était-ce là tout ce qu'il gardait du passé ? Avant d'être appelé par l'examinateur, il s'était promené dans les couloirs, coiffé du haut-de-forme d'un autre candidat, et avait effrayé l'appariteur. Son condisciple Vogt avait été recalé et était parti en Amérique.

Il s'assit et ouvrit le fascicule. Qu'est-ce que Descartes avait à lui dire ?

> Ce n'est pas d'aujourd'hui que je me suis aperçu que, dès mes premières années, j'ai reçu quantité de fausses opinions pour véritables, et que ce que j'ai depuis fondé sur des principes si mal assurés ne saurait être que fort douteux et incertain. Et dès lors j'ai bien jugé qu'il me fallait entreprendre sérieusement, une fois en ma vie, de me défaire de toutes les opinions que j'avais reçues auparavant en ma créance, et commencer tout de nouveau dès les fondements, si je voulais établir quelque chose de ferme et de constant dans les sciences. Mais cette entreprise me semblant être fort grande, j'ai attendu que j'eusse atteint un âge qui fût si mûr que je n'en pusse espérer d'autre après lui auquel je fusse plus propre à l'exécuter ; ce qui m'a fait différer si longtemps, que désormais je croirais commettre une faute si j'employais encore à délibérer le temps qui me reste pour agir.
>
> Aujourd'hui donc que fort à propos pour ce dessein j'ai délivré mon esprit de toutes sortes de soins, que par bonheur je ne me sens agité d'aucunes passions, et que je me suis procuré un repos assuré dans une paisible solitude, je m'appliquerai sérieusement et avec liberté à détruire généralement toutes mes anciennes opinions.

Fabian regarda dans la rue, suivit des yeux les autobus qui, tels des éléphants sur patins à roulettes, circulaient dans la Kaiserallee, et ferma un instant les paupières. Puis il feuilleta l'ouvrage et survola l'introduction. Descartes avait quarante-cinq ans au moment où il avait annoncé sa révolution. Il avait un peu participé à la guerre de Trente Ans. Un petit type avec un crâne énorme. « *Délivré de toutes sortes de soins.* » Une révolution dans la solitude. En Hollande. Des parterres de tulipes devant la maison. Fabian rit, repoussa le philosophe et enfila son manteau. Dans le couloir, il croisa M. Tröger, le grand consommateur de femmes. Ils soulevèrent leurs chapeaux.

Le second logement de Labude était situé dans le centre. Bien peu de gens en avaient connaissance. C'est là qu'il se réfugiait quand les beaux quartiers, la noble parentèle, les dames de la haute société et le téléphone lui tapaient sur les nerfs. Là aussi qu'il se consacrait à ses centres d'intérêt scientifiques et sociaux.

« Où étais-tu fourré la semaine dernière ? lui demanda Fabian.

— Très bien, merci, répondit Labude en buvant le cognac qui se trouvait devant lui. J'étais à Hambourg. Leda te salue.

— Et comment se porte mademoiselle ta fiancée ?

— Je t'en parlerai plus tard.

— Des nouvelles du conseiller privé ? Il a lu ton travail ?

— Non. Il n'avait pas le temps : thèses, examens, cours magistraux, séminaires et réunions au Sénat. D'ici à ce qu'il lise mon mémoire d'habilitation, j'aurai de la barbe jusqu'aux genoux. » Labude se resservit et but.

« Ne t'énerve pas. Ces types seront sacrément surpris en découvrant la façon dont tu as reconstruit la cervelle de Lessing à partir de ses œuvres complètes, alors que, avant que tu n'arrives, ils voyaient en lui un *logos* en roue libre auquel ils ne comprenaient rien.

— Je crains qu'ils ne soient un peu trop surpris. Examiner la sacro-sainte logique d'un auteur mort sous l'angle psychologique, y découvrir des erreurs de raisonnement et les rapporter à l'individu en soulignant leur intérêt, prendre un classique tout ce qu'il y a de classique pour montrer que c'était l'incarnation du génie écartelé entre deux époques, tout cela ne pourra que les agacer. Attendons voir. Laissons le vieux Saxon en paix. J'ai passé cinq ans à disséquer ce gars, à le démonter et à le remonter ! Drôle d'activité pour un type adulte : farfouiller dans le XVIIIe siècle comme dans une poubelle ! Prends-toi un verre ! »

Fabian sortit un verre à liqueur de l'armoire et se servit. Labude regardait fixement devant lui.

« Ce matin, j'ai vu un professeur se faire embarquer à la Bibliothèque nationale. Un sinologue. Cela faisait un an qu'il volait des œuvres rares pour les revendre. Quand on l'a arrêté, il est devenu blanc comme un linge et a dû s'asseoir dans l'escalier. On l'a retapé avec de l'eau froide, après quoi on l'a évacué.

— Cet homme s'est trompé de métier, dit Fabian. Pourquoi commencer par apprendre le chinois si c'est pour gagner sa vie en volant ? Les temps sont durs. Voilà que les philologues deviennent des brigands.

— Termine ton verre et viens ! » s'exclama Labude.

Ils passèrent devant le marché couvert, traversant une multitude d'odeurs nauséabondes, pour rejoindre l'arrêt de bus. Le véhicule était bondé. Ils durent rester debout. Soudain, Labude demanda d'une voix très forte : « Qu'est-ce que c'est que ce bâtiment, Jonathan ? » en montrant la cathédrale. Fabian le regarda d'un air étonné. Son ami lui fit un clin d'œil. Ah ! il retrouvait son humeur facétieuse d'autrefois, son humour noir se mettait en branle.

Fabian désigna la cathédrale :

« Ça ? C'est la caserne centrale des pompiers.

— Qu'est-ce que c'est ? » répéta l'autre, la main à l'oreille, feignant de surcroît la surdité.

« La caserne centrale des pompiers ! » hurla Fabian.

Labude opina du chef en souriant et dit : « Ah oui ! Bien sûr, j'aurais dû m'en douter. »

Les passagers jetèrent des coups d'œil par les vitres, échangèrent des regards consternés et examinèrent les deux jeunes gens d'un air soucieux. Le bus s'arrêta. Le bus repartit.

« Et ça ? » Labude montrait l'université.

« C'est un établissement pour enfants demeurés ! »

L'autre le remercia d'un signe de tête aimable et dit : « Ils sont bien installés, les petits débiles mentaux. » Un sourire plein d'humanité embellissait ses traits. Autour d'eux, on accusa une certaine nervosité. « Ce bâtiment est énorme, Jonathan, ajouta-t-il d'un air songeur.

— Oui, la débilité est très répandue par ici. D'ailleurs, voici l'hôtel de ville ! » Fabian désigna la Bibliothèque nationale.

« L'hôtel de ville ? Il a l'air bien calme, non ?

— Ces messieurs ne sont pas souvent là. Certains sont en Suisse pour se reposer, d'autres se font opérer, et la plupart sont en vacances. »

Un des passagers eut un rire nasal. Les autres paraissaient profondément offensés.

« Nous dérangeons ces messieurs-dames, baisse un peu la voix, beugla Labude.

— Oui, Vercingétorix ! s'écria Fabian. Mais dans ce cas, je crains que tu ne me comprennes plus. »

Son ami aux blonds cheveux eut un sourire engageant.

« Comme tu voudras. Il faut dire que tu connais la ville comme ta poche. Tu ne trouves pas que mon ouïe s'est améliorée ?

— Très notablement, répondit Fabian.

— Oui, manger de la viande ne me réussit pas. Le médecin me l'a déconseillé. Il semblerait que ça favorise les rhumatismes. »

Les passagers du bus étaient pétrifiés sur leurs sièges. On aurait dit que l'indignation leur faisait oublier leur destination. L'autobus franchit la porte de Brandebourg.

« Qui est-ce qui habite là ? s'enquit Labude, le doigt pointé sur les colonnes érodées.

— C'est une tour de signalisation.

— Et ces petits chevaux, là-haut ?

— Un monument en l'honneur des derniers fiacres.

— Intéressant, le cocher est presque nu.

— C'est à prendre au sens symbolique, hurla Fabian. À cause des impôts. »

Un monsieur digne et sérieux avec un pince-nez toussa et devint bleu. Une grosse dame s'agita sur son siège comme si on la faisait rôtir et dit à Labude : « La porte de Brandebourg. »

Celui-ci sourit et cria :

« Excusez-moi, chère madame. Cela vous a-t-il fait mal ?

— La porte de Brandebourg ! s'époumona la grosse dame, dont les yeux se remplirent de larmes.

— Seigneur, j'ai dû lui marcher sur les pieds », dit Labude à Fabian.

Celui-ci, qui avait grande envie de descendre, répondit : « Nous sommes bientôt arrivés.

— Et ça, qu'est-ce que c'est ? » demanda Labude en désignant le Tiergarten.

À ce moment-là, quelqu'un se leva, agita son parapluie sous le nez de Fabian et beugla :

« Si vous lui dites que c'est la Nationalgalerie, je vous en mets une qui vous rendra sourd et muet ! Compris ?

— Merci ! » Labude s'inclina aimablement devant le monsieur écumant.

« Calmez-vous, répondit Fabian, je sais tout de même qu'il s'agit du terrain d'exercice de Tempelhof[1]. »

Soudain, toutes les places assises se libérèrent, les passagers avaient bondi sur leurs pieds et vociféraient tous en même temps. Labude s'assit avec un sourire.

« Ce cirque a commencé à la cathédrale ! piaillait une demoiselle au teint pâle.

— Ils ont dit que l'université était une institution pour enfants demeurés !

— Que la Bibliothèque nationale était l'hôtel de ville.

— Et la porte de Brandebourg une tour de signalisation », pleurait la grosse dame, qui sécha ses larmes avec émotion.

Fabian sortit sur la plate-forme. « Garçon, dit-il au contrôleur, voudriez-vous bien rappeler à l'ordre tous ces messieurs-dames ? » Puis il sauta du véhicule.

Labude l'attendait à l'arrêt suivant. « Un moment très sympathique, déclara-t-il. Quel tempérament ! Ce peuple est magnifique ! Mais très pédant. »

Ils longèrent la Budapester Straße. Sur la Voßstraße, Labude s'approcha d'une voiture à l'arrêt et demanda à

---

1. Ce terrain, situé au sud de Berlin, était dévolu à l'armée. *(Toutes les notes sont de la traductrice.)*

la dame entourée de petits pékinois blancs comme neige qui était assise à l'intérieur :

« Pourriez-vous me dire l'heure, s'il vous plaît ?

— Je n'ai pas de montre, répondit-elle d'un ton sévère.

— Dommage », dit Labude sans bouger.

Fabian s'avança vers lui, souleva son chapeau et demanda :

« Pourriez-vous me dire l'heure, s'il vous plaît ?

— Un instant ! » Labude sortit sa montre de sa poche et répondit : « Huit heures moins sept, monsieur.

— Je vous remercie », dit Fabian. Il glissa son bras sous celui de son ami et tous deux marchèrent tranquillement jusqu'à la Potsdamer Platz.

« C'était la femme du président-directeur général Roth, expliqua Labude. Ma mère le saura demain à la première heure. Ah non, je crois qu'elle est en déplacement. »

CHAPITRE 5

Grave discussion dans un dancing • Une demoiselle bien épilée • Mme Moll fait valser les verres

Comme chaque soir, chez Haupt, c'était la plage en fête. À dix heures tapantes, deux douzaines de gigolettes descendirent de la galerie en file indienne, vêtues de maillots de bain colorés, de mi-bas roulés et de hauts talons. Cette tenue déshabillée permettait d'avoir librement accès au local et de bénéficier d'un schnaps gratuit. Des avantages non négligeables par ces temps de pénurie. Les filles commencèrent par danser entre elles afin que les hommes aient quelque chose à regarder.

Le spectacle des rondeurs féminines accompagné de musique excitait les commis, comptables et petits commerçants massés derrière les barrières. Le maître à danser cria qu'on pouvait se précipiter sur les dames, ce qui fut fait. On choisissait de préférence les drôlesses montrant le plus d'embonpoint et d'insolence. Les alcôves furent vite occupées, les barmaids jouaient du rouge à lèvres, l'orgie pouvait commencer.

Fabian et Labude étaient assis juste à côté de la scène. Ils aimaient cet endroit parce qu'ils n'en faisaient pas partie. Le chiffre apposé sur le téléphone placé sur leur table rougeoyait sans interruption. L'appareil bourdonnait. On voulait leur parler. Labude souleva l'écouteur et le glissa sous la table. Ils étaient de nouveau tranquilles. Car le bruit, la musique, les rires et les chansons ne leur étaient pas adressés et n'avaient plus de prise sur eux.

Fabian parla de l'usine de cigarettes, de l'appendice de Breitkopf et de la cathédrale de Cologne. Labude regarda son ami et dit :

« Tu devrais penser à grimper les échelons.

— Je ne sais rien faire.

— Tu sais faire beaucoup de choses.

— C'est pareil, répliqua Fabian. Je sais faire plein de choses, mais je ne veux rien. À quoi bon grimper ? Pour faire quoi et contre qui ? Imaginons que je sois détenteur d'une fonction. Où est le système dans lequel je pourrais fonctionner ? Il n'existe pas et rien n'a de sens.

— Si, on gagne de l'argent, par exemple.

— Je ne suis pas un capitaliste !

— Justement. » Labude eut un petit rire.

« Quand je dis que je ne suis pas un capitaliste, cela signifie que je n'ai pas la fibre pécuniaire. Pourquoi devrais-je gagner de l'argent ? Qu'est-ce que j'en ferais ? Il n'est pas nécessaire de grimper les échelons pour être rassasié. Que je rédige des lettres officielles, que je poétise des affiches ou que je vende du chou rouge, cela m'est égal et c'est tout à fait égal. Sont-ce là des tâches dignes d'un adulte ? Le chou rouge en gros ou en détail, quelle différence ? Je ne suis pas un capitaliste, je te le répète ! Je ne veux ni intérêts ni plus-value. »

Labude secoua la tête.

« Tu es trop indolent. Quand on gagne de l'argent et qu'on n'aime pas ça, on peut l'échanger contre du pouvoir.

— Qu'est-ce que j'en ferais ? répliqua Fabian. Je sais que c'est ce que tu recherches. Mais à quoi me servirait le pouvoir puisque je n'ai pas envie d'être puissant ? La soif de pouvoir et la cupidité sont sœurs, mais elles et moi ne sommes pas apparentés.

— Le pouvoir peut être utilisé au service d'autrui.

— Mais personne ne le fait ! Celui-ci en use à son profit, celui-là au bénéfice de sa famille, l'un pour payer moins d'impôts, l'autre privilégie les gens qui ont les cheveux blonds, le cinquième ceux qui font plus de deux mètres, le sixième teste une formule mathématique sur l'humanité. Je me fiche de l'argent et du pouvoir ! » Fabian frappa du poing sur la rambarde, mais elle était capitonnée et tendue de peluche. Son coup de poing resta muet.

« Si seulement je pouvais trouver la pépinière de mes rêves ! Je t'y amènerais pieds et poings liés pour qu'on t'implante un but dans la vie ! » Labude était sincèrement soucieux. Il posa la main sur le bras de son ami.

« J'observe. N'est-ce pas déjà quelque chose ?

— À qui cela rend-il service ?

— Qui en a besoin ? répliqua Fabian. Tu veux du pouvoir. Tu veux – c'est ton rêve – rassembler et diriger la petite bourgeoisie. Tu veux contrôler le capital et intégrer le prolétariat. Et ensuite, tu veux contribuer à édifier un État de culture qui ressemble fichtrement au paradis. Mais laisse-moi te dire : ton paradis n'empêchera jamais les gens de se foutre sur la gueule ! Sans compter qu'il ne verra jamais le jour… Je connais effectivement un but, malheureusement ce n'en est pas un. Je voudrais faire en sorte que les gens se montrent corrects et raisonnables. Et en ce moment, je suis en train d'examiner leurs aptitudes en ce domaine. »

Labude leva son verre et dit : « Je te souhaite bien du plaisir ! » Il but, puis reprit : « Commençons par construire un système raisonnable, les gens s'y adapteront. »

Fabian but et ne répondit pas.

Labude poursuivit avec agitation :

« Tu es d'accord, n'est-ce pas ? Bien sûr que tu es d'accord. Mais tu préfères rêver d'un but parfait et inaccessible au lieu de tendre vers un objectif imparfait qui soit réalisable. Tu trouves ça plus confortable. Tu n'as pas d'ambition, c'est terrible.

— Heureusement ! Tu imagines si nos cinq millions de chômeurs ne voulaient pas se contenter de réclamer des subsides ! Tu imagines s'ils avaient de l'ambition ! »

Deux anges en maillot se penchèrent sur la balustrade. L'une des femmes était grosse et blonde, ses seins s'étalèrent sur le tissu de peluche, comme si le dîner était servi. L'autre créature était maigre et, à voir sa figure, on pouvait supposer qu'elle avait les jambes tordues. « Filez-nous une cigarette », dit la blonde. Fabian tendit le paquet, Labude donna du feu. Les femmes fumèrent, regardant les deux jeunes gens d'un air d'expectative, et, après une pause, la maigre déclara d'une voix rouillée :

« Eh oui, c'est comme ça.

— Qui est-ce qui paie le schnaps ? » demanda la grosse.

Ils se rendirent tous les quatre au bar. Des feuilles de vigne et de volumineuses grappes de raisin, le tout en carton, bordaient le chemin. Ils s'assirent dans un coin. Sur le mur était peinte une reproduction du château de

Pfalzgrafenstein[1]. Fabian pensa à Blücher[2], Labude commanda des liqueurs. Les femmes se parlaient à voix basse. Sans doute se répartissaient-elles les deux galants car, tout de suite après, la grosse blonde lança son bras autour de Fabian, posa la main sur sa jambe et fit comme si elle était chez elle. La maigre vida son verre d'un trait, pinça le nez de Labude et gloussa sottement.

« En haut, il y a des alcôves, dit-elle avec un clin d'œil en retroussant son short bleu.

— Comment se fait-il que vous ayez les mains si rêches ? » demanda Labude.

Elle le menaça du doigt. « Ce n'est pas ce que tu penses, s'écria-t-elle en s'étranglant d'espièglerie.

— Paula a travaillé dans une conserverie », expliqua la blonde. Elle attrapa la main de Fabian et la promena sur son buste jusqu'à ce que ses mamelons deviennent gros et durs. « On ira à l'hôtel ensuite ? demanda-t-elle.

— Je suis épilée de partout », déclara la maigre, qui parut encline à fournir la preuve de ses dires. Labude eut grand-peine à l'empêcher de se livrer à ces extrémités.

« Après on dort mieux », dit la blonde à Fabian en étirant ses grosses jambes.

Lottchen, la fille du comptoir, remplit les verres. Les deux femmes burent comme si elles n'avaient rien mangé depuis huit jours. La musique leur parvenait de manière assourdie. Au bar était assis un type gigantesque qui se gargarisait avec du kirsch. Il avait le crâne

1. Il s'agit d'un château du XIVe siècle, situé sur le Rhin.

2. Gebhard Leberecht von Blücher (1742-1819), général prussien qui affronta Napoléon Ier lors de la bataille de Waterloo en 1815. Les soldats qu'il commandait traversèrent le Rhin à la hauteur de l'île sur laquelle se trouvait le château.

renversé jusqu'à la colonne vertébrale. Derrière le château de Pfalzgrafenstein, une ampoule électrique ensoleillait le Rhin, quoique juste par-derrière.

« En haut, il y a des alcôves », répéta la maigre. On monta. Labude commanda un en-cas froid. Lorsque l'assiette de viande et de saucisson fut devant les deux femmes, elles oublièrent tout le reste et passèrent à l'attaque. En bas, dans la salle, on primait la plus belle silhouette. Dans leurs maillots sommaires, les femmes tournaient sur elles-mêmes en écartant les bras et les doigts avec un sourire de séduction. Les hommes semblaient être à la foire aux bestiaux.

« Le premier prix est une grande bonbonnière, expliqua la maigre, qui se prénommait Paula, tout en mastiquant, et après la gagnante doit la rendre au gérant.

— Je préfère manger, dit la blonde. De toute façon, on trouve toujours mes jambes trop grosses. Pourtant, il n'y a pas mieux. Je suis sortie avec un prince russe qui continue de m'écrire des cartes postales.

— N'importe quoi ! grogna Paula. J'ai connu un monsieur, un ingénieur, qui aimait les phtisiques. Et l'ami de Victoria a une bosse, elle dit qu'elle ne peut pas s'en passer. Qu'est-ce que vous voulez ! Moi, je trouve que le plus important, c'est qu'on sache y faire.

— L'expérience, y a que ça de vrai », proclama la grosse en pêchant le dernier morceau de jambon.

Dans la salle, on annonçait le résultat du concours. L'orchestre joua une fanfare. Le gérant remit une grosse bonbonnière à la gagnante. Elle le remercia avec joie, s'inclina devant les clients qui applaudissaient en hurlant et s'éclipsa avec son cadeau, sans doute était-elle allée le rapporter.

« Pourquoi est-ce que vous ne travaillez plus dans votre conserverie ? » demanda Labude. Sa question avait tout d'un reproche.

Paula repoussa l'assiette vide, se passa la main sur le ventre et dit :

« Premièrement, ce n'était pas ma conserverie, et deuxièmement, j'ai été renvoyée. Heureusement, je savais des trucs sur le directeur. Il avait séduit une fille de quatorze ans. Enfin, "séduit" est un peu exagéré, mais lui croyait à ces âneries. Je l'appelais tous les quinze jours pour lui dire que s'il ne me donnait pas cinquante marks, je parlerais. Le lendemain, je passais à la caisse récupérer l'argent.

— Mais c'est du chantage ! s'exclama Labude.

— C'est aussi ce que pensait l'avocat qu'il m'avait flanqué sur le dos. J'ai dû signer un papelard, on m'a donné cent marks et, hop, finie la rente ! Maintenant, je suis ici et je vis comme je peux.

— C'est épouvantable, dit Labude à Fabian. C'est terrible de voir comme certains directeurs abusent des relations avec leurs employées.

— Qu'est-ce que tu racontes ? s'écria la grosse. Si j'étais un homme, un directeur, j'aurais tout le temps des relations avec mes employées. » Elle caressa les cheveux de Fabian, lui colla un baiser, lui prit la main et la posa sur son estomac repu.

Labude et Paula dansèrent ensemble. Celle-ci avait effectivement les jambes torses.

Dans l'alcôve voisine, une femme chantait tout haut d'une voix avinée :

> L'amour est un jeu,
> Qui se joue à deux.

« Celle-là, dit la grosse, c'est une drôle de citoyenne. Elle n'a rien à faire ici, elle arrive en manteau de fourrure, mais en dessous elle porte des trucs transparents. Il paraît qu'elle vient des beaux quartiers, et même qu'elle est mariée. Elle se prend des jeunes types, elle paie et elle frime à en faire rougir les murs. »

Fabian se leva de son siège et jeta un coup d'œil pardessus la cloison à mi-hauteur qui séparait les deux niches.

Une grande femme bien faite, vêtue d'un maillot de soie verte, chantait tout en essayant de déshabiller un soldat qui lui opposait une résistance désespérée. « Hé, mon gars ! cria-t-elle. Relève la tête, hein ! Allez ! Montre-moi tes papiers ! » Mais le brave fantassin la repoussa. Fabian pensa à la célèbre épouse d'officier qui avait si impudiquement importuné le pauvre Joseph, le plus doué des arrière-petits-fils d'Abraham. La dame en vert se leva, attrapa une coupe de champagne et s'approcha en titubant de la rambarde.

Ce n'était pas Mme Putiphar, mais Mme Moll. Irene Moll, dont il avait la clé dans son manteau.

Vacillante, elle leva le verre effilé et le jeta en bas, dans la salle. Il se brisa sur le parquet. Les musiciens s'arrêtèrent de jouer. Les couples qui dansaient levèrent la tête, effrayés. Tous regardèrent en direction de l'alcôve.

Mme Moll allongea la main et s'écria : « Et ça prétend être un homme ! Quand on les prend en main, il n'y a plus personne ! Mesdames, je propose de coffrer toute cette bande de voyous ! Mesdames, nous avons besoin de bordels d'hommes ! Que ceux qui sont pour lèvent la main ! » Elle s'asséna un grand coup sur la poitrine, ce qui lui donna le hoquet. On se mit à rire. Le gérant était déjà en chemin. Irene Moll commença à pleurer. Son mascara se liquéfia et les larmes tracèrent des lignes sur son visage. « Chantons ! cria-t-elle au milieu de ses sanglots et de ses hoquets. On va chanter la jolie chanson du piano ! » Elle écarta les deux bras et beugla :

Je suis tou-out en émoi,
Je suis tou-out excitée.
Viens jouer du piano sur moi !
Viens jouer su-u-ur moi
L'école de la vélocité.
Je suis là pour ça…

Le gérant lui mit la main sur la bouche. Se méprenant sur son geste, elle se jeta à son cou. Ce faisant, elle aperçut Fabian qui la regardait, se dégagea, s'écria « Je te connais ! » et voulut le rejoindre. Mais le soldat, qui avait eu le temps de se remettre, et le gérant l'empoignèrent et la plaquèrent sur une chaise. Dans la salle, musique et danse reprirent.

Pendant cette scène, Labude avait réglé la note, il donna un peu d'argent à Paula et à la grosse, prit le bras de Fabian et l'entraîna.

Au vestiaire, il lui demanda :

« Elle te connaît vraiment ?

— Oui, répondit Fabian. Elle s'appelle Moll, son mari est avocat et paie tout ce qu'on veut quand on couche avec elle. J'ai encore les clés de ce curieux couple dans la poche. Les voilà. »

Labude lui subtilisa le trousseau, cria « Je reviens tout de suite ! » et, en manteau et chapeau, retourna précipitamment sur ses pas.

CHAPITRE 6

Duel devant un musée • À quand la prochaine guerre ? • Un bon diagnosticien

Lorsqu'ils furent dans la rue, Labude demanda avec irritation :

« Tu as eu une histoire avec cette folle ?

— Non, j'ai juste été dans sa chambre à coucher et elle s'est déshabillée. Tout à coup, un homme est arrivé, prétendant qu'il était son mari mais que cela ne devait pas me déranger. Après quoi, il m'a lu un drôle de contrat qu'ils avaient signé, elle et lui. Et ensuite je suis parti.

— Pourquoi est-ce que tu as pris les clés ?

— Parce que la porte de l'immeuble était fermée.

— Quelle affreuse bonne femme ! dit Labude. Elle était penchée sur la table, complètement bourrée, j'ai glissé les clés vite fait dans son sac à main.

— Elle ne te plaît pas ? demanda Fabian. Pourtant, elle fait de l'effet avec sa taille, et puis ce visage de communiante délurée tout en haut est d'une merveilleuse incongruité.

— Si elle était laide, ça fait longtemps que tu aurais rendu les clés au concierge. »

Labude entraîna son ami. Ils tournèrent tranquillement dans une rue latérale, passèrent devant un monument sur lequel se dressait M. Schulze-Delitzsch, puis devant le musée de la Marche de Brandebourg, où le Roland de pierre était appuyé d'un air maussade dans une niche de lierre ; sur la Spree, un vapeur faisait entendre sa lamentation. Ils s'arrêtèrent sur le pont et regardèrent la rivière sombre et les entrepôts dépourvus de fenêtres. Au-dessus de Friedrichstadt, le ciel brûlait.

« Cher Stephan, dit Fabian à voix basse, je suis touché du mal que tu te donnes pour moi. Mais je ne suis pas plus malheureux que notre époque. Veux-tu me rendre plus heureux qu'elle ne l'est ? Si tu cherches à me procurer un poste de directeur, un million de dollars ou une femme honnête que je puisse aimer, ou encore les trois à la fois, tu n'y arriveras pas. »

Un petit bateau noir avec un fanal rouge à la poupe avançait sur la rivière, qui était encore plus noire que lui. Il semblait n'y avoir personne à la barre. Fabian posa sa main sur l'épaule de son ami.

« Quand je disais que j'employais mon temps à observer le monde avec curiosité pour évaluer ses talents en matière de décence, ce n'était que partiellement vrai. Si je traîne comme ça, c'est aussi pour une autre raison. Je traîne et je recommence à attendre, comme autrefois pendant la guerre, quand nous savions que nous allions être incorporés. Tu te souviens ? Nous écrivions des dissertations et des dictées, nous donnions l'apparence d'apprendre, mais que nous le fassions ou non n'avait pas la moindre importance, puisque nous devions partir à la guerre. N'étions-nous pas comme sous une cloche de verre d'où l'on pompe l'air, lentement mais sans relâche ? Nous commencions à gigoter, ce n'était pas l'exubérance, mais le manque d'oxygène. Tu te souviens ? Nous ne voulions pas passer à côté de quoi que ce soit et nous avions terriblement faim de la vie, parce que nous croyions que c'était le repas du condamné. »

Accoudé à la rambarde, Labude contemplait la Spree. Fabian allait et venait avec agitation, comme s'il faisait les cent pas dans sa chambre.

« Tu te souviens ? répéta-t-il. Et, six mois plus tard, nous étions sur le départ. Huit jours avant, je suis allé à Graal. J'y suis allé parce que j'y avais été une fois dans mon enfance. C'était l'automne, je marchais avec mélancolie sur le sol instable des forêts d'aulnes. La Baltique était folle et les curistes se comptaient sur les doigts de la main. Au gîte, il y avait dix femmes passables et j'ai couché avec six d'entre elles. L'avenir avait décidé de me transformer en chair à pâté. Qu'est-ce que j'étais censé faire en attendant ? lire des livres ? peaufiner ma personnalité ? gagner de l'argent ? J'étais assis dans une grande salle d'attente qui s'appelait l'Europe. Le train partait dans huit jours. Je le savais. Mais où allait-il ? Qu'allais-je devenir ? Ça, personne ne le savait. Et nous revoilà dans la salle d'attente, et de nouveau elle s'appelle l'Europe ! Et nous ne savons toujours pas ce qui arrivera. Nous vivons à titre provisoire, l'inflation n'en finit pas !

— Bon Dieu ! s'exclama Labude, si tout le monde pensait comme toi, on ne parviendrait jamais à stabiliser quoi que ce soit. Crois-tu que je ne sente pas la précarité de notre époque ? Crois-tu avoir le privilège de l'insatisfaction ? Mais moi, je n'observe pas, j'essaie d'agir de manière raisonnable.

— Ce ne sont pas les gens raisonnables qui arriveront au pouvoir, dit Fabian. Et encore moins les justes.

— Ah bon ? » Labude se planta devant son ami et l'attrapa des deux mains par le col de son manteau. « Mais ils devraient au moins essayer, non ? »

À cet instant, ils entendirent un coup de feu et un cri et, juste après, trois coups venant d'une autre direction. Labude se mit à courir dans l'obscurité vers le musée. Un autre coup de feu retentit. Formidable ! se dit Fabian, tentant de rattraper Labude en dépit de la douleur que lui causait son cœur.

Un homme était accroupi au pied du Roland brandebourgeois, il agitait son pistolet en beuglant : « Attends un peu, espèce de salaud ! » Il tira de nouveau par-delà la rue sur un adversaire invisible. Une lanterne de réverbère se brisa. Il y eut un cliquetis de verre sur le pavé. Labude lui ôta son arme et Fabian demanda :

« Pourquoi tirez-vous assis ?

— Parce qu'il m'a touché à la jambe », grogna l'homme. C'était un jeune type costaud, coiffé d'une casquette. « Quel fumier ! hurla-t-il. Mais je sais comment tu t'appelles. » Il eut un geste menaçant à l'encontre de l'obscurité.

« La balle a traversé le mollet », déclara Labude. Il s'agenouilla, sortit un mouchoir de son manteau et essaya de confectionner un pansement provisoire.

« Ça a démarré au bistrot, se lamenta le blessé. Il avait gribouillé une croix gammée sur la nappe. J'ai dit un truc. Il a dit un truc. Je lui en ai collé une. Le patron nous a flanqués dehors. Le type m'a suivi en déblatérant sur l'Internationale. Je me suis retourné, il me tirait déjà dessus.

— Est-ce que maintenant au moins vous êtes convaincu ? » demanda Fabian en baissant les yeux vers l'homme, qui serrait les dents tandis que Labude palpait sa blessure.

« La balle n'y est plus, fit remarquer ce dernier. Il n'y a donc pas de voitures par ici ? On se croirait au village.

— Il n'y a même pas un agent de police, dit Fabian d'un ton de regret.

— Encore heureux ! » Le blessé essaya de se relever. « Pour qu'ils coffrent un prolétaire de plus qui a eu l'insolence de se faire bousiller les os par un nazi. »

Labude le retint, l'obligea à se rasseoir par terre et ordonna à son ami d'aller chercher un taxi. Fabian partit en courant, traversa la rue, tourna au coin, longea la rive plongée dans la nuit.

Dans la petite rue suivante, il vit des voitures. Il demanda à un chauffeur de taxi de se rendre au musée de la Marche de Brandebourg, il y avait quelqu'un à récupérer devant la statue de Roland. Le taxi disparut. Fabian suivit à pied. Il respirait lentement et profondément. Son cœur cognait comme un fou. Il tambourinait sous sa veste. Il battait dans sa gorge. Il lui martelait le crâne. Fabian s'arrêta et se sécha le front. Saleté de guerre ! Saleté de guerre ! En être revenu avec un cœur malade était une broutille, mais c'était compter sans les souvenirs. Un peu partout en province, il devait se trouver des bâtisses isolées où il restait des soldats estropiés. Des hommes privés de leurs membres, des hommes avec des visages atroces, sans nez, sans bouche. Des infirmières qui n'avaient peur de rien nourrissaient ces créatures défigurées à l'aide de minces tubes en verre qu'elles plantaient dans des trous où proliféraient les cicatrices, là où autrefois il y avait eu une bouche. Une bouche qui pouvait rire et parler et crier.

Fabian tourna au coin de la rue. Le musée était de l'autre côté. La voiture s'arrêta devant. Il ferma les yeux et se remémora des photos terribles qui surgissaient parfois dans ses rêves et l'effrayaient. Ces pauvres êtres faits à la ressemblance de Dieu ! Ils étaient encore dans ces endroits situés à l'écart du monde, contraints de se laisser nourrir et de continuer à vivre. Car c'était un péché de les tuer. Mais pas de leur ravager le visage au lance-flammes. Les familles ne savaient rien de ces hommes, de ces pères, de ces frères. On leur avait dit qu'ils étaient portés disparus. Cela faisait désormais quinze ans. Les femmes s'étaient remariées. Et le défunt, nourri à l'aide de pipettes quelque part dans la Marche de Brandebourg, ne vivait plus chez lui que sous la forme d'une jolie photographie accrochée au-dessus du canapé, un petit bouquet dans le canon du fusil, tandis qu'en dessous son successeur menait la belle vie. Quand aurait lieu la prochaine guerre ? Quand les temps seraient-ils mûrs ?

Soudain, quelqu'un cria « Hé ho ! ». Fabian ouvrit les yeux et regarda autour de lui. Un homme était étendu par terre, appuyé sur un coude, la main pressée sur son arrière-train.

« Qu'est-ce que vous avez ?

— Je suis l'autre, répondit l'homme. Moi aussi, j'ai été touché. »

Alors Fabian se campa sur ses deux jambes et partit d'un éclat de rire. De l'autre côté de la rue, du mur du musée, un rire lui répondit en écho.

« Excusez-moi, s'exclama Fabian, cette hilarité n'est pas très polie. »

L'homme replia un genou, fit une grimace, regarda sa main pleine de sang et dit avec hargne : « C'est ça, amusez-vous. Un jour, l'envie de rire vous passera. »

« Qu'est-ce que tu fais planté là ? cria Labude, agacé, en traversant la rue.

— Ah, Stephan, dit Fabian, voici l'autre moitié du duel avec une balle dans le séant. »

Ils hélèrent le taxi et transportèrent le national-socialiste dans la voiture, à côté de son camarade communiste. Les deux amis montèrent à leur suite et demandèrent au chauffeur de les conduire à l'hôpital le plus proche. La voiture démarra.

« Est-ce que ça fait très mal ? s'enquit Labude.

— Ça va, répondirent les deux blessés d'une même voix en se dévisageant d'un air sombre.

— Traître au peuple ! » fit le national-socialiste. Il était plus grand que l'ouvrier, un peu mieux vêtu, et ressemblait à un employé de commerce.

« Traître à la cause ouvrière ! répliqua le communiste.

— Sous-homme ! s'écria l'un.

— Connard ! » s'écria l'autre.

Le commis porta la main à sa poche. Labude lui saisit le poignet. « Donnez-moi ce pistolet ! » ordonna-t-il.

L'homme regimba. Fabian sortit l'arme et la mit dans sa poche.

« Messieurs, dit-il, nous sommes tous d'accord sur le fait que l'Allemagne ne peut pas continuer comme ça. Et s'efforcer de pérenniser une situation intolérable par la dictature est un péché qui recevra tôt ou tard sa punition. Mais se faire mutuellement des trous supplémentaires dans les parties corporelles les moins visibles n'a aucun sens. Et si vous aviez mieux visé et que vous alliez à présent à l'institut médico-légal et non à l'hôpital, ce ne serait pas non plus un grand accomplissement. Votre parti – il s'adressait au fasciste – ne connaît que son cheval de bataille, et encore. Et le vôtre – il se tourna vers l'ouvrier –, le vôtre…

— Nous luttons contre ceux qui exploitent le prolétariat, déclara ce dernier, or vous êtes un bourgeois.

— En effet, répondit Fabian, je suis un petit-bourgeois, ce qui est une grande insulte de nos jours. »

L'employé de commerce avait mal. Penché sur le côté, il était assis sur la moitié valide de son postérieur, se retenant à grand-peine de donner un coup de tête à son adversaire.

« Le prolétariat est un groupe de pression, dit Fabian. Le plus grand groupe de pression. En réclamant justice, vous faites votre devoir. Et je suis votre ami parce que nous avons le même ennemi, j'aime la justice. Je suis votre ami, que cela vous importe ou pas. Mais, monsieur, même si vous prenez le pouvoir, les idéaux de l'humanité resteront dans leur coin et continueront à pleurer. La pauvreté ne rend pas nécessairement bon et intelligent.

— Nos dirigeants..., fit l'homme.

— Évitons le sujet », l'interrompit Labude.

La voiture s'arrêta. Fabian sonna au portail de l'hôpital. Le concierge ouvrit. Des infirmiers arrivèrent et sortirent les blessés du véhicule. Le médecin de garde serra la main aux deux amis.

« Vous m'amenez des politiques ? demanda-t-il en souriant. Cette nuit, on en a récupéré neuf au total, dont un grièvement blessé au ventre. Rien que des ouvriers et des employés. Avez-vous remarqué qu'il s'agit pour la plupart de gens qui habitent la banlieue, qui se connaissent ? Ces fusillades politiques ressemblent à s'y méprendre aux rixes de bals. Dans un cas comme dans l'autre, il s'agit d'un débordement des manifestations de vie collective. D'ailleurs, on a l'impression qu'ils veulent faire baisser les chiffres du chômage en se tuant les uns les autres. Drôle de façon de s'aider.

— L'agitation du peuple me paraît tout à fait compréhensible, dit Fabian.

— Bien sûr. » Le médecin fit un signe d'assentiment. « Le continent souffre du typhus de la faim. Le patient commence déjà à délirer et à se débattre. Au revoir ! »

Le portail se referma.

Labude paya le chauffeur de taxi et le renvoya. Fabian et lui se mirent en route sans mot dire. Soudain, Labude s'arrêta et déclara :

« Je ne veux pas rentrer tout de suite. Viens, allons au cabaret des anonymes.

— Qu'est-ce que c'est ?

— Je n'y suis encore jamais allé. Un type futé a dégoté des gens à moitié fous qu'il fait chanter et danser. En échange de quelques marks, ils se laissent insulter et moquer par le public. Il est probable qu'ils ne s'en aperçoivent même pas. Il paraît que l'endroit est très couru, ce qui n'a rien d'étonnant. Il y en a sûrement qui se réjouissent de voir plus fou qu'eux. »

Fabian accepta. Il jeta un dernier regard à l'hôpital, au-dessus duquel scintillait la Grande Ourse. « Nous vivons une grande époque, dit-il. Et elle devient chaque jour plus grande. »

CHAPITRE 7

Des fous sur scène • Le dernier voyage de Paul Müller • Un fabricant de baignoires

De nombreux véhicules privés étaient garés devant le cabaret. Un homme à barbe rousse, coiffé d'un chapeau à plume d'autruche et portant une gigantesque hallebarde, était appuyé contre la porte et criait : « Entrez, entrez dans la cellule capitonnée ! » Labude et Fabian déposèrent leurs manteaux au vestiaire et, après avoir longtemps cherché, finirent par dénicher une place dans un coin de la salle bondée et enfumée.

Sur la scène branlante, une jeune fille faisait des sauts en souriant sans raison. Il s'agissait visiblement d'une danseuse. Vêtue d'une robe d'un vert criard qu'elle avait faite elle-même, elle tenait à la main une branche de fleurs artificielles et, à intervalles réguliers, se jetait dans les airs avec son rameau. À gauche de la scène, un vieillard édenté jouait la *Rhapsodie hongroise* sur un piano désaccordé.

S'il y avait un lien entre la danse et la musique, il n'était pas évident. Le public, composé de gens élégamment vêtus, buvait du vin, parlait à voix haute et riait.

« Mademoiselle, on vous demande de toute urgence au téléphone ! » lança un monsieur chauve qui devait être au moins président-directeur général. Les rires s'accrurent. Sans se démonter, la danseuse souriait et sautait. Le piano s'arrêta. La *Rhapsodie* était terminée. Jetant au pianiste un regard méchant, la fille continua de sautiller, elle n'en avait pas fini avec sa danse.

« Maman, il y a ton enfant qui t'appelle ! piailla une dame avec un monocle.

— Le vôtre aussi », fit remarquer quelqu'un qui était assis à une table plus éloignée.

La dame se retourna.

« Je n'ai pas d'enfants.

— Tant mieux pour eux ! cria-t-on depuis le fond.

— Silence ! » beugla quelqu'un d'autre. L'altercation prit fin.

La fille ne s'arrêtait pas de danser bien qu'elle dût avoir mal aux jambes, depuis le temps. Puis, trouvant que cela suffisait, elle atterrit dans une révérence ratée, eut un sourire encore plus niais et écarta les bras. Un gros type en smoking se leva : « Bien, très bien ! Je vous invite demain à venir battre les tapis ! »

Le public applaudit bruyamment. La fille multipliait les révérences. Un homme surgit alors des coulisses, fit sortir la danseuse qui résistait de toutes ses forces, puis s'avança sur le devant de la scène.

« Bravo, Caligula ! » s'écria une dame installée à la première rangée de tables.

Caligula, un jeune Juif rondouillard avec des lunettes à monture de corne, se tourna vers l'homme qui était assis à côté d'elle. « Est-ce votre femme ? » demanda-t-il. Le monsieur opina du chef. « Dans ce cas, dites à votre femme de la fermer ! » répliqua Caligula. On applaudit. L'époux rougit. Sa moitié se sentit flattée.

« Silence, espèces d'andouilles ! » cria Caligula en levant les mains. Tous se turent. « C'était quelque chose, hein, ce numéro de danse ?

— Oui ! hurla le public.

— Mais le meilleur est à venir. Maintenant, je vous envoie quelqu'un qui s'appelle Paul Müller. Il est de Tolkewitz. Ça se trouve en Saxe. Paul Müller parle saxon et se prétend déclamateur. Ce n'est pas un comique. Son répertoire ne comporte que des œuvres sérieuses. Il va vous réciter une ballade. Préparez-vous au pire. Selon toute apparence, Paul Müller de Tolkewitz est fou. Je n'ai reculé devant aucune dépense pour m'assurer sa précieuse contribution. Car je ne peux tolérer qu'il n'y ait de fous que dans la salle.

— Ça dépasse les bornes ! » s'écria un client au visage décoré de balafres. Il avait bondi sur ses pieds et tirait avec indignation sur sa veste.

« Assis ! dit Caligula en tordant les lèvres. Vous savez ce que vous êtes ? Un imbécile ! »

Le diplômé de l'université en eut le souffle coupé.

« D'ailleurs, poursuivit le propriétaire du cabaret, d'ailleurs, je ne l'entends pas comme une insulte, mais comme un trait de caractère. »

Les gens rirent et applaudirent. L'indigné au visage balafré fut rassis par ses amis, qui s'employèrent à le calmer. Caligula prit une clochette, l'agita comme un veilleur de nuit et cria : « Paul Müller, montre-toi ! » Puis il s'éclipsa.

Du fond de la scène, on vit s'avancer un individu loqueteux, long comme un jour sans pain et d'une pâleur inhabituelle.

« Salut, Müller ! » hurla-t-on.

« Il a grandi trop vite ! » s'exclama quelqu'un.

Paul Müller s'inclina, afficha une expression d'intense sérieux, se passa la main dans les cheveux puis pressa ses paumes contre ses yeux. Il se concentrait. Soudain, il éloigna ses mains de son visage, les tendit, écarta les doigts, écarquilla les yeux et dit : « "Le dernier voyage" de Paul Müller. » Puis il fit encore un pas.

« Ne tombe pas ! » cria la dame à qui Caligula avait ordonné de se taire.

Par défi, Paul Müller avança encore d'un petit pas, il promena un regard dédaigneux sur le public et reprit : « "Le dernier voyage" de Paul Müller. »

> Le comte de Hohenstein
> Avait une fille chérie
> Qui aimait un officier.
> Il jura de l'enfermer.

À cet instant, un spectateur lança un sucre sur la scène. Paul Müller se baissa, empocha le sucre et poursuivit d'une voix lourde de menace :

> La comtesse résolut de fuir
> Et monta dans sa dix-chevaux.
> Elle partit dans la nuit obscure.
> Mais la mort était sa compagne !

De nouveau on jeta du sucre sur la scène. Dans la salle, il y avait sans doute des habitués qui connaissaient les penchants des artistes. D'autres clients suivirent l'exemple et peu à peu s'engagea une sorte de bombardement auquel Müller ne répondait qu'en se penchant pour ramasser les morceaux de sucre.

La récitation de la ballade se transforma en une conférence accompagnée de génuflexions. Müller essayait aussi d'attraper les sucres qui volaient dans sa direction en ouvrant grand la bouche. Son visage se faisait de plus en plus menaçant, sa voix de plus en plus sombre. On supposait à l'entendre qu'en cette nuit terrible où la comtesse Hohenstein était partie en voiture rejoindre son officier, son bien-aimé avait lui aussi pris la route et se dirigeait vers le château où il pensait trouver sa dame, alors qu'elle venait à sa rencontre. Comme les deux amants empruntaient la même route, que la nuit était pluvieuse et brumeuse et que le poème s'intitulait « Le dernier voyage », il était à craindre que les deux voitures ne se rentrent dedans. Paul Müller ne laissa aucune place au doute le plus infime.

« Ferme la bouche, autrement la sciure que t'as dans le crâne va sortir ! » beugla une voix. Mais l'accident était inéluctable.

> L'officier arriva par la gauche,
> La comtesse arriva par la droite.
> La brume les cachait l'un l'autre.
> Ainsi s'accomplit le destin.
> À gauche un cri,
> À droite un cri…

« Si je sais compter, ça fait deux ! » cria quelqu'un. Les gens applaudirent en hurlant. Ils en avaient assez de Paul Müller et ne se souciaient plus de savoir comment la tragédie se terminait.

Il continuait à déclamer. Mais on le voyait juste remuer les lèvres. On n'entendait rien, le dernier voyage se perdait dans le tapage des survivants. Alors le grand échalas qui composait des ballades fut saisi d'une colère folle. Sautant de l'estrade, il attrapa une dame par les épaules et la secoua avec une telle violence que sa cigarette lui tomba des lèvres et atterrit sur son giron de soie bleue. Elle bondit sur ses pieds en criant. Son compagnon se leva à son tour et se mit à pester. On aurait dit un chien qui aboie. Paul Müller asséna au galant homme un coup qui le renvoya tout vacillant sur sa chaise.

À ce moment-là, Caligula apparut. Il était furieux et ressemblait à un dompteur qui grince des dents. Il saisit l'homme de Tolkewitz par sa cravate et le traîna jusque dans les coulisses.

« Pouah, fit Labude, en bas des sadiques, en haut des fous.

— C'est un sport international, répliqua Fabian. Il existe la même chose à Paris. Là-bas, les spectateurs crient “Tue-le !”. Alors il y a une énorme main en bois qui apparaît et qui évacue le malheureux. Il se fait balayer.

— Le type s'appelle Caligula. Il a des lettres. Même en histoire romaine. » Labude se leva et quitta la table. Il en avait assez. Fabian l'imita. À cet instant, quelqu'un lui donna une tape brutale sur l'épaule. Il se retourna. Le balafré était devant lui, l'air radieux, et d'un ton réjoui il lança :

« Salut, mon vieux, comment vas-tu ?

— Bien, merci.

— Ça alors, qu'est-ce que je suis content de te revoir ! » Et il lui décocha une bourrade amicale en pleine poitrine, sur un des boutons de sa chemise.

« Venez, dit Fabian, allons continuer notre match de boxe à l'extérieur ! » Puis, se faufilant entre les chaises, il regagna le vestibule. « Mon cher, dit-il à Labude qui enfilait son manteau, dépêchons-nous. Je viens de me faire tutoyer par un type. » Ils prirent leurs chapeaux. Mais il était déjà trop tard.

Le balafré arriva en poussant sa femme devant lui, une personne criblée de taches de rousseur, comme si elle n'était pas capable de marcher toute seule. « Tu vois, Meta, lui dit-il, au lycée, ce monsieur était notre premier de la classe. » Puis, s'adressant à Fabian : « Je te présente ma femme. Ma meilleure moitié si j'ose dire. Nous vivons à Remscheid. J'ai laissé tomber la magistrature pour entrer dans l'affaire de mon beau-père. Nous fabriquons des baignoires. Si jamais tu as besoin d'en acheter une, je te la céderai au prix de gros. Ha ha ! Oui, je vais bien. Merci. Heureux en ménage, logement dans une maison double, grand jardin sur l'arrière, un peu d'espèces sonnantes et trébuchantes, et un enfant, mais pas depuis longtemps.

— Il n'est pas plus haut que ça, s'excusa Meta en indiquant sa taille de la main.

— Il a le temps de grandir », la consola Labude. Elle lui lança un regard de gratitude et passa son bras sous celui de son mari.

« Alors, vieille branche, reprit le diplômé, racontenous ce que tu as fait pendant tout ce temps.

— Rien de particulier, répondit Fabian. En ce moment, je bricole une fusée. J'ai envie d'aller sur la Lune.

— Formidable ! s'écria l'homme que son alliance matrimoniale avait fait entrer dans les baignoires. L'Allemagne a toujours une longueur d'avance ! Et comment va ton frère ?

— Vous me comblez de bonnes nouvelles, monsieur, dit Fabian. J'ai toujours voulu avoir un petit frère. Mais si je puis me permettre : où êtes-vous allé au lycée ?

— À Marbourg, bien sûr. »

Fabian haussa les épaules d'un air de regret.

« Il paraît que c'est une ville fascinante, malheureusement, je ne la connais pas.

— Dans ce cas, toutes mes excuses, grinça l'autre. Petite méprise, ressemblance frappante, sans rancune. » Il claqua des talons, lança « Viens, Meta ! » et s'éloigna. Meta adressa à Fabian un regard gêné, fit un signe de tête à Labude et suivit son époux.

« Quel abruti, ce type ! » Fabian était scandalisé. « Il aborde de parfaits inconnus en faisant comme s'il les connaissait. Je soupçonne ce Caligula d'encourager ce genre de choses dans son cabaret.

— Je ne crois pas, dit Labude. Les baignoires étaient sûrement vraies, tout comme le malheureux petit gamin. »

Ils prirent le chemin du retour. Labude fixait les pavés d'un air morose.

« C'est une honte, dit-il au bout d'un moment. Cet ancien magistrat a un appartement, un jardin, un métier, une femme avec des taches de rousseur et j'en passe. Et nous, nous végétons comme de vulgaires vagabonds, sans vrai métier, sans vrais revenus, sans vrai but et même sans vraie petite amie.

— Tu as Leda.

— Et ce qui m'énerve le plus, poursuivit Labude, c'est que ce type ait son enfant à lui, fabrication maison.

— Ne sois pas envieux, dit Fabian. Cet ex-juriste devenu fabricant de baignoires est une exception. Qui, de nos jours, peut encore se marier à trente ans ? L'un est chômeur, l'autre ne tardera pas à perdre son emploi. Le troisième n'en a jamais eu. En ce moment, notre État n'est pas en mesure d'accueillir le renouvellement des générations. Quand on est dans la dèche, il vaut mieux rester seul au lieu de demander à femme et enfant une participation proportionnelle. Impliquer d'autres personnes est un acte pour le moins inconsidéré. Je ne sais pas qui a dit qu'une peine partagée était réduite de moitié, mais si ce crétin est toujours vivant, je lui souhaite deux cents marks par mois et une famille de six enfants. On verra s'il arrive à diviser sa peine par huit ! » Fabian regarda son ami à la dérobée. « Pourquoi est-ce que ça te chiffonne ? Ton père te donne de l'argent, non ? Et quand tu auras ton habilitation, tu gagneras quelques sous en plus. Tu épouseras Leda et plus rien ne fera obstacle à ton désir de paternité.

— Il n'y a pas que le problème économique », répondit Labude. Il s'arrêta et héla un taxi. « Ne m'en veux pas si je préfère être seul. Peux-tu passer me chercher demain chez mes parents ? J'ai à te parler. » Il glissa quelque chose dans la main de son ami et monta dans la voiture qui attendait.

« Est-ce qu'il s'agit de Leda ? » demanda Fabian par la vitre ouverte.

Labude acquiesça et baissa la tête. Le taxi démarra.

L'autre le suivit du regard. « Je viens », cria-t-il. Mais la voiture était déjà loin et les feux arrière auraient pu être des lucioles. Il se reprit et identifia ce qu'il avait dans la main. C'était un billet de cinquante marks.

CHAPITRE 8

Des étudiants qui font de la politique • Labude père aime la vie • Une gifle au bord de l'Außenalster

Les parents de Labude habitaient un grand temple grec à Grunewald. En réalité, ce n'était pas un temple, mais une villa. Et en réalité, ils ne l'habitaient pas. La mère était souvent en voyage, la plupart du temps dans le Sud, dans une maison de campagne près de Lugano. Premièrement, elle préférait le Lago di Lugano au Grunewaldsee. Et deuxièmement, le père de Labude trouvait que la santé délicate de sa femme exigeait des séjours dans le Sud. Il aimait beaucoup son épouse, surtout quand elle était absente. Son affection croissait à proportion de la distance qui les séparait.

C'était un avocat connu. Comme ses clients avaient beaucoup d'argent et beaucoup de procès, il avait lui aussi beaucoup de procès et beaucoup d'argent. L'excitation que lui procurait son métier, qu'il aimait, ne lui suffisait pas. Il passait presque toutes ses nuits dans des cercles de jeu. Le calme de sa maison lui répugnait. Et les yeux réprobateurs de sa femme le désespéraient. Comme ils craignaient tous deux de se rencontrer, ils évitaient la villa aussi souvent que possible. Et quand Stephan, le fils, voulait voir ses parents, il lui fallait se rendre aux réceptions qu'ils donnaient durant l'hiver. Ces soirées le dégoûtaient chaque année un peu plus, au point qu'il avait renoncé à y aller, aussi ne voyait-il plus ses parents que par hasard.

L'essentiel de ce qu'il savait sur son père, il l'avait appris un jour d'une jeune actrice. C'était lors d'un bal costumé, et elle lui avait décrit par le menu l'homme qui l'avait entretenue. Les femmes légères essaient parfois de conquérir de nouveaux amants en dévoilant les us et coutumes intimes de leurs anciens propriétaires. Au cours de la conversation, il était apparu qu'il s'agissait du conseiller juridique Labude, et Stephan avait précipitamment quitté la fête.

Fabian n'aimait guère la villa de Grunewald. Il trouvait absurde le faste qui allait avec ce genre de maison et pensait que vivre au milieu de tout ce luxe donnait inévitablement le sentiment de n'être qu'un visiteur. Et pour cette simple raison, il lui semblait on ne peut plus naturel que les parents de Labude se fussent éloignés l'un de l'autre dans ce musée.

« C'est terrible, dit-il à son ami, qui était assis à son bureau. Chaque fois que je viens ici, je m'attends à ce que votre domestique me mette des chaussons aux pieds et entame la visite du château. Si tu me rapportais que le Grand Électeur s'est rendu à la bataille de Fehrbellin en chevauchant cette chaise, là, je me déclarerais prêt à le croire. Au fait, merci pour l'argent. »

D'un geste Labude balaya ce remerciement. « Tu sais que j'en ai plus que nécessaire. Oublions ça. Je t'ai demandé de venir parce que je voulais te raconter ce qui m'est arrivé à Hambourg. »

Fabian se leva et prit place sur le canapé. À présent, il se trouvait derrière Labude et son ami pouvait parler sans l'avoir sous les yeux.

Ils regardaient tous les deux au-dehors, arbres verts et toits rouges. La fenêtre était ouverte, et parfois un oiseau venait se poser sur le rebord, il se promenait ici et là, examinait la pièce en penchant la tête de côté, puis repartait dans le jardin. On entendait quelqu'un ratisser les allées de gravier.

Labude fixait les branches de l'arbre le plus proche.

« Rassow m'a écrit qu'il devait donner une conférence intitulée "Tradition et socialisme" dans le grand auditorium de l'université de Hambourg, devant des étudiants de toutes les tendances. Il me proposait d'intervenir avec lui ou de profiter de la discussion pour présenter mes projets politiques. J'y suis allé. La conférence a commencé. Rassow a parlé de son voyage en Russie et de ses expériences et entretiens avec des artistes et des scientifiques russes. Il était continuellement interrompu par les représentants du collectif d'étudiants socialistes. Ensuite, c'est un communiste qui a pris la parole et s'est fait chahuter par les étudiants du parti bourgeois. Puis ça a été mon tour. J'ai dressé un panorama du capitalisme en Europe et expliqué que la jeunesse bourgeoise devait se radicaliser et empêcher la ruine du continent qui se prépare de tous côtés, que ce soit de manière active ou passive. Cette jeunesse, ai-je dit, était en passe de prendre le pouvoir dans les domaines de la politique, de l'industrie, de la propriété foncière et du commerce, les pères étaient en pleine déconfiture et il était de notre devoir de réformer le continent : par des accords internationaux, par une diminution volontaire des profits privés, par une maîtrise du capitalisme et de la technique en vue de les ramener à des dimensions raisonnables, par une augmentation des prestations sociales, par un approfondissement culturel de l'éducation et de l'enseignement. J'ai dit que ce nouveau front, ce rapprochement de classes était possible parce que la jeunesse, son élite en tout cas, exécrait l'égoïsme sans frein et qu'elle était suffisamment intelligente pour préférer le retour à un ensemble organique plutôt qu'un effondrement inéluctable du système. S'il fallait absolument en passer par une domination de classe, ai-je dit, alors autant opter pour un gouvernement dirigé par notre classe d'âge. Mon exposé a suscité l'hilarité habituelle chez les représentants des groupes extrémistes. Cependant, quand Rassow a proposé de constituer un comité radical-bourgeois, il a rencontré un accueil favorable. Le groupe s'est formé. Nous avons rédigé un appel qui sera envoyé à toutes les universités européennes. Rassow, moi et quelques autres, nous voulons aller dans les établissements allemands faire des conférences et créer des groupes analogues. Nous espérons instituer une sorte de cartel avec les étudiants socialistes. Quand nous aurons établi des groupes dans toutes les universités, ceux-ci influenceront à leur tour d'autres collectivités intellectuelles. Le processus se met en branle. Je ne t'en ai pas parlé parce que je ne connais que trop ton scepticisme.

— Je suis ravi, dit Fabian, ravi que tu puisses commencer à concrétiser tes projets. Est-ce que tu t'es déjà mis en relation avec le groupe des démocrates indépendants ? À Copenhague il s'est créé un “Club Europe”, prends-en bonne note. Ne t'énerve pas trop de mes doutes sur la bonté de la jeunesse. Et ne m'en veux pas si je ne crois pas au mariage de la raison et du pouvoir. Ils sont malheureusement antinomiques. Je pense que l'humanité, telle qu'elle se présente, n'a que deux voies possibles : soit on est insatisfait de son sort et on s'entre-tue pour améliorer la situation, soit – cas de figure purement théorique – on est en accord avec soi-même et le monde et on se suicide par ennui. L'effet est le même. À quoi sert le système divin si l'homme est un salaud ? Mais qu'en a dit Leda ?

— Elle s'est abstenue de toute réflexion. Parce qu'elle n'était pas là.

— Et pourquoi ça ?

— Elle ignorait que j'étais à Hambourg. »

Surpris, Fabian se leva, mais il se rassit aussitôt sans rien dire.

Labude écarta les bras et prit appui sur les coins du bureau.

« Je voulais la surprendre. Je voulais l'observer en secret. J'étais devenu méfiant. Quand on ne se voit que deux jours et une nuit par mois, ça sape la relation, et si cette situation, comme c'est notre cas, se prolonge pendant des années, c'en est fini. Cela n'a pas grand-chose à voir avec la qualité des partenaires, le processus est inévitable. Je t'ai laissé entendre, il y a quelques mois, que Leda avait changé. Elle commençait à feindre. Elle jouait la comédie. L'accueil à la gare, les propos tendres, la passion au lit, tout ça n'était plus que du chiqué. »

Labude redressa la tête. Il parlait tout doucement.

« Bien sûr, on s'éloigne. On ne sait plus quelles sont les préoccupations de l'autre. On ne connaît pas les gens qu'il rencontre. On ne voit pas qu'il change ni pour quelle raison. Les lettres sont inutiles. Et puis on se retrouve, on s'embrasse, on va au théâtre, on prend mutuellement de ses nouvelles, on passe une nuit ensemble et on se quitte de nouveau. Et un mois plus tard, on recommence. Proximité affective, puis relations sexuelles en fonction du calendrier, la montre à la main. C'est impossible. Elle à Hambourg, moi à Berlin, la géographie a bousillé l'amour. »

Fabian prit une cigarette et gratta précautionneusement l'allumette comme s'il craignait de lui faire mal.

« Ces derniers mois, j'appréhendais chacune de nos rencontres. Quand Leda était étendue, les yeux fermés, qu'elle se mouvait sous moi, toute tremblante, et m'étreignait de ses bras, j'aurais voulu lui arracher le visage comme un masque. Elle mentait. Mais qui voulait-elle abuser ? Juste moi ou nous deux ? Comme, malgré les exhortations que je lui adressais par lettre, elle se refusait à toute explication, j'ai été obligé d'agir comme je l'ai fait. Le soir où nous avons fondé notre groupe, j'ai pris rapidement congé de Rassow et des autres et je suis allé chez Leda. Les fenêtres étaient sombres. Peut-être dormait-elle déjà. Mais je n'avais pas envie de m'embarrasser de logique. J'ai attendu. »

La voix de Labude vacilla. Il saisit quelques crayons et les fit rouler nerveusement entre ses mains. Les claquements du bois accompagnèrent la suite de son récit.

« La rue est large et ne comporte de bâtiments que sur un seul trottoir. De l'autre côté, il y a des parterres de fleurs, des prés, des sentiers et des taillis et, derrière, l'Außenalster. En face de la maison se trouve un banc. Je m'y suis assis, j'ai fumé cigarette sur cigarette et j'ai attendu. Chaque fois que quelqu'un venait, je pensais que c'était Leda. Je suis resté là de minuit jusqu'à trois heures du matin, des images terribles devant les yeux, à imaginer des disputes. Le temps passait. Peu après trois heures, un taxi a tourné au coin de la rue et s'est arrêté devant la maison. Un grand homme mince en est descendu et a payé le chauffeur. Puis une femme est sortie rapidement de la voiture, s'est dirigée vers la porte, l'a ouverte, a pénétré dans l'immeuble, a attendu que l'homme la rejoigne et a refermé de l'intérieur. Le taxi a fait demi-tour et est reparti. »

Labude s'était levé. Il jeta les crayons sur le bureau, se mit à faire les cent pas et s'arrêta tout près du mur. Il examina le motif du papier peint et le suivit du doigt.

« C'était Leda. Ses fenêtres se sont éclairées. J'ai vu deux ombres bouger derrière les rideaux. L'obscurité est revenue dans le salon. On a allumé dans la chambre à coucher. La porte du balcon était entrouverte. Par moments, j'entendais rire Leda. Tu te souviens, elle a un rire particulier, très haut perché. Parfois aussi tout était silencieux, en haut dans l'appartement et en bas dans la rue, je n'entendais que les battements de mon cœur. »

À cet instant, la porte s'ouvrit brutalement. L'avocat Labude entra, sans manteau ni chapeau. « Salut, Stephan ! » dit-il. Il s'approcha de son fils et lui serra la main. « Ça fait un bout de temps qu'on ne s'est vus, hein ? J'ai pris quelques jours. Histoire de me détendre. Les nerfs, les nerfs. Je rentre tout juste. Comment va ? Tu as mauvaise mine. Des soucis ? Tu as des nouvelles de ton travail d'habilitation ? Non ? Quelle bande de raseurs ! Maman a écrit ? Elle restera peut-être encore quelques semaines. C'est pas pour rien que ce patelin s'appelle Paradiso. Elle a de la chance. Bonjour, monsieur Fabian. Grave discussion, hein ? Y a-t-il une vie après la mort ? De vous à moi, il n'y en a pas. Il faut que tout soit réglé avant. Ça en fait du boulot. Nuit et jour. »

« Fritz, tu viens, oui ou non ? » fit une voix de femme dans l'escalier.

L'avocat haussa les épaules. « Et voilà. Petite chanteuse, grand talent, pas de travail. Connaît tous les opéras par cœur. Un peu bruyant au bout d'un moment. Allez, au revoir. Amusez-vous au lieu de vouloir sauver l'humanité. Je vous l'ai dit, il faut que tout soit réglé avant de mourir. Je suis à votre disposition si besoin est. Ne sois pas si sérieux, mon garçon. » Il serra la main aux deux jeunes gens, sortit et claqua la porte.

Labude se boucha rétrospectivement les oreilles, s'approcha du bureau, marqua un temps de réflexion, puis reprit son récit.

« Vers cinq heures du matin, il s'est mis à pleuvoir. Ça s'est arrêté peu après six heures. Le ciel s'est éclairci et le jour s'est levé. Dans la chambre à coucher, la lumière était toujours allumée. À cette heure matinale, ça faisait une drôle d'impression. À sept heures, le type est sorti de l'immeuble. Il a sifflé et levé les yeux. Leda était sur son balcon, dans sa robe de chambre japonaise, et elle lui a fait signe de la main. Il a répondu. Elle a brièvement ouvert son kimono pour qu'il voie son corps une dernière fois. Il lui envoyait des baisers, c'était à vomir. Il est parti en sifflotant. J'ai baissé la tête. En haut, la porte du balcon s'est refermée. »

Fabian ne savait comment réagir. Il resta assis.

Soudain, Labude leva le bras et tapa du poing sur le bureau. « Quelle canaille ! » s'écria-t-il.

Fabian bondit, mais l'autre l'arrêta d'un geste et dit très calmement : « C'est bon. Écoute la suite. À midi je l'ai appelée. Elle était contente que je sois là. Pourquoi ne lui avais-je pas écrit. Est-ce que je voulais passer la voir à cinq heures. Depuis quelques semaines, les collaborateurs scientifiques terminaient plus tôt. Je me suis baladé dans le quartier du port jusqu'à l'heure dite. Puis je suis allé chez elle. Elle avait préparé du thé et des gâteaux et m'a accueilli avec tendresse. J'ai bu une tasse et parlé de choses et d'autres. Puis, de son propre chef, elle a commencé à se déshabiller, s'est enveloppée dans son kimono et s'est allongée sur le canapé. Je lui ai suggéré de mettre fin à notre relation. Elle m'a demandé ce que j'avais. Il était pourtant convenu que nous nous marierions quand j'aurais passé mon habilitation. Avais-je cessé de l'aimer ? Je lui ai expliqué que là n'était pas la question. L'éloignement croissant qui se manifestait entre nous et dont elle portait la responsabilité faisait apparaître la séparation comme une bonne décision.

« Elle se vautrait sur le canapé, faisant glisser sa robe de chambre, et s'est plainte de ma froideur d'une voix enfantine. L'éloignement, comme le montrait clairement cette situation on ne peut plus claire, semblait être plutôt de mon fait que du sien. Elle a convenu qu'il était difficile de surmonter affectivement la distance qu'il y avait entre Hambourg et Berlin. Et sexuellement parlant, ce n'était pas évident. Quand elle avait envie de moi, je n'étais pas là, et quand j'étais là, il fallait expédier l'amour comme une pause déjeuner, qu'on ait faim ou pas. Mais quand nous serions mariés, les choses seraient différentes. D'ailleurs, il ne fallait pas que je me fâche, mais quelques semaines plus tôt, elle avait eu recours à une intervention médicale. Elle ne voulait mettre nos enfants au monde que lorsqu'elle serait ma femme, pas avant. Elle n'avait pas mentionné ce petit incident pour ne pas m'effrayer. Mais à présent, elle avait récupéré et m'invitait à venir m'asseoir à côté d'elle. Elle se languissait de moi.

« De qui était l'enfant dont elle avait annulé la venue ? ai-je demandé. Elle s'est redressée avec une mine offensée. “Et qui était l'homme qui a passé la nuit chez toi ?” ai-je poursuivi. “Tu as la berlue, a-t-elle répondu. Tu es jaloux, c'est ridicule.”

« Alors je lui ai donné une gifle et je suis parti. Elle m'a suivi dans l'escalier, jusque devant la porte. Et là, vers six heures de l'après-midi, nue dans sa robe de chambre dont les pans volaient, elle m'a crié de rester. Mais je me suis enfui et suis allé à la gare. »

Fabian vint se placer derrière Labude et posa les mains sur les épaules de son ami. « Pourquoi ne m'en as-tu pas parlé dès hier ?

— Je suis déjà en train de surmonter ça, répondit Labude. Me mentir de cette façon !

— Mais que voulais-tu qu'elle fasse ? Qu'elle te dise la vérité ?

— Je ne veux plus y penser. J'ai l'impression d'avoir été gravement malade !

— Tu es encore malade, répliqua Fabian. Tu l'aimes encore.

— C'est vrai, reconnut Labude. Mais je suis déjà venu à bout de types bien plus coriaces que moi.

— Et si elle t'écrit ?

— Le chapitre est clos. J'ai passé cinq ans à vivre sur une idée fausse, ça suffit. Mais je ne t'ai pas encore dit le pire. Elle ne m'aime pas, elle ne m'a jamais aimé ! C'est une fois la page tournée que les comptes sont soudain tombés juste. C'est au moment où elle était allongée près de moi, à me mentir sans sourciller, que j'ai compris toutes les années qui venaient de s'écouler. En cinq minutes, j'ai tout compris. Affaire classée ! » Labude poussa son ami vers la porte. « Allons-y. Ruth Reiter nous a invités. Viens, j'ai plus d'une chose à rattraper.

— Qui est Ruth Reiter ?

— J'ai fait sa connaissance aujourd'hui même. À l'en croire, elle a un atelier de sculpture.

— J'ai toujours rêvé d'être modèle », dit Fabian en enfilant son manteau.

CHAPITRE 9

De singulières jeunes filles • Résurrection d'un mort en sursis • Un local baptisé « Cousine »

« Des hommes, enfin ! s'exclama la Reiter. Mettez-vous à l'aise. Kulp se plaignait à l'instant même que ça ne pouvait pas continuer. Ça fait deux jours qu'elle est sans homme, et en plus, le dernier n'a été qu'un accident de la circulation. Elle est dessinatrice de mode et, sans cette petite contrepartie, le type ne lui aurait pas donné de contrat. Un vieux noceur presque impuissant, à ce qu'elle dit.

— Ce sont les pires, approuva Labude. Ils n'arrêtent pas d'essayer pour voir si l'avarie n'aurait pas été réparée. » Il chercha du regard la fille qui s'appelait Kulp. Assise les genoux relevés sur une méridienne, elle lui fit signe de la main.

Labude prit place à côté d'elle. Fabian attendait, indécis. L'atelier était vaste. Au milieu de la pièce, sous la lampe, devant une rangée de sculptures, se trouvait une table en bois brut sur laquelle était assise une femme nue aux cheveux bruns. Ruth Reiter se tassa sur un tabouret, prit son carnet de croquis et se mit à dessiner. « Le cours de nu du soir, expliqua-t-elle sans se retourner. Elle s'appelle Selow. Nouvelle position, trésor ! Debout, jambes écartées, torse tourné à angle droit. Voilà, mains croisées sur la nuque. Stop ! » La femme nue qui s'appelait Selow s'était redressée et se trouvait à présent debout, bien campée sur la table. Elle était merveilleusement bâtie et de ses yeux mélancoliques elle regardait devant elle avec indifférence.

« Baron, à boire, j'ai froid, dit-elle tout à coup.

— En effet, Mlle Selow est couverte de chair de poule », confirma Fabian. Il s'était approché et se tenait devant le modèle comme un amateur d'art devant un bronze féminin.

« On ne touche pas ! » La voix de la sculptrice était extrêmement inamicale.

Mlle Kulp, qui se prélassait dans les bras de Labude comme dans un bain chaud, lança à Fabian : « Bas les pattes ! Le baron est jaloux. Elle a une liaison fructueuse avec le nu du soir.

— Ta gueule ! grogna Ruth Reiter. Labude, si vous avez avec Kulp des projets impossibles à différer, ne vous gênez pas. Je n'ai que cette pièce, mais elle a l'habitude des tracas. »

Labude déclara qu'il avait des scrupules.

« On aura tout vu », fit Kulp tristement.

Reiter leva les yeux de son carnet et regarda Fabian.

« Si vous êtes intéressé par Kulp, ne traînez pas ! Tout ce qu'il vous faut, c'est un groschen. Labude choisit pile, vous face. Kulp lance la pièce, ça stimule son plexus solaire. Et celui qui se retrouve au-dessus passe en premier.

— Grande vérité ! s'exclama Kulp. Mais un groschen ? Tu casses les prix ! »

Fabian répondit poliment qu'il n'était pas amateur de jeux de hasard.

La femme nue tapa du pied :

« À boire ! »

« Battenberg, à côté de ton fauteuil, il y a une petite table, et sur cette petite table, il y a du gin. Fais-nous en passer un peu.

— Volontiers », dit une voix. Il y eut un cliquetis derrière les sculptures. Puis une jeune fille inconnue pénétra dans le cercle de lumière de la lampe et tendit un verre au nu vespéral.

Fabian fut surpris.

« Combien de créatures féminines y a-t-il donc ici ? s'enquit-il.

— Je suis la seule », répondit Mlle Battenberg en riant.

Fabian la regarda et trouva qu'elle n'allait pas du tout avec l'environnement. Elle retourna derrière les sculptures. Il la suivit. Elle s'assit dans un fauteuil. Il se plaça à côté d'une Diane en plâtre, entoura de son bras les hanches de la robuste déesse et regarda par la fenêtre de l'atelier les arcs et les *vedute* des frontons Jugendstil. On entendit le baron ordonner : « Dernière position, mon trésor. Torse en avant, genoux fléchis, postérieur en l'air, mains sur les genoux, bien, stop ! » Et de l'autre côté de l'atelier s'élevèrent des petits cris aigus. Mlle Kulp souffrait d'un accès temporaire de suffocation.

« Que venez-vous faire dans cette porcherie ? demanda Fabian.

— Ruth Reiter et moi sommes de la même ville. Nous avons fréquenté la même école. Dernièrement, nous nous sommes rencontrées par hasard dans la rue. Et comme cela ne fait pas longtemps que je suis à Berlin, elle m'a invitée pour que je m'informe. Aujourd'hui, ce sera la dernière fois. Je m'estime suffisamment informée.

— J'en suis ravi, dit-il. Je ne suis pas ce qu'on appelle un gardien de la vertu, mais cela me désole de voir une femme vivre en dessous de son niveau. »

Elle le regarda d'un air grave.

« Je ne suis pas un ange, monsieur. Notre époque est dure pour les anges. Que sommes-nous censées faire ? Quand nous aimons un homme, nous nous livrons à lui. Nous quittons tout pour lui. “Me voilà”, disons-nous en souriant gentiment. “Oui, dit-il, te voilà”, et il se gratte l'oreille. Grands dieux, pense-t-il, je vais l'avoir sur le dos. Le cœur léger, nous lui offrons ce que nous avons. Et il peste. Les cadeaux lui sont importuns. Il commence par pester tout bas, puis il le fait à voix haute. Et nous nous retrouvons plus seules que jamais. J'ai vingt-cinq ans et je me suis fait abandonner par deux hommes. Abandonner comme un parapluie qu'on oublie intentionnellement quelque part. Ma franchise vous gêne-t-elle ?

— Il y a beaucoup de femmes dans cette situation. Nous autres, jeunes gens, nous avons des soucis. Et le peu de temps qu'il nous reste est consacré au plaisir, pas à l'amour. La famille est moribonde. Nous n'avons que deux possibilités de nous montrer responsables. Soit l'homme prend en charge l'avenir d'une femme. Mais quand, une semaine plus tard, il perd son travail, il se rend compte de son irresponsabilité. Soit son sens des responsabilités l'empêche de bousiller l'existence de quelqu'un d'autre. Mais si ce faisant il cause le malheur de cette personne, il est également renvoyé à son irresponsabilité. Il y a là une antinomie qui n'existait pas auparavant. »

Fabian s'assit sur le rebord de la fenêtre. En face, il y avait une vitre éclairée. Il vit une pièce modestement meublée. Une femme était assise à la table, la tête dans les mains. Debout devant elle, un homme gesticulait, sa bouche récriminait, brusquement il arracha son chapeau de la patère et sortit de la pièce. La femme ôta les mains de son visage et regarda fixement la porte. Puis elle posa la tête sur la table, très lentement, très calmement, comme si elle attendait la chute d'un couperet. Fabian se détourna et examina la jeune fille qui était assise à côté de lui dans le fauteuil. Elle aussi avait observé la scène et elle lui jeta un regard triste.

« Encore un ange contrarié, dit-il.

— Le deuxième homme que j'ai aimé et que cet amour importunait, reprit la jeune fille à voix basse, est sorti un beau soir de l'appartement pour aller mettre une lettre à la boîte. Il a descendu l'escalier et n'est jamais revenu. » Elle secoua la tête, comme si aujourd'hui encore elle ne comprenait pas ce qui s'était passé. « J'ai attendu trois mois qu'il revienne de la boîte aux lettres. Bizarre, non ? Puis j'ai reçu une carte postale de Santiago avec ses sincères salutations. Ma mère m'a dit : "Tu es une traînée." Et quand je lui ai fait remarquer qu'elle avait connu son premier homme à dix-huit ans et eu son premier enfant à dix-neuf, elle s'est écriée avec indignation : "Ce n'était pas du tout la même chose !" Effectivement, ce n'était pas du tout la même chose.

— Pourquoi êtes-vous venue à Berlin ?

— Dans le temps, on s'offrait et on était traitée comme un présent durable. Aujourd'hui, on est payée et, comme toute marchandise achetée et utilisée, on finit à la poubelle. Il est moins coûteux de payer, pense l'homme.

— Dans le temps, il y avait une grande différence entre un cadeau et une marchandise. Aujourd'hui, le cadeau est une marchandise qui ne coûte rien. Cette modicité éveille la méfiance de l'acheteur. Il doit y avoir une entourloupe, pense-t-il. Et la plupart du temps, il a raison. Car vient un moment où la femme lui présente la note. Le voilà soudain mis en demeure d'acquitter la valeur morale du cadeau. En sentiments. Payables sous la forme d'une rente mensuelle.

— C'est bien ça, dit-elle. C'est comme ça que pensent les hommes. Mais alors pourquoi qualifiez-vous cet atelier de porcherie ? Les femmes s'y montrent conformes à vos vœux, non ? Je sais ce qui manque encore à votre bonheur. Nous devons arriver et repartir quand vous le souhaitez. Mais aussi pleurer quand vous nous renvoyez. Et sauter de joie quand vous nous faites signe. Vous voulez que l'amour soit une marchandise, mais la marchandise doit être amoureuse. Vous avez tous les droits et aucun devoir, nous avons tous les devoirs et aucun droit, voilà à quoi ressemble votre paradis. Mais ça va trop loin. Oui, ça va trop loin ! » Mlle Battenberg se moucha. Puis elle reprit : « Si nous ne pouvons pas vous garder, alors nous refusons de vous aimer. Si vous voulez nous acheter, il faut que vous y mettiez le prix. » Elle se tut. De petites larmes coulèrent sur son visage.

« C'est pour cela que vous êtes venue à Berlin ? » demanda Fabian.

Elle pleurait sans bruit.

Il s'approcha d'elle et lui caressa l'épaule. « Vous n'entendez rien aux affaires », dit-il en glissant un regard entre deux sculptures de plâtre vers l'autre partie de l'atelier. Assis sur la table, le modèle buvait du gin. La sculptrice se pencha sur la femme et embrassa ses seins et son ventre légèrement bombé. Selow vida son verre et caressa avec indifférence le dos de son amie. Celle-ci embrassait, celle-là buvait, aucune ne semblait vraiment savoir ce que faisait l'autre. Et au fond de l'atelier, couchés sur la méridienne, Kulp et Labude formaient un enchevêtrement chuchotant.

On sonna à la porte. Reiter se redressa et sortit de la pièce d'un pas lourd. Selow enfila ses bas. Un homme gigantesque entra, le souffle haletant. Il avait une jambe de bois et marchait avec une canne.

« Est-ce que Kulp est là ? » demanda-t-il. Reiter acquiesça d'un signe de tête. Il tira quelques billets de sa poche, les donna à la sculptrice et dit : « Vous autres, taillez-vous pendant une heure. Mais tu peux me laisser Selow. » Il tomba sur une chaise et eut un rire balourd. « Non, non, baron, je plaisantais. »

Kulp s'extirpa de la méridienne, lissa sa robe et alla lui serrer la main. « Salut, Wilhelmy, t'es pas encore mort ? »

Wilhelmy s'essuya le front et secoua la tête.

« Mais c'est pour bientôt. Autrement, mon fric rendra l'âme avant moi. » Il la gratifia également de quelques billets. « Selow ! cria-t-il. Ne siffle pas tout le gin ! Et dépêche-toi de t'habiller.

— Allez chez *Cousine*. Je vous rejoins », dit Kulp. Puis elle secoua gaiement Labude. « Tu vas devoir prendre la porte, mon cher. Ce type, là, les médecins lui ont dit qu'il casserait sa pipe dans le mois. Il guette la mort comme nous nos règles. Je vais juste l'aider à patienter un petit quart d'heure. Je vous retrouve plus tard. »

Labude se leva. Reiter alla chercher son manteau. Fabian sortit de derrière les sculptures avec Mlle Battenberg. Selow avait fini de se rhabiller. Ils partirent. Kulp et le mort en sursis restèrent à l'atelier.

« J'espère qu'il ne la cognera pas autant que la dernière fois, dit la sculptrice dans l'escalier. Ça le rend furieux que d'autres vivent plus longtemps que lui.

— Elle n'a rien contre, elle aime les raclées, répliqua Selow. Et de toute façon, avec ses dessins, elle arrive tout juste à ne pas crever de faim.

— On fait vraiment de drôles de métiers ! » Reiter eut un rire de colère.

Cousine était un club essentiellement fréquenté par des femmes. Elles dansaient entre elles, se tenaient enlacées sur de petits canapés verts, se regardaient dans les yeux, buvaient du schnaps, et certaines arboraient des vestes de smoking et des chemises montantes pour ressembler aux hommes. La propriétaire portait le même nom que son local, elle fumait des cigares noirs et s'entremettait entre ses clients. Elle passait de table en table, saluait les gens, racontait des blagues musclées et buvait comme un bistrotier.

Labude semblait en proie à la honte, aussi bien vis-à-vis de Fabian que de lui-même. Il dansa avec le modèle, alla s'asseoir avec elle au comptoir et tourna le dos à son ami. Ruth Reiter était jalouse, mais elle prenait sur elle. Toute pâle, elle ne lançait que de rares regards en direction du bar et se mit à boire. Un peu plus tard, elle passa à une autre table et discuta avec une dame d'un certain âge qui était terriblement maquillée et qui, lorsqu'elle riait, gloussait au point qu'en l'entendant les gens pensaient : Elle va pondre.

« Je n'arrive pas à oublier notre discussion, dit Fabian à Mlle Battenberg. Considérez-vous vraiment toutes les femmes qui sont ici comme des cas de déviance congénitale ? Cette blonde, là-bas, a été pendant des années la petite amie d'un acteur jusqu'à ce qu'il la flanque à la porte sans sommation. Elle est partie travailler dans une étude et a couché avec le fondé de pouvoir. Elle est tombée enceinte et a perdu son emploi. Le fondé de pouvoir a nié être le père. L'enfant a été placé à la campagne. La blonde a retrouvé un emploi. Mais elle en a assez des hommes, sinon pour toujours, du moins pour longtemps, et elles sont nombreuses, ici, à avoir connu la même chose. L'une ne trouve pas d'homme, l'autre en trouve trop, la troisième éprouve une peur panique des conséquences. Beaucoup de femmes ici ne ressentent que de la colère à l'égard des hommes. Selow, qui est assise avec mon ami, appartient à cette espèce. Elle n'est lesbienne que parce qu'elle boude l'autre sexe.

— Voudriez-vous me raccompagner chez moi ? demanda Mlle Battenberg.

— Cet endroit ne vous plaît pas ? »

Elle secoua la tête.

À cet instant, la porte s'ouvrit, Kulp entra en titubant dans le local. Elle s'arrêta devant la table où était assise la sculptrice et ouvrit la bouche. Elle ne cria pas, elle ne parla pas. Elle s'effondra. Les femmes se pressèrent avec curiosité autour de l'évanouie. La Cousine apporta du whisky.

« Wilhelmy lui a encore tapé dessus, dit Reiter.

— Un toast aux hommes ! s'écria une fille en partant d'un rire hystérique.

— Allez chercher le docteur dans l'arrière-salle ! » ordonna la Cousine. On s'exécuta en toute hâte. Le pianiste, qui avait autant d'esprit que d'alcool dans le sang, entama la *Marche funèbre* de Chopin.

« C'est ça, le docteur ? » s'étonna Mlle Battenberg. La porte latérale s'était ouverte pour laisser passer une grande dame maigre en robe de soirée dont le visage ressemblait à une tête de mort poudrée de blanc.

« Oui, c'est un homme qui a fait des études de médecine, expliqua Fabian. Il a même été membre d'une corporation d'étudiants. Vous voyez les balafres sous la poudre ? À présent, il est morphinomane et la police l'a autorisé à porter des vêtements de femme. Il vit de ses prescriptions de morphine. Un jour, il se fera prendre et alors il s'empoisonnera. »

On porta Kulp dans la pièce de derrière. Le médecin en robe du soir les suivit. Le pianiste se lança dans un tango. La sculptrice invita le nu vespéral à danser, pressa son amie contre elle et lui tint des discours véhéments. Selow était complètement ivre, elle écoutait à peine et gardait les yeux fermés. Soudain elle se dégagea des bras de Reiter, traversa la piste de danse d'un pas incertain, ferma brutalement le couvercle du piano, faisant gémir l'instrument, et beugla : « Non ! »

Il y eut un silence de mort. La sculptrice était seule sur la piste, les mains convulsivement serrées.

« Non ! hurla de nouveau Selow. J'en ai assez, j'en ai jusque-là, je veux un homme ! Un homme ! Lâche-moi, espèce de vieille bique vicieuse ! » Elle arracha Labude à son tabouret, l'embrassa, se colla son chapeau sur le crâne et entraîna le jeune homme, qui eut à peine le temps de récupérer son vestiaire. « Vive la petite différence ! » cria-t-elle. Sur quoi tous deux disparurent.

« Il vaut vraiment mieux que nous partions. » Fabian se leva, posa de l'argent sur la table et aida Mlle Battenberg à mettre son manteau. Lorsqu'ils sortirent, Ruth Reiter, alias « le baron », n'avait pas bougé de la piste. Personne n'osait l'approcher.

CHAPITRE 10

Topographie de l'immoralité • L'amour ne connaît pas de répit ! • Vive la petite différence !

« Comment cet individu peut-il être votre ami ? demanda Mlle Battenberg lorsqu'ils furent dans la rue.

— Vous ne le connaissez pas ! » Sa question l'agaça, tout comme sa propre réponse. Ils marchèrent côte à côte en silence. Au bout d'un moment, Fabian dit : « Labude n'a pas eu de chance. Il est allé à Hambourg et a vu sa future épouse le tromper. Il aime bien organiser les choses. Côté famille, son avenir était calculé au cent millième près. Et voilà que, du jour au lendemain, il s'aperçoit qu'il s'est complètement trompé. Il veut oublier ça au plus vite et pour commencer il a choisi la méthode horizontale. »

Ils s'arrêtèrent devant un magasin. En dépit de l'heure tardive, celui-ci était brillamment éclairé et, parmi les immeubles plongés dans l'obscurité, les robes, les blouses et les ceintures vernies paraissaient se trouver sur une petite île inondée de soleil.

« Pouvez-vous me dire l'heure ? » fit quelqu'un à côté d'eux. Mlle Battenberg sursauta et saisit le bras de son compagnon.

« Minuit dix, répondit Fabian.

— Merci. Dans ce cas, il faut que je me dépêche. » Le jeune homme qui leur avait adressé la parole se baissa et se mit à tripoter laborieusement un de ses lacets. Puis il se redressa et demanda avec un sourire gêné : « Auriez-vous par hasard cinquante pfennigs dont vous pourriez vous passer ?

— Il se trouve que oui, répondit Fabian en lui tendant une pièce de deux marks.

— Oh, magnifique. Je vous remercie beaucoup, monsieur. Je n'aurai pas besoin de dormir à l'Armée du Salut. » L'inconnu haussa les épaules d'un air d'excuse, souleva son chapeau et s'éloigna rapidement.

« Un homme cultivé, dit Mlle Battenberg.

— Oui, il a commencé par nous demander l'heure avant de mendier. »

Ils poursuivirent leur chemin. Fabian ne savait pas où la jeune fille habitait. Il se laissait guider bien qu'il connût le quartier mieux qu'elle.

« Le pire de l'histoire, reprit-il, c'est que Labude a compris, avec cinq ans de retard il est vrai, que Leda, la femme de Hambourg, ne l'avait jamais aimé. Elle ne l'a pas trompé parce qu'il venait trop rarement la voir. Elle l'a trompé parce qu'elle ne l'aimait pas. Il lui était proche en tant qu'individu, mais il n'était pas son type. On trouve aussi l'exemple inverse. Vous pouvez aimer quelqu'un qui incarne votre type sans pour autant supporter l'individu.

— Ne peut-il arriver que l'on soit à tous égards la bonne personne ?

— Ne rêvons pas l'impossible, répliqua Fabian. Et, en dehors de vos intentions belliqueuses, qu'est-ce qui vous amène à Sodome et Gomorrhe ?

— Je suis venue pour un stage, expliqua-t-elle. Ma thèse portait sur le droit cinématographique international et une grande société de production berlinoise m'a proposé un stage dans son service juridique. Cent cinquante marks par mois.

— Vous devriez devenir actrice !

— S'il le faut, oui », dit-elle d'un ton résolu. Tous deux se mirent à rire.

Ils prirent la Geisbergstraße. Le calme de la nuit n'était que rarement troublé par les voitures. Dans les jardinets, les massifs de fleurs embaumaient. Un couple d'amoureux se caressait dans un renfoncement de porte.

« Même la lune brille dans cette ville », remarqua la spécialiste en droit du cinéma.

Fabian lui pressa légèrement le bras.

« N'est-ce pas presque comme à la maison ? dit-il. Mais vous vous trompez. Le clair de lune, le parfum des fleurs, le calme et le baiser provincial sur le pas de la porte sont des illusions. Là-bas, sur la place, il y a un café où des Chinois sont attablés avec des putains berlinoises, rien que des Chinois. En face, c'est un club où des homosexuels parfumés dansent avec des acteurs élégants et des Anglais très classe à qui ils dévoilent leur science et le prix qu'ils en demandent et, pour finir, c'est une vieillarde teinte en blond qui paie le tout, en échange du droit à les accompagner. Au coin de la rue, à droite, se trouve un hôtel où ne logent que des Japonais, et à côté un restaurant où des Juifs russes et hongrois se pompent mutuellement de l'argent ou se tapent dessus. Une des ruelles abrite une pension où, l'après-midi, des lycéennes mineures se vendent pour augmenter leur argent de poche. Six mois plus tôt, il y a eu un scandale qui n'a été étouffé qu'à grand-peine : en entrant dans la chambre où il se rendait à des fins de divertissement, un monsieur d'un certain âge a trouvé, comme prévu, une jeune fille nue de seize ans, malheureusement c'était sa fille, et ça, ce n'était pas prévu... Cette gigantesque ville de pierre n'a presque pas changé d'aspect au fil du temps, mais ses habitants, eux, l'ont depuis longtemps transformée en un asile d'aliénés. L'est abrite le crime, le centre, l'escroquerie, le nord est le repaire de la misère, et l'ouest, celui de la luxure. Quant au naufrage, il est partout chez lui.

— Et après le naufrage, qu'est-ce qui vient ? »

Fabian cueillit une branchette qui pendait par-dessus une grille et répondit :

« La bêtise, je le crains.

— Dans la ville d'où je viens, elle a déjà fait son apparition, dit la jeune fille. Mais qu'est-ce qu'on y peut ?

— Les optimistes sont voués au désespoir. Moi, je suis un mélancolique, il ne peut pas m'arriver grand-chose. Je ne suis pas enclin au suicide parce que je ne ressens pas ce besoin d'activité qui en conduit d'autres à se cogner la tête contre les murs jusqu'à ce que leur crâne déclare forfait. J'observe et j'attends. J'attends le triomphe de l'honnêteté, à ce moment-là, je me mettrai à disposition. Mais j'attends comme un incroyant le miracle. Chère mademoiselle, je ne vous connais pas encore. Cependant, ou peut-être justement pour cette raison, j'aimerais vous confier une hypothèse de travail qui a fait ses preuves en ce qui concerne les relations avec autrui. Il s'agit d'une théorie qui n'a pas besoin d'être juste, mais qui induit des résultats applicables dans la pratique.

— Et quelle est cette hypothèse ?

— Chaque individu, à l'exception des enfants et des vieillards, doit être considéré comme fou avant qu'on ait pu prouver le contraire de manière irréfutable ! Suivez cette ligne de conduite, vous constaterez bientôt à quel point elle peut être utile.

— Dois-je commencer par vous ? demanda-t-elle.

— Je vous y invite », répondit-il.

Ils traversèrent en silence la Nürnberger Platz. Une voiture freina juste devant eux. La jeune fille frissonna. Ils prirent la Schaperstraße. Des chats criaient dans un jardin à l'abandon. Les trottoirs étaient bordés d'arbres qui répandaient de l'ombre sur le chemin et cachaient le ciel.

« Je suis arrivée », dit-elle en s'arrêtant devant le numéro 17. L'immeuble où habitait Fabian ! Dissimulant sa surprise, celui-ci lui demanda s'il pourrait la revoir.

« C'est vraiment ce que vous voulez ?

— Oui, à une condition : que ce soit aussi votre souhait. »

Elle acquiesça et posa un instant sa tête sur l'épaule du jeune homme. « Moi aussi, je le veux. »

Il lui pressa la main.

« Cette ville est si grande, chuchota-t-elle avant de s'interrompre, hésitante. Me comprendrez-vous si je vous invite à monter une demi-heure ? La pièce m'est encore si étrangère. Il n'y résonne aucune parole, aucun souvenir, car je n'y ai parlé avec personne, et il n'y a rien qui puisse éveiller des souvenirs. Et puis, la nuit, des arbres noirs se balancent devant les fenêtres. »

Fabian répondit d'une voix plus forte qu'il n'en avait eu l'intention : « Très volontiers. Ouvrez donc. » Elle mit la clé dans la serrure. Mais avant d'entrer, elle se tourna de nouveau vers Fabian. « Je ne voudrais vraiment pas que vous vous mépreniez. » Il poussa la porte et pressa l'interrupteur de la cage d'escalier. Puis il fut agacé à l'idée qu'il s'était peut-être trahi. Mais Mlle Battenberg n'eut aucun soupçon, elle ferma la porte et passa devant lui. Il la suivit, s'amusant de cette clandestinité inhabituelle. À quel étage pouvait-elle bien habiter ? Elle s'arrêta devant la porte de sa logeuse, devant la porte de la veuve Hohlfeld, et ouvrit.

Il y avait de la lumière dans le couloir. Deux très jeunes filles en combinaison rose jouaient au football avec un ballon de baudruche vert. Elles sursautèrent et, de frayeur, se mirent à glousser. Mlle Battenberg se figea sur place. La porte des toilettes s'ouvrit et M. Tröger, le représentant épicurien, apparut en pyjama.

« Vous devriez garder votre harem sous clé », grommela Fabian.

M. Tröger sourit, poussa les filles dans son sérail et verrouilla la porte. Fabian posa par mégarde la main sur la poignée de sa propre chambre.

« Pour l'amour du ciel, chuchota Mlle Battenberg, il y a quelqu'un d'autre qui habite là.

— Excusez-moi », dit Fabian. Et il la suivit dans le couloir jusqu'à la dernière pièce. Il posa ses affaires sur le canapé, elle suspendit son manteau dans l'armoire.

« Horrible, cette piaule, commenta-t-elle en souriant. Quatre-vingts marks par mois.

— J'en paie autant », déclara-t-il pour la consoler.

Dans la chambre d'à côté, il y eut du bruit. Les ressorts du lit grincèrent à contrecœur. « Le voisinage est gratuit, ajouta-t-elle.

— Percez un trou dans le mur et exigez un droit d'entrée.

— Ah, je suis si contente. » Elle se frotta les mains comme devant une cheminée. « Quand je suis seule, ce salon est encore plus affreux. Je vous suis très reconnaissante. Vous voulez voir ces arbres sinistres ? » Ils s'approchèrent de la fenêtre. « Aujourd'hui, même les arbres sont plus aimables », constata-t-elle. Puis elle le regarda : « C'est parce que d'ordinaire, je suis seule. » Il l'attira précautionneusement à lui et l'embrassa. Elle lui rendit son baiser. « Maintenant, tu vas penser que c'est pour ça que je t'ai demandé de monter.

— En effet, répondit-il. Mais tu ne le savais pas encore. »

Elle frotta sa joue contre la sienne et regarda par la fenêtre.

« Au fait, comment t'appelles-tu ? demanda-t-il.

— Cornelia. »

Lorsqu'ils furent au lit, étendus l'un près de l'autre, Fabian dit avec une inquiétude sincère, tout en faisant glisser ses mains sur le visage de Cornelia, lui fermant les yeux au passage, pour sentir l'empreinte de ses traits : « Te rappelles-tu que ce soir, nous étions assis dans un atelier, derrière des déesses de plâtre, et que tu as dit vouloir punir les hommes de leur égoïsme ? »

Pour toute réponse, elle couvrit les mains de Fabian de petits baisers. Puis elle prit une profonde inspiration et dit : « Ma résolution n'a pas varié, certainement pas. Mais pour toi, je ferai une exception. Je crois que je t'aime bien. »

Il se redressa. Mais elle l'attira à lui. « Tout à l'heure, quand nous étions dans les bras l'un de l'autre, j'ai pleuré », chuchota-t-elle. Et à ce souvenir, elle eut de nouveau les larmes aux yeux, mais elle sourit et, pour la première fois depuis longtemps, Fabian se sentit presque heureux. « J'ai pleuré parce que je t'aime. Mais ça, c'est mon affaire, tu entends ? Ça ne te regarde pas. Tu viens, tu repars comme tu veux. Quand tu viendras, je me réjouirai, quand tu t'en iras, je ne serai pas triste. Je te le promets. » Elle pressa son corps contre le sien jusqu'à ce qu'ils ne puissent plus respirer. « Bon, dit-elle, et maintenant j'ai faim ! »

Il eut l'air si ahuri qu'elle se mit à rire.

Elle lui expliqua la chose. « Voilà, quand j'aime quelqu'un, enfin, quand on m'a aimée – tu comprends ce que je veux dire, hein ? –, après j'ai toujours une faim terrible. Il y a juste un problème. Je n'ai rien à manger. Je ne pouvais pas savoir que dans cette ville effrayante j'éprouverais si vite une telle fringale. » Étendue sur le dos, elle souriait à l'adresse du plafond, sans en excepter les têtes d'anges en stuc.

Fabian se leva : « Dans ce cas, il va falloir se livrer à un cambriolage. » Il la sortit du lit, ouvrit la porte et l'entraîna dans le couloir. Elle résistait, mais il lui prit le bras et, tels Adam et Ève, ils marchèrent tranquillement jusqu'à la porte de la chambre de Fabian.

« C'est épouvantable », gémit Cornelia et elle voulut s'enfuir. Mais Fabian pressa la poignée et poussa la jeune fille dans sa chambre. Elle claquait des dents à faire pitié. Il alluma, s'inclina et déclara d'un ton solennel : « Monsieur Fabian souhaite la bienvenue à Mlle Battenberg dans ses appartements. » Puis il se jeta sur son lit et de joie mordit son oreiller.

« Non ! s'écria-t-elle derrière lui. Ce n'est pas possible. » Mais elle finit par se convaincre du contraire et se lança dans une danse tyrolienne.

Fabian se leva et la regarda.

« Tu ne dois pas te taper aussi bruyamment sur les fesses, dit-il avec dignité.

— C'est ce qui se fait au Tyrol », répliqua-t-elle et elle continua de danser, avec toute l'authenticité requise. Puis elle s'approcha de la table à pas comptés, s'assit sur une chaise, feignit de lisser sa robe bien que, cela sautait aux yeux, elle ne portât rien de tel, et dit : « La carte, s'il vous plaît. »

Fabian trimballa assiette, couteau, fourchette, pain, saucisson et biscuits et, pendant que Cornelia mangeait, joua au maître d'hôtel attentif. Ensuite, elle fouilla dans sa bibliothèque, se coinça de la lecture sous le bras droit, lui offrit le gauche et ordonna d'un ton majestueux : « Ramenez-moi sans délai dans mon appartement. »

Avant d'éteindre la lumière, on convint qu'au matin elle le réveillerait. Elle lui pincerait l'oreille jusqu'à ce qu'il ouvre les yeux.

« Qu'est-ce qu'on sera content en me voyant arriver au bureau à l'heure tapante », dit Fabian avec enthousiasme.

Le soir, ils se retrouveraient dans l'appartement. Le premier rentré griffonnerait une croix au crayon à côté de la poignée de sa porte. On voulait essayer de ne rien laisser paraître à la veuve Hohlfeld.

Puis Cornelia éteignit. Elle s'étendit à côté de lui et dit : « Viens ! » Il caressa son corps. Elle prit la tête de Fabian entre ses mains, pressa ses lèvres contre son oreille et chuchota : « Viens ! Qu'est-ce que disait Selow déjà ? Vive la petite différence ! »

CHAPITRE 11

Une surprise • Kreuzberg et un excentrique •
La vie est une mauvaise habitude

À huit heures tapantes, Fabian, aussi fier qu'un vainqueur de marathon, franchit la porte cochère, fit un signe de tête réjoui au concierge et cria : « Le directeur est déjà là ? » L'homme porta le doigt à sa casquette et secoua la tête d'un air endormi. Fabian rayonnait d'aplomb. Il monta l'escalier d'une traite, traversa les couloirs déserts au pas de course et vola jusqu'au département publicité. Fischer, qui compensait son manque de talent par la ponctualité, n'était pas encore arrivé lui non plus. On frôlait le record.

Fabian s'assit à son bureau. Il voulait proposer un jeu-concours et parcourut ses notes. L'usine fournirait aux détaillants cent mille paquets spéciaux très bon marché qui seraient numérotés et contiendraient des cigarettes des six marques commercialisées par l'entreprise, mais sans aucune indication. Les acheteurs devraient deviner combien il y en avait de chaque sorte. Pour ce faire et gagner un des prix, il leur faudrait acheter un paquet de chacune des six marques, c'est-à-dire sept en tout. S'il se trouvait cent mille personnes intéressées, cela permettrait d'écouler six cent mille autres paquets, donc sept cent mille au total. À quoi s'ajoutait l'augmentation générale des ventes qui suivait le plus souvent une campagne habilement menée. Fabian se lança dans un calcul approximatif.

Fischer fit son apparition, s'exclama « Ça alors ! » et regarda avec curiosité par-dessus l'épaule de son collègue.

« Le projet de jeu-concours, expliqua Fabian. Attention, à partir d'aujourd'hui, je serai aussi ponctuel que vous. »

Fischer enfila la veste en lustrine qu'il portait au bureau.

« Et comment comptez-vous vous y prendre ?

— Depuis hier, j'ai un beau réveil tout neuf, répondit Fabian.

— Cher ?

— Non.

— Avec bon de garantie ?

— Non plus.

— Voilà qui est inquiétant. » Fischer dodelina de la tête.

« Est-ce que je pourrai vous montrer mes distiques ?

— Volontiers. Aujourd'hui, je me sens d'humeur poétique. »

On frappa à la porte. Schneidereit, le coursier de la maison, un factotum plus tout jeune et passablement branlant qu'on avait surnommé « l'inventeur des pieds plats », entra d'un pas traînant. L'air maussade, il déposa une grande enveloppe jaune sur le bureau de Fabian et ressortit.

L'enveloppe contenait le dossier de Fabian, un ordre de paiement adressé à la caisse principale et une courte lettre qui disait :

Très cher monsieur,

L'entreprise se voit contrainte de vous signifier votre renvoi à compter de ce jour. Le salaire qui vous est dû à la fin du mois vous sera remis dès aujourd'hui à la caisse. Nous nous sommes permis d'ajouter un certificat de travail et sommes tout disposés à attester vos compétences particulières en matière de publicité. Ce licenciement est une conséquence regrettable de la baisse du budget publicitaire décidée par le conseil d'administration. Nous vous remercions du travail que vous avez accompli pour l'entreprise et vous souhaitons bonne chance pour la suite.

Signature. Point final. Fabian resta assis quelques minutes sans bouger. Puis il se leva, enfila son manteau, mit la lettre dans sa poche et dit à Fischer :

« Au revoir. Portez-vous bien.

— Où allez-vous ?

— Je viens d'être renvoyé. »

Fischer bondit sur ses pieds, le visage livide.

« Qu'est-ce que ça signifie ? Ça, c'est Breitkopf qui vous a fichu dedans ! Quel ignorant !

— Quel intrigant, vous voulez dire ! » rectifia Fabian.

Fischer s'approcha de son collègue licencié et lui exprima ses regrets en lui tendant une main moite.

« Heureusement que vous le prenez avec indifférence. Vous êtes un type bien, et deuxièmement, vous n'avez pas de femme sur le dos. Mais vous n'aurez plus besoin de votre nouveau réveil.

— C'est ce qui me chagrine le plus », répliqua Fabian en mettant son chapeau.

Soudain, le directeur Breitkopf apparut sur le pas de la porte, il marqua un temps d'hésitation en voyant que Fischer n'était pas seul et finit par dire bonjour.

« Bonjour, monsieur le directeur », répondit Fischer en s'inclinant deux fois.

Fabian fit comme si Breitkopf était transparent, il se tourna vers son collègue : « Sur le bureau, il y a mon projet de jeu-concours. Je vous en fais cadeau. » Fischer le remercia avec gêne. « Et si vous rencontrez le directeur Breitkopf, poursuivit Fabian, dites-lui que je vous ai prié de lui dire quelque chose que vous n'osez pas lui dire. Expliquez-lui qu'il s'agissait d'un impératif classique, que d'ordinaire on ne prend pas au pied de la lettre et dont on ne se sert que de manière rhétorique pour exprimer un degré d'estime qui se situe très en dessous de zéro. »

Sur ce, Fabian quitta son lieu de travail et récupéra deux cent soixante-dix marks à la caisse. Avant de regagner la rue, il resta quelques minutes sous le porche. Des camions passaient à grand bruit. Un coursier sauta de son vélo et pénétra en hâte dans le bâtiment d'en face. L'immeuble voisin était grillagé par un échafaudage. Debout sur les planches, des maçons ravalaient le crépi gris et friable. Une file colorée de camions de déménagement tourna laborieusement dans la rue latérale. Le coursier reparut, grimpa prestement sur son vélo et repartit. Fabian était debout sous le porche, il mit la main dans sa poche pour vérifier que l'argent s'y trouvait encore et pensa : Qu'est-ce que je vais devenir ? Puis, comme il n'avait pas le droit de travailler, il partit se promener.

Il sillonna la ville en tous sens, but vers midi – il n'avait pas faim – une tasse de café chez Aschinger, puis se remit en mouvement bien qu'il eût préféré se terrer tristement au fond de la forêt. Mais où trouver une forêt, ici ? Il marcha et marcha, usant ses semelles pour se débarrasser de son chagrin. Dans la Belle-Alliance Straße, il revit l'immeuble dans lequel il avait vécu l'espace de deux semestres à l'époque de ses études. Il était là, comme une vieille connaissance qu'on n'a pas vue depuis longtemps et qui se demande avec gêne si on va la saluer. Fabian monta l'escalier et regarda si la veuve du conseiller privé habitait toujours là. Mais sur la porte, il y avait un nom inconnu. Il fit demi-tour. C'était une vieille dame très belle, avec les cheveux tout blancs. Il se remémora le vieux visage stupide aux traits réguliers. Au cours de l'hiver où avait sévi l'inflation, il s'était trouvé sans argent pour se chauffer. Enseveli dans son manteau, il avait travaillé à un exposé sur les liens entre l'esthétique et la morale chez Schiller. Le dimanche, il lui arrivait d'être invité à déjeuner par la vieille dame, qui lui faisait part de ce qui se passait dans son vaste cercle de connaissances. Jadis, naguère et aujourd'hui, il avait toujours été un pauvre bougre et avait toutes les chances de le rester. Sa pauvreté était devenue une mauvaise habitude, comme d'autres sont assis tout voûtés ou se rongent les ongles.

La nuit précédente, avant de s'endormir, il s'était dit : Peut-être, après tout, devrait-on semer un petit sachet d'ambition dans cette ville où l'ambition porte si vite ses fruits ; peut-être devrait-on se prendre un peu plus au sérieux et aménager un trois pièces douillet dans l'édifice branlant du monde comme si tout était normal ; peut-être était-ce un péché d'aimer la vie sans vouloir s'engager. Cornelia, la stagiaire, était couchée à son côté et, dans son sommeil, lui avait pressé la main. En pleine nuit, lui avait-elle rapporté le matin suivant, elle s'était réveillée en sursaut, car il s'était redressé dans le lit et avait proclamé énergiquement « J'illuminerai les annonces ! » avant de retomber sur l'oreiller.

Il monta lentement sur le plateau de la Kreuzberg et s'assit sur un banc dont le public était prié de prendre soin. Sur un panneau, on lisait : « *Citoyens, respectez le bien public.* » Cette phrase incroyablement ambiguë émanait de la municipalité, qui devait savoir ce qu'elle faisait. Fabian contempla un énorme tronc d'arbre. L'écorce était déchirée par mille plis verticaux. Même les arbres avaient des soucis. Deux petits écoliers passèrent devant le banc. L'un d'eux, qui avait les mains croisées dans le dos, s'indignait : « Est-ce qu'on doit accepter ça ? » L'autre prit le temps de répondre : « Tu ne peux rien faire contre cette bande. » La suite de leur conversation se perdit.

De l'autre côté de la place, une étrange silhouette s'approcha : un vieux monsieur, avec une moustache blanche en croc et un parapluie mal enroulé. En guise de manteau, il portait une pèlerine verdâtre aux tons passés et sa tête se terminait par un chapeau rigide de couleur grise qui avait dû être noir. L'homme à la pèlerine se dirigea vers le banc, s'assit à côté de Fabian en marmonnant une formule de politesse, toussa laborieusement et se mit à dessiner des cercles dans le sable avec son parapluie. Il en transforma un en roue dentée, traça une droite pour relier son centre avec celui d'un autre cercle, compliqua son esquisse en y ajoutant des courbes et des lignes, inscrivit des formules à côté et au-dessus, calcula, raya, recalcula, souligna deux fois un chiffre et demanda :

« Est-ce que vous vous y connaissez en machines ?

— Désolé, dit Fabian. Si on me charge de remonter un gramophone, on peut être sûr qu'il ne fonctionnera plus. Les briquets mécaniques auxquels je m'attaque ne produisent pas de flamme. Conformément à son appellation, le courant électrique m'est toujours apparu comme un liquide. Et jamais je ne comprendrai comment on peut enfermer à un bout des bœufs abattus dans des boîtes métalliques mues électriquement et, à l'autre bout, distiller du corned-beef… Au fait, votre pèlerine me rappelle l'époque où j'étais à l'internat. Chaque dimanche, nous allions à la Martin-Luther-Kirche pour la messe, vêtus de ce genre de pèlerine et coiffés de bonnets verts. Pendant le sermon, nous dormions tous, à l'exception de celui qui devait réveiller les autres quand l'organiste entonnait le choral ou que le précepteur se montrait dans la tribune. »

Fabian regardait la pèlerine de son voisin, sentant comme elle remuait le passé. Il revit le gros directeur blafard qui, chaque matin, au moment de la prière, avant de s'asseoir et d'ouvrir le livre de cantiques, fléchissait les genoux et portait la main à son pantalon pour s'assurer que le « résidu terrestre » de sa nature pécheresse était toujours là. Et il se revit lui-même franchir furtivement le portail de l'internat à la tombée de la nuit, rejoindre la rue, passer devant les casernes, traverser en courant le terrain d'exercice, monter à toute allure l'escalier d'un immeuble locatif et presser une sonnette. Il entendit la voix tremblante de sa mère derrière la porte : « Qui est là ? » Et il s'entendit crier, hors d'haleine : « C'est moi, maman ! Je voulais juste voir si tu allais mieux. »

Le vieux monsieur promena si longtemps la pointe de son parapluie mal enroulé sur le sable que ses calculs s'effacèrent.

« Peut-être me comprendrez-vous puisque vous ne comprenez rien aux machines, dit-il. Je suis ce qu'on appelle un inventeur, membre d'honneur de cinq académies scientifiques. La technique me doit des progrès considérables. J'ai aidé l'industrie textile à produire cinq fois plus de tissu par jour. Mes machines ont rapporté de l'argent à beaucoup de gens, moi y compris. » Il toussa et tira nerveusement sur son bouc. « J'ai inventé des machines pacifiques sans m'apercevoir que c'étaient des canons. Le capital constant croissait sans arrêt, la productivité augmentait, mais, monsieur, le nombre d'ouvriers baissait. Mes machines étaient des canons, elles décimaient des armées entières de travailleurs. Elles détruisaient le droit à l'existence de centaines de milliers de gens. Lorsque j'étais à Manchester, j'ai vu la police charger des ouvriers victimes de lock-out. Les sabres s'abattaient sur leurs têtes. Une petite fille a été piétinée par un cheval. Et tout cela c'était de ma faute. » Le vieil homme repoussa son chapeau et toussa. « Lorsque je suis rentré, ma famille m'a placé sous curatelle. Ils n'aimaient pas que je me mette à distribuer de l'argent et à dire que je ne voulais plus avoir affaire aux machines. Alors je suis parti. Ils ont de quoi vivre, ils habitent dans ma maison du lac de Starnberg, j'ai disparu depuis six mois. La semaine dernière, j'ai lu dans le journal que ma fille avait eu un enfant. Je suis donc devenu grand-père et je traîne à Berlin comme un voyou.

— L'âge ne protège pas de l'intelligence, dit Fabian. Malheureusement, les inventeurs ne sont pas tous aussi sentimentaux.

— J'ai envisagé d'aller proposer mes services en Russie, mais sans passeport c'est impossible. Et si on apprend mon nom, on m'empêchera à coup sûr de partir. Dans ma poche intérieure, j'ai des croquis et des calculs pour fabriquer un métier à tisser qui surpassera toutes les autres machines. Cette poche rapiécée contient des millions. Mais je préfère encore mourir de faim. » Le vieux monsieur se frappa fièrement la poitrine et toussa de nouveau. « Ce soir, je dormirai au 93 de la Yorckstraße. J'entre peu avant la fermeture de la porte. Quand le concierge m'interroge, je dis que je vais rendre visite aux Grünberg. Ils habitent au quatrième étage. L'homme est contrôleur en chef des postes. Je monte, je passe devant l'appartement de la famille Grünberg et je grimpe jusqu'au grenier. Là, je m'assieds sur les marches. Peut-être la porte est-elle ouverte. Parfois même, il y a un vieux matelas dans un coin. Et au matin, je m'éclipse.

— D'où connaissez-vous les Grünberg ?

— De l'annuaire, répondit l'inventeur. Il faut que je puisse donner le nom d'un résident si le concierge me demande ce que je viens faire. En général, le pot aux roses est découvert le lendemain matin. Mais l'injonction séculaire de se lever devant une tête grise et d'honorer les aînés a porté ses fruits, même auprès des concierges. Qui plus est, je change quotidiennement d'adresse. Cet hiver, j'ai donné un cours de physique dans un établissement privé. Malheureusement, il a tourné au réquisitoire contre les miracles de la technique. Cela n'a plu ni aux élèves ni au directeur. J'ai préféré me chauffer pendant un trimestre dans les bureaux de poste. À présent, je n'en ai plus besoin, il fait chaud, je passe des heures dans les gares à regarder les gens partir, rester, arriver. Tout cela est très divertissant. Je suis là, heureux d'être en vie. »

Fabian nota son adresse et la lui donna. « Gardez précieusement ce bout de papier. Si un jour un concierge vous expulse avant l'heure, venez chez moi. Vous dormirez sur mon canapé. »

Le vieux monsieur regarda le papier et demanda : « Que dira votre logeuse ? »

Fabian haussa les épaules.

« Ne vous inquiétez pas de ma toux, poursuivit l'homme. Quand je passe la nuit dans l'obscurité des cages d'escalier, je ne tousse pas. Je prends sur moi pour ne pas effrayer les occupants de l'immeuble. Drôle de vie, hein ? J'ai commencé pauvre, ensuite je suis devenu un homme riche, et maintenant je suis de nouveau un pauvre diable, mais ça n'a pas d'importance. Le vin est tiré, il faut le boire. Que le soleil m'éclaire sur ma terrasse à Leoni ou ici, sur la Kreuzberg, je m'en fiche, et le soleil aussi. » Il recommença à tousser et allongea les jambes devant lui. Fabian se leva et dit qu'il devait se remettre en route.

« Au fait, quel est votre métier ? voulut savoir l'inventeur.

— Chômeur », répondit Fabian. Et il rejoignit une allée qui redescendait vers les rues de Berlin.

Lorsque, le soir venu, titubant après avoir marché pendant des heures, il regagna son appartement, il voulut se rendre aussitôt chez Cornelia lui raconter son malheur. Cette seule idée le remuait profondément. Peut-être aussi était-ce la faim.

Il en fut empêché par Mme Hohlfeld, la logeuse. Elle était dans le couloir et chuchota d'un air inutilement mystérieux, mais c'était son habitude, que Labude l'attendait. Assis dans la chambre de Fabian, Labude avait visiblement mal à la tête. Il était venu s'excuser d'avoir quitté la table et le club sans le saluer, le soir précédent. Mais en réalité, il était venu là pour tout autre chose. Il voulait avoir l'avis de Fabian sur Selow.

Labude était un homme moral, qui avait toujours eu pour ambition de rédiger sa vie directement au propre, sans brouillon ni erreurs. Enfant, il ne gribouillait jamais sur les buvards. Son sens moral était une conséquence de son amour de l'ordre. En remettant cet ordre en question, sa déception hambourgeoise avait également ébranlé sa morale. L'organisation de sa vie psychique s'en trouvait menacée. Son tempérament ne connaissait pas de gardefou. Et lui qui aimait les objectifs, qui en avait besoin, venait s'adresser à Fabian, le spécialiste du désordre. Il espérait apprendre de lui comment on pouvait rester calme tout en éprouvant de l'inquiétude.

« Tu as mauvaise mine, dit Fabian.

— Je n'ai pas fermé l'œil de la nuit, avoua son ami. Cette Selow est mélancolique et vulgaire, tout ça en même temps. Elle est capable de rester des heures durant sur le divan en marmonnant des saloperies comme si elle récitait une litanie. C'est insupportable. Elle boit tellement qu'on se sent bourré rien qu'à la regarder faire. Puis, tout à coup, elle se souvient qu'elle est seule avec un homme, et alors on aimerait pouvoir s'assurer contre la grêle. Cela dit, elle ne se comporte pas comme une femme normale. Je ne la tiens pas non plus pour lesbienne. Aussi étrange que cela puisse paraître, je crois qu'elle est homosexuelle. »

Fabian le laissait parler. Et comme il ne s'étonnait de rien, l'autre se calma.

« Demain, je pars à Francfort pour deux jours, ajouta Labude avant de prendre congé. Rassow est du voyage, nous voulons créer un autre groupe. Pendant ce temps, Selow restera dans mon deuxième appartement. Ces derniers mois, elle a connu une sacrée poisse. Elle a besoin de cuver. Au revoir, Jakob. » Et il partit.

Fabian entra chez Cornelia. Que dirait-elle de ce licenciement ? Mais Ruth Reiter, la sculptrice, était là, l'air accablé. Elle ne parut pas du tout étonnée de le voir et résuma ce qu'elle venait de raconter par le menu à Mlle Battenberg : la petite Kulp avait été conduite à l'hôpital de la Charité, elle souffrait de blessures internes. Wilhelmy, le sursitaire à la jambe de bois, était resté à l'atelier, il étouffait, haletait et se débattait avec la mort.

Cornelia avait sorti quelques tasses, assiettes et couverts de sa valise, préparé à manger et joliment décoré la table. Il y avait même une nappe blanche et un bouquet de fleurs. Reiter déclara qu'elle allait partir. Mais avant d'oublier : quelqu'un savait-il où habitait le jeune Labude ? Il était évident qu'elle n'était venue que pour cela. Elle avait espéré que son amie d'école lui donnerait l'adresse de Fabian et que celui-ci lui apprendrait où logeait Labude, car le personnel de la villa de Grunewald n'avait pu la renseigner.

« Je sais où il habite, dit Fabian. En plus, il sort tout juste de chez moi. Mais je ne suis pas autorisé à communiquer son adresse.

— Il était ici ? s'écria la sculptrice. Au revoir ! » Et elle partit en courant.

« Selow lui manque, dit Cornelia.

— Ce qui lui manque, c'est de se faire maltraiter, répliqua Fabian.

— Pas moi. » Elle l'embrassa et l'attira vers la table pour lui faire admirer ses préparatifs.

« Ça te plaît ? demanda-t-elle.

— Formidable. Très joli. Au fait, merci de me signaler quand il y a quelque chose à admirer. Est-ce que tu portes une nouvelle robe, par exemple ? Est-ce que je connais ces boucles d'oreilles ? Avais-tu déjà la raie au milieu, hier ? Ce qui me plaît, je ne le remarque pas. Il faut me mettre le nez dessus.

— Tu n'as que des défauts, répondit-elle. Individuellement, je les détesterais, mais pris ensemble, je les aime. »

Pendant le repas, elle raconta qu'elle commençait son travail le lendemain. Aujourd'hui, elle avait été présentée à toute une série de collègues, de conseillers artistiques, de chefs de production et de directeurs, et elle décrivit l'étrange et vaste immeuble où il y avait des gens importants jusque sous les toits, qui se précipitaient d'une réunion à l'autre et cherchaient à contrecarrer le développement du film parlant. Fabian repoussa à plus tard ce qu'il avait à lui dire.

Quand ils eurent fini de manger, Cornelia mit de côté une assiette avec deux sandwichs et dit en souriant :

« La ration de survie.

— Tu as rougi », s'écria-t-il.

Elle acquiesça. « Tu vois, il t'arrive de le remarquer quand il y a quelque chose à admirer. »

Il proposa une petite promenade. Elle mit son manteau. Pendant ce temps, il réfléchissait à la manière de lui apprendre la nouvelle. Mais la promenade n'eut pas lieu. Lorsqu'ils furent devant l'immeuble, quelqu'un toussa derrière eux et un inconnu les salua. C'était l'inventeur à la pèlerine.

« La description que vous m'avez faite de votre canapé m'a gâché le plaisir de dormir dans les escaliers et les greniers, déclara-t-il. J'ai évité la Yorckstraße et je suis venu ici. En fait, je me reproche de vous importuner car après tout, vous aussi vous êtes chômeur.

— Chômeur ? demanda Cornelia. Est-ce que c'est vrai ? »

Le vieux monsieur s'excusa mille fois, il avait pensé que la jeune dame était au courant.

« J'ai été renvoyé ce matin. » Fabian lâcha le bras de Cornelia. « On m'a gratifié de deux cent soixante-dix marks en cadeau d'adieu. Quand j'aurai payé mon loyer, il nous restera cent quatre-vingt-dix marks. Hier, j'en aurais ri. »

Après avoir installé le vieux monsieur sur le canapé et placé le lampadaire à côté de lui parce qu'il voulait continuer de travailler à sa machine secrète, ils lui souhaitèrent bonne nuit et se rendirent chez Cornelia. Fabian revint lui apporter quelques sandwichs.

« Je vous promets de ne pas tousser, chuchota le vieux.

— Ici, on a le droit de tousser. Votre voisin de chambre se livre à de tout autres plaisirs sans que la logeuse, une certaine Mme Hohlfeld, qui n'a pas toujours été obligée de sous-louer, tombe de son lit. Mais je ne sais pas encore comment faire demain matin. La logeuse trouve ses meubles ravissants et elle serait sérieusement fâchée d'apprendre qu'un étranger a bivouaqué toute la nuit sur son canapé. Dormez bien. Je vous réveillerai. D'ici là, j'aurai trouvé une solution.

— Bonne nuit, mon jeune ami, fit le vieux en sortant ses précieux papiers de sa poche. Mes hommages à mademoiselle votre fiancée. »

Cornelia paraissait si heureuse que Fabian en fut surpris. Une heure plus tard, elle dévorait déjà la ration de survie.

« Ah, comme la vie est belle ! dit-elle. Que penses-tu de la fidélité ?

— Avale ta bouchée avant de sortir des mots aussi grandiloquents ! » Assis les bras autour des genoux, il regardait la jeune fille étendue à côté de lui.

« Je crois que j'attendais juste l'occasion d'être fidèle, et hier encore, je pensais que mon cas était désespéré.

— C'est une déclaration d'amour, dit-elle tout bas.

— Si tu pleures, je te donne la fessée », fit-il d'un ton menaçant.

Elle roula hors du lit, mit sa petite culotte rose et vint se placer devant lui. Elle souriait au milieu de ses larmes. « Je pleure, chuchota-t-elle. Tiens ta promesse. » Elle se pencha. Il l'attira sur le lit. Elle dit : « Mon chéri, mon chéri ! Ne t'inquiète pas. »

CHAPITRE 12

L'inventeur dans l'armoire • Ne pas travailler est une honte • Une mère en tournée

Lorsque, le lendemain matin, Fabian voulut réveiller l'inventeur, celui-ci était déjà debout, lavé et habillé. Installé à la table, il faisait des calculs.

« Avez-vous bien dormi ? »

Le vieil homme était d'excellente humeur et il lui serra la main.

« Ce canapé est fait pour qu'on y dorme », dit-il en caressant le dossier marron comme s'il s'agissait du dos d'un cheval. « Est-ce qu'il faut que je m'éclipse, maintenant ?

— Voici ce que je vous propose, dit Fabian. Pendant que je fais ma toilette, la logeuse apporte le petit déjeuner dans la chambre. Il ne faut surtout pas qu'elle vous voie, autrement il y aura du grabuge. Quand elle sera sortie, vous serez de nouveau le bienvenu. Vous pourrez rester ici tranquillement pendant quelques heures. Cela étant, je vous laisserai seul parce que je dois me mettre en quête d'un emploi.

— Ce n'est pas grave, répondit le vieux. Je jetterai un coup d'œil sur vos livres, si vous le permettez. Mais où dois-je aller pendant que vous ferez votre toilette ?

— J'ai pensé à l'armoire, dit Fabian. Ce meuble a toujours été réservé au vaudeville. Rompons avec la tradition, mon cher ! Cette proposition vous agrée-t-elle ? »

L'inventeur ouvrit l'armoire, regarda à l'intérieur d'un air sceptique et demanda : « Votre toilette dure-t-elle longtemps ? »

Fabian le tranquillisa, repoussa le manteau d'hiver et le second complet qu'il possédait et invita son hôte à entrer. Le vieux monsieur s'enveloppa de sa pèlerine, mit son chapeau, coinça le parapluie sous son bras et s'introduisit péniblement dans l'armoire, qui craqua de toutes parts.

« Et si elle me trouve ?

— Dans ce cas, je serai le premier à devoir déménager. »

L'inventeur prit appui sur son parapluie, opina du chef et dit : « Allez retrouver votre baignoire ! »

Fabian ferma l'armoire, prit la clé par mesure de sécurité et cria dans le couloir : « Madame Hohlfeld, le petit déjeuner ! » Quand il pénétra dans la salle de bains, Cornelia était déjà dans la baignoire, couverte de savon des pieds à la tête. Elle se mit à rire.

« Il faut que tu me frottes le dos, chuchota-t-elle. Mes petits bras sont trop courts.

— La propreté devient un plaisir », fit remarquer Fabian en lui savonnant le dos. Ensuite, elle lui rendit la pareille. Puis, pour finir, ils s'assirent dans l'eau l'un en face de l'autre et jouèrent au jeu de la tempête. « C'est terrible, dit-il. Pendant ce temps, j'ai dans mon armoire le roi des inventeurs qui attend que je le libère. Il faut que je me dépêche. » Ils sortirent de la baignoire et se frictionnèrent la peau jusqu'à ce qu'elle brûle. Puis ils se séparèrent.

« Au revoir, à ce soir », chuchota Cornelia.

Fabian l'embrassa. Il prit congé de ses yeux, de sa bouche et de son cou, de toutes les parties de son corps. Puis il courut dans sa chambre. Le petit déjeuner était servi. Fabian ouvrit l'armoire. Le vieux monsieur s'en extirpa, les jambes raides, et toussa longuement pour rattraper le temps perdu.

« Et maintenant, la suite de la comédie », dit Fabian. Il sortit dans le couloir, ouvrit la porte du vestibule, la referma et cria : « Je suis ravi de ta visite, mon oncle. Approche donc ! » Il invita la personne imaginaire à entrer dans sa chambre et adressa un signe de tête à l'inventeur ébahi. « Bon, maintenant, vous êtes officiellement arrivé. Installez-vous. Voici une tasse.

— Et en plus, je suis votre oncle.

— Les relations de famille ont toujours un effet sédatif sur les logeuses, déclara Fabian.

— Le café est bon. Puis-je prendre un petit pain ? » Le vieux monsieur commençait à oublier l'armoire. « Si je n'étais pas sous curatelle, je ferais de vous mon héritier universel, très cher neveu », dit-il. Et il se mit à manger avec un grand recueillement.

« Votre proposition hypothétique m'honore », répliqua Fabian. Sur l'insistance de son nouvel oncle, ils trinquèrent avec les tasses à café et s'exclamèrent : « Santé ! »

« J'aime la vie, avoua le vieux, presque gêné. Je ne l'aime que depuis que je suis pauvre. Parfois, je pourrais mordre de joie dans le soleil ou l'air qui souffle dans les parcs. Savez-vous à quoi cela tient ? Je pense souvent à la mort, qui le fait aujourd'hui ? Personne n'y pense. On se laisse surprendre par elle comme par une collision ferroviaire ou toute autre catastrophe imprévue. Les gens sont devenus bêtes. Je pense chaque jour à elle, car elle peut chaque jour me faire signe. Et parce que je pense à elle, j'aime la vie. C'est une merveilleuse invention, et pour ce qui est des inventions, je m'y connais.

— Et les hommes ?

— La terre a la gale, grogna le vieux.

— Aimer la vie et mépriser les hommes, voilà qui fait rarement bon ménage », dit Fabian en se levant. Il quitta son invité, qui continuait de boire son café, pria Mme Hohlfeld de ne pas déranger son oncle et se rendit à l'agence pour l'emploi de son arrondissement.

Après être passé par trois fonctionnaires, c'est-à-dire deux heures plus tard, il apprit qu'il n'était pas au bon endroit et qu'il devait s'adresser à une filiale du quartier ouest destinée aux employés de bureau. Il prit l'autobus jusqu'à la Wittenbergplatz et se rendit au service indiqué. L'information se révéla erronée. Il se retrouva au milieu d'une foule d'infirmières, de puéricultrices et de sténotypistes au chômage, éveillant le plus grand intérêt parmi toutes ces femmes.

Il se replia, regagna la rue et, quelques numéros plus loin, tomba sur un commerce qui ressemblait à un magasin de coopérative, mais qui était la fameuse filiale. Un fonctionnaire siégeait à l'ancien comptoir, devant lequel s'étirait une longue chaîne d'employés au chômage qui présentaient l'un après l'autre leur carte à tamponner pour recevoir le visa requis.

Fabian fut surpris du soin avec lequel ces chômeurs étaient vêtus, certains pouvaient même passer pour élégants et, en les rencontrant sur le Kurfürstendamm, on les aurait indiscutablement pris pour des flâneurs. Sans doute associaient-ils la visite matinale à l'agence à une balade dans les rues chic. Jusqu'à preuve du contraire, s'arrêter devant les vitrines ne coûtait rien. Et qui aurait pu dire s'ils étaient démunis ou s'ils ne souhaitaient rien acheter ? Ils portaient leur costume du dimanche et ils avaient raison, parce qu'ils avaient plus de dimanches que quiconque.

L'air grave, tout occupés à garder contenance, ils attendaient en bon ordre de pouvoir reprendre leur carte. Puis ils repartaient comme s'ils sortaient de chez le dentiste. Parfois, le fonctionnaire pestait et mettait une carte de côté. Un assistant la portait dans la pièce adjacente, où trônait un inspecteur qui demandait des comptes à ceux qui venaient se faire contrôler de manière irrégulière. De temps en temps, une sorte de concierge apparaissait sur le pas de la porte et lançait un nom.

Fabian lut ce qui était affiché au mur. Il était interdit de porter des brassards. Il était interdit de récupérer des billets de tram auprès de leurs propriétaires d'origine et de les réutiliser. Il était interdit de susciter des discussions politiques et d'y prendre part. On indiquait à quel endroit l'on pouvait se procurer un déjeuner des plus nourrissant pour trente pfennigs. On indiquait que les dates de contrôle avaient été repoussées pour ceux dont le nom commençait par telle lettre. On indiquait les branches professionnelles dont les guichets et les horaires d'information avaient changé. On indiquait. Il était interdit. Il était interdit. On indiquait.

La salle se vidait peu à peu. Fabian présenta ses papiers au fonctionnaire. Celui-ci fit remarquer que chez eux, on ne voyait pas beaucoup de publicitaires, et il conseilla à Fabian de s'adresser au bureau en charge des professions libérales, des scientifiques et des artistes. Il lui donna l'adresse.

Fabian alla en bus jusqu'à l'Alexanderplatz. Il était presque midi. Il se retrouva dans une société très mélangée. À lire les affiches, il comprit qu'il devait s'agir de médecins, de juristes, d'ingénieurs, d'ingénieurs agronomes et de professeurs de musique.

« Je suis à l'aide sociale, dit un petit monsieur. Je touche 24,50 marks. Ce qui fait, par semaine, 2,72 marks pour chacun des membres de ma famille et 38 pfennigs par jour et par personne. Les loisirs dont je dispose m'ont amplement laissé le temps de faire ces calculs. Si ça continue comme ça, il va falloir que je me lance dans le cambriolage.

— Si seulement c'était aussi facile, soupira son voisin, un jeune homme myope. Même le vol exige un apprentissage. J'ai fait un an de prison pour haute trahison littéraire. Il y a des milieux plus plaisants.

— Ça m'est égal, pour le moment en tout cas, expliqua le petit monsieur tout énervé. Ma femme n'a même pas un bout de pain à donner aux enfants pour l'école. Je ne veux plus voir ça.

— Comme si voler avait un sens, dit un grand costaud qui se tenait appuyé contre la fenêtre. Quand un petit-bourgeois n'a plus rien à bouffer, il croit tout de suite faire partie du Lumpenproletariat. Et votre conscience de classe, espèce d'affreux petit bonhomme ? Vous n'avez toujours pas compris où vous êtes ? Aidez donc à préparer la révolution politique.

— D'ici là, mes enfants seront morts de faim.

— Si on vous coffre pour vol, vos précieux enfants mourront de faim encore plus vite », répliqua l'individu qui se trouvait à la fenêtre. Le jeune homme myope se mit à rire et secoua les épaules d'un air d'excuse.

« J'ai les semelles toutes déchirées, dit le petit monsieur. Venir ici me bousille les chaussures en une semaine. Et je n'ai pas de quoi payer les transports.

— L'aide sociale ne vous donne pas de bottes ? s'enquit le jeune homme myope.

— J'ai les pieds sensibles, expliqua le petit monsieur.

— Alors pendez-vous, fit l'homme à la fenêtre.

— Il a le cou sensible », répliqua Fabian.

Le jeune homme avait posé quelques pièces sur la table et comptait sa fortune.

« La moitié part en lettres de candidature. Il y a les frais de port. Les timbres pour le retour. Chaque semaine, je dois réaliser vingt copies d'attestations et les faire certifier conformes. Personne ne renvoie les documents. On ne reçoit même pas de réponse. Les types se constituent sans doute des collections de timbres avec ce que j'envoie.

— Les autorités font ce qu'elles peuvent, dit l'homme à la fenêtre. Elles proposent par exemple des cours de dessin gratuits pour les chômeurs. C'est un authentique bienfait, messieurs. On apprend à dessiner des pommes et des biftecks, du coup, c'est comme si on avait mangé. L'éducation artistique élevée au rang de denrée alimentaire. »

Le petit monsieur, qui semblait avoir perdu tout sens de l'humour, dit avec accablement : « Ça ne me servirait à rien. Je suis dessinateur. »

Un fonctionnaire traversa la salle d'attente et Fabian, devenu prudent, voulut savoir s'il avait des chances de pouvoir se faire enregistrer dans ce bureau. L'homme lui demanda sa carte de l'agence régionale.

« Vous ne vous y êtes pas encore inscrit ? C'est la première chose à faire.

— Vous me renvoyez là où j'ai commencé ma tournée, il y a cinq heures », répliqua Fabian. Mais le fonctionnaire s'était éclipsé.

« Le service est aimable, dit le jeune homme, mais on ne peut pas dire que les informations soient toujours exactes. »

Fabian reprit l'autobus pour retourner à son agence. Il avait déjà dépensé un mark en frais de transport et, furieux, ne regarda même pas par la vitre.

Lorsqu'il arriva, le bureau était fermé. « Montrez-moi vos papiers, dit le concierge. Je pourrai peut-être vous aider. » Fabian donna la liasse au brave homme. « Aha, dit le portier après les avoir lus attentivement. Vous n'êtes pas du tout chômeur. »

Fabian s'assit sur une des bornes en bronze qui décoraient l'entrée.

« Vous avez en quelque sorte des vacances payées jusqu'à la fin du mois. Vous avez reçu l'argent, n'est-ce pas ? »

Fabian acquiesça d'un signe de tête.

« Dans ce cas, revenez dans quinze jours, suggéra l'autre. En attendant, vous pouvez envoyer des lettres de candidature. Lisez les offres d'emploi dans les journaux. Ça ne sert pas à grand-chose, mais il ne faut pas le dire trop fort.

— Bon voyage », répliqua Fabian. Il reprit ses papiers et se rendit au Tiergarten où il voulait avaler quelques petits pains. Pour finir, il les donna aux cygnes, qui promenaient leurs rejetons sur le Neuer See.

Le soir, en rentrant dans sa chambre, il trouva sa mère assise dans le canapé. Elle posa son livre et dit : « Quelle surprise, hein ! » Ils s'embrassèrent. Elle poursuivit : « Il fallait que je voie ce que tu deviens. En attendant, papa veille à ce que personne n'entre dans la boutique. Je me faisais du souci à ton sujet. Tu ne réponds plus à mes lettres. Cela fait dix jours que tu n'as pas écrit. J'étais inquiète, Jakob. »

Il s'assit à côté de sa mère, lui caressa les mains et dit qu'il allait bien.

Elle le regarda d'un œil scrutateur. « Est-ce que je tombe mal ? » Il secoua la tête. Elle se leva. « J'ai rangé le linge dans l'armoire. Ta logeuse pourrait faire le ménage. Elle est toujours trop distinguée pour ça ? Devine ce que j'ai apporté ! » Elle ouvrit son panier et posa des paquets sur la table. « Du boudin noir, dit-elle, une livre, acheté dans la Breite Straße, tu te souviens ? De l'escalope froide. C'est dommage qu'on ne puisse pas utiliser la cuisine, je l'aurais fait réchauffer. Du lard maigre. Un demi-saucisson. Tante Martha te salue. Je suis allée la voir au jardin, hier. Quelques savons de la boutique. Si seulement les affaires n'étaient pas aussi mauvaises. Je finis par me demander si les gens se lavent encore. Et une cravate, elle te plaît ?

— Tu es si bonne, dit Fabian. Mais il ne faut pas que tu dépenses autant pour moi.

— Qu'est-ce que tu racontes ? répliqua la mère en posant la nourriture sur une assiette. Qu'elle nous fasse donc un peu de thé, ta grande dame. Je le lui ai déjà demandé. Je repars demain soir. Je suis venue par le train de voyageurs. Le temps a passé vite. Il y avait un enfant dans le compartiment. Nous avons beaucoup ri. Comment se porte ton cœur ? Tu fumes trop ! Il y a partout des paquets vides. »

Fabian regardait sa mère. Sous le coup de l'émotion, elle s'activait comme un gendarme.

« Hier, dit-il, j'ai repensé à l'époque où j'étais à l'internat, tu étais malade, et le soir je m'échappais et je traversais le terrain d'exercice juste pour voir comment tu allais. Une fois, je m'en souviens encore, tu as poussé une chaise devant toi pour te soutenir, autrement tu n'aurais pas pu m'ouvrir.

— Tu en as vu de toutes les couleurs avec ta mère, dit-elle. On devrait se retrouver plus souvent. Comment ça se passe au bureau ?

— Je leur ai proposé un jeu-concours qui pourrait leur rapporter un quart de million.

— Pour deux cent soixante-dix marks par mois, les canailles ! » La mère était indignée. On frappa à la porte.

Mme Hohlfeld apporta le thé, posa le plateau sur la table.

« Votre oncle est revenu, annonça-t-elle.

— Ton oncle ? fit la mère, surprise.

— Je m'étonnais, aussi, déclara la logeuse.

— J'espère que vous n'avez pas subi de conséquences fâcheuses, chère madame », répliqua Fabian. Mme Hohlfeld se retira, vexée. Fabian fit entrer l'inventeur et dit : « Maman, voici un vieil ami. Hier, il a dormi sur le canapé et je l'ai élevé à la dignité d'oncle pour abréger la procédure. » Il se tourna vers l'inventeur. « Voici ma mère, mon cher oncle. La meilleure femme qu'on puisse trouver. Installez-vous. Aujourd'hui, vous ne pourrez pas profiter du canapé, mais je vous lance une invitation pour demain, si cela vous convient. »

Le vieux monsieur s'assit, toussa, plaça son chapeau sur le pommeau de son parapluie et glissa une enveloppe dans la main de Fabian. « Mettez-la vite dans votre poche, dit-il. C'est ma machine. On est sur mes traces. Ma famille veut me reconduire à l'asile de fous. Elle espère sans doute me piquer mes notes et faire de l'argent. »

Fabian empocha la lettre.

« On veut vous enfermer à l'asile ?

— Je n'aurais rien contre, répondit le vieux. Là-bas, on est tranquille. Le parc est magnifique. Le médecin qui dirige la clinique est un type passable, lui-même un peu fou, il joue excellemment aux échecs. J'y ai déjà été deux fois. Quand ça devient trop stupide pour moi, je fiche le camp. Excusez-moi, madame, dit-il à la mère, je vous cause des embêtements. Ne vous effrayez pas si on vient me chercher. On ne tardera pas à sonner. Je suis prêt. Les papiers sont en lieu sûr. D'ailleurs, je ne suis pas fou, plutôt trop raisonnable pour ma chère famille. Mon ami, si jamais vous changez d'adresse, envoyez-moi quelques lignes à l'asile de Burgendorf. »

On sonna.

« Ils sont déjà là ! » s'écria le vieux.

Mme Hohlfeld introduisit deux messieurs.

« Excusez-moi de vous déranger, dit l'un d'eux en s'inclinant. On m'a conféré tout pouvoir, ce dont je suis disposé à vous apporter la preuve, pour éloigner le professeur Kollrepp de votre compagnie. Ma voiture attend en bas.

— À quoi bon toutes ces cérémonies, monsieur le conseiller sanitaire ? Vous avez maigri. J'ai remarqué dès hier que vous étiez sur mes traces. Bonjour, Winkler. Allons donc rejoindre votre voiture. Comment va ma chère famille ? »

Le médecin haussa les épaules.

Le vieux alla vers l'armoire, l'ouvrit, regarda à l'intérieur et la referma. Puis il s'approcha de Fabian et lui prit la main. « Je vous remercie beaucoup. » Il se dirigea vers la porte. « Vous avez un bon fils, dit-il à la mère de Fabian. Tout le monde ne peut pas en dire autant. » Et il sortit de la pièce, suivi du médecin et du gardien.

Fabian et sa mère regardèrent par la fenêtre. Une voiture était garée devant l'immeuble. Les trois hommes franchirent le seuil. Le chauffeur aida le vieil inventeur à enfiler un manteau de popeline. On mit la pèlerine de côté.

« Drôle d'individu, dit la mère, mais il n'est pas fou. » Le véhicule démarra. « Pourquoi a-t-il regardé dans l'armoire ?

— Je l'y ai enfermé, ce matin, pour que la logeuse ne s'aperçoive de rien », expliqua Fabian.

Sa mère servit le thé. « C'est tout de même très imprudent d'inviter des inconnus à dormir ici. Quelque chose est si vite arrivé. J'espère qu'il n'a pas sali tes affaires dans l'armoire. »

Fabian nota l'adresse de l'asile sur l'enveloppe et la mit sous clé. Puis il s'installa pour manger.

Après le dîner, il dit : « Viens, habille-toi, nous allons au cinéma. » Pendant que la vieille femme se préparait, il fit un saut chez Cornelia et lui expliqua que sa mère était là. Son amie était fatiguée, elle était déjà au lit. « Je vais dormir jusqu'à ton retour du cinéma, dit-elle. Tu repasseras ? » Il le lui promit.

Le film parlant que virent Fabian et sa mère était une pièce de théâtre ridicule et sans aucun relief. Cependant, on n'avait pas lésiné sur les moyens, le luxe était ostentatoire et totalement outrancier. On avait l'impression, quoique la décence interdît de le montrer, que sous les lits les pots de chambre étaient en or. La mère riait et Fabian en était si heureux qu'il riait aussi.

Ils rentrèrent à pied. La mère était toute joyeuse.

« Si autrefois j'avais été en aussi bonne santé, tu aurais eu la vie plus facile, mon garçon, dit-elle au bout d'un moment.

— Ce n'était pas si pénible, répondit-il. Et puis, c'est du passé. »

Une fois rentrés, ils se disputèrent un peu pour savoir qui dormirait dans le lit et qui sur le canapé. Ce fut Fabian qui l'emporta. La mère lui prépara le divan pour la nuit. Fabian dit qu'il avait une visite à faire à côté. « C'est là que loge une jeune dame avec laquelle je suis ami. » À tout hasard, il souhaita bonsoir à sa mère, lui donna un baiser et ouvrit doucement la porte.

Une minute plus tard, il était de retour. « Elle dort déjà », chuchota-t-il. Et il grimpa sur son canapé.

« Dans le temps, cela n'aurait pas été possible, fit remarquer Mme Fabian.

— C'est aussi ce que sa mère a dit », rétorqua le fils, et il se tourna vers le mur. Soudain, alors qu'il était sur le point de s'endormir, il se releva, traversa à tâtons la pièce plongée dans l'obscurité, se pencha au-dessus du lit et dit comme autrefois :

« Dors bien, petite mère.

— Toi aussi », chuchota-t-elle en ouvrant les yeux, ce qu'il ne put voir. Il repartit à tâtons jusqu'au canapé.

CHAPITRE 13

Le grand magasin et Arthur Schopenhauer • Le bordel inversé • Les deux billets de vingt marks

Le lendemain matin, il fut réveillé par sa mère : « Lève-toi, Jakob ! Sinon, tu seras en retard au bureau ! »

Il se prépara rapidement, but son café debout et lui dit au revoir.

« Pendant ce temps, je ferai le ménage, déclara-t-elle. Incroyable, toute cette poussière. Et le rabat de ton manteau est déchiré. Tu n'as pas besoin de le mettre, aujourd'hui. Il fait chaud dehors. »

Appuyé contre la porte, Fabian regardait sa mère s'activer. Sa diligence additionnée de nervosité et d'amour de l'ordre avait quelque chose de douillet. La chambre en était remplie, tout à coup on se serait cru à la maison.

« Tu ne pourrais pas prendre cinq minutes de repos et t'asseoir tranquillement sans rien faire ? dit-il. Est-ce que ce ne serait pas mieux si j'avais du temps, maintenant ? Nous irions au Tiergarten. Ou à l'Aquarium. Ou bien nous resterions ici et tu me raconterais une nouvelle fois quel drôle d'enfant j'étais. Quand j'avais rayé le châlit avec une épingle et que je t'avais prise par la main pour te montrer ce magnifique tableau. Ou lorsque, pour ton anniversaire, je t'avais offert du fil retors blanc et noir, une douzaine d'aiguilles à coudre et des boutons-pression.

— Et une pochette d'épingles et de fil de soie blanc et noir. J'ai l'impression que c'était hier, dit la mère en lui lissant sa veste. Ce complet a besoin d'être repassé.

— Et il faudrait que j'aie une femme et sept mignons petits enfants, compléta-t-il, sachant ce qui allait suivre.

— Allez, va travailler ! » La mère mit ses poings sur ses hanches. « Le travail, c'est la santé. Je passerai te chercher cet après-midi au bureau. Je t'attendrai devant la porte. Tu me conduiras à la gare.

— C'est vraiment dommage que tu ne puisses rester qu'un jour. » Il revint de nouveau sur ses pas.

La mère ne le regardait pas. Elle s'occupait du canapé.

« Je ne supportais plus de rester là-bas, marmonna-t-elle. Mais ça va mieux. Il faut juste que tu dormes davantage, et puis, ne prends pas la vie aussi au tragique, mon garçon. Ça ne la rend pas plus facile.

— Bon, j'y vais maintenant, sinon, je vais vraiment être en retard. »

Elle le suivit du regard par la fenêtre et lui adressa un signe de tête. Il agita la main, rit et pressa le pas jusqu'à ce que la maison ne soit plus en vue. Alors il ralentit le rythme et finit par s'arrêter. Joli jeu de cache-cache auquel il se livrait là avec la vieille dame ! Il déguerpissait, alors qu'il n'avait rien à faire ! Il la laissait seule là-haut dans cette horrible petite chambre étrangère, alors qu'il la savait prête à donner un an de sa vie pour chaque heure qu'elle pouvait passer avec lui. Cet après-midi, elle irait le chercher au bureau. Il fallait jouer la comédie.

Elle ne devait pas apprendre qu'il s'était fait renvoyer. Le complet qu'il portait était le seul qu'il se fût acheté lui-même en trente-deux ans d'existence. Toute sa vie, elle avait trimé et économisé pour lui. Cela ne finirait-il donc jamais ?

Comme il se mettait à pleuvoir, il se rendit au grand magasin du quartier ouest de Berlin. Bien que ce ne soit pas leur raison d'être, les grands magasins sont une source extraordinaire de divertissement pour ceux qui n'ont pas d'argent ni de parapluie. Il écouta une vendeuse qui jouait très habilement du piano. Il fut chassé du rayon alimentation par l'odeur du poisson que tout enfant déjà il ne supportait pas, peut-être sous l'effet d'un souvenir intra-utérin. Au rayon ameublement, un jeune homme voulut à toute force lui vendre une grande penderie. Le meuble était d'un prix avantageux, l'occasion, unique. Fabian se déroba à cette sollicitation impertinente et se rendit au rayon livres. Sur une table où étaient exposés des livres d'occasion, il vit un recueil de morceaux choisis de Schopenhauer, le feuilleta et se mit à lire avec intérêt. La proposition que faisait cet oncle aigri de l'humanité d'ennoblir l'Europe en la soumettant à une thérapie indienne était certes une idée farfelue, comme toutes les propositions positives, qu'elles vinssent des philosophes du XIXe siècle ou des économistes, mais cela mis à part, le bonhomme était insurpassable. Fabian tomba sur un exposé typologique :

> C'est cette même diversité que Platon désigne par les mots de δυσχολος (*dyscholos*, d'humeur difficile) et ευχολος (*eycholos*, d'humeur facile). Elle peut se ramener à la susceptibilité, très différente chez les individus différents, pour les impressions agréables ou désagréables, par suite de

laquelle tel rit encore de ce qui met tel autre presque au désespoir. Et même la susceptibilité pour les impressions agréables est d'ordinaire d'autant moindre que celle pour les impressions désagréables est plus forte, et *vice versa.* À chances égales de réussite ou d'insuccès pour une affaire, le δυσχολος se fâchera ou se chagrinera de l'insuccès et ne se réjouira pas de la réussite ; l'ευχολος au contraire ne sera ni fâché ni chagriné par le mauvais succès, et se réjouira du bon. Si, neuf fois sur dix, le δυσχολος réussit dans ses projets, il ne se réjouira pas au sujet des neuf fois où il a réussi, mais il se fâchera pour le dixième qui a échoué ; dans le cas inverse, l'ευχολος sera consolé et réjoui par cet unique succès. Mais il n'est pas facile de trouver un mal sans compensation aucune ; aussi arrive-t-il que les δυσχολος, c'est-à-dire les caractères sombres et inquiets, auront, à la vérité, à supporter en somme plus de malheurs et de souffrances imaginaires, mais, en revanche, moins de réels que les caractères gais et insouciants, car celui qui voit tout en noir, qui appréhende toujours le pire et qui, par suite, prend ses mesures en conséquence, n'aura pas des mécomptes aussi fréquents que celui qui prête à toutes choses des couleurs et des perspectives riantes [1].

« Que puis-je vous vendre ? s'enquit une vieille demoiselle.

— Avez-vous des chaussettes de laine ? » demanda Fabian.

La demoiselle le regarda d'un air offusqué : « Au rez-de-chaussée. »

Fabian reposa le livre et prit l'escalier en direction des étages inférieurs. Schopenhauer avait-il eu raison de

1. Arthur Schopenhauer, *Aphorismes sur la sagesse dans la vie*, trad. J.-A. Cantacuzène, F. Alcan, 1887.

mettre sur le même plan ces deux catégories d'homme ? Lui qui, dans sa Psychologie, avait affirmé que le sentiment de plaisir n'était rien d'autre qu'un minimum de déplaisir ? Avait-il par là sciemment généralisé la vision du δυσχολος ?

Au rayon des articles en porcelaine et en céramique, il y avait un attroupement. Fabian s'approcha. Des acheteurs, des vendeuses et des badauds entouraient une fillette aux yeux gonflés de larmes, qui pouvait avoir dix ans. Elle portait un cartable et était pauvrement vêtue. L'enfant tremblait de tout son corps et regardait d'un air épouvanté les visages méchants et excités des adultes qui se tenaient autour d'elle.

Le chef de rayon arriva.

« Que se passe-t-il ?

— J'ai surpris cette petite effrontée en train de voler un cendrier, expliqua une vieille fille. Tenez ! » Elle souleva une coupe colorée et la montra à son supérieur.

« Allez, ouste, chez le directeur ! » ordonna la redingote.

« Les jeunes d'aujourd'hui », dit une oie drôlement attifée.

« Ouste, chez le directeur ! » s'écria une des vendeuses en attrapant par l'épaule la petite qui pleurait à chaudes larmes.

Fabian se fraya un chemin à travers la foule.

« Lâchez immédiatement cette enfant !

— Permettez ! fit le chef de rayon.

— Qu'est-ce qui vous prend d'intervenir ? » demanda quelqu'un.

Fabian donna une tape sur les doigts de la vendeuse, qui lâcha la fillette. Il l'attira à son côté.

« Pourquoi as-tu pris un cendrier ? demanda-t-il. Tu fumes déjà le cigare ?

— Je n'avais pas d'argent », répondit l'enfant. Elle se dressa sur la pointe des pieds. « Aujourd'hui, c'est l'anniversaire de mon papa. »

« Voler parce qu'on n'a pas d'argent, de mieux en mieux, se récria l'oie drôlement attifée.

— Donnez-nous un ticket de caisse, ordonna Fabian à la vendeuse. Nous gardons le cendrier.

— L'enfant mérite une punition », déclara le chef de rayon.

Fabian s'approcha de l'homme. « S'il vous prenait l'idée de vous opposer à ma proposition, je réduirais en miettes toute votre porcelaine. »

La redingote haussa les épaules, la vendeuse émit un ticket et apporta le cendrier au service où l'on récupérait les articles. Fabian se rendit à la caisse, paya et alla chercher le petit paquet. Puis il accompagna l'enfant jusqu'à la sortie. « Voilà ton cendrier, dit-il. Mais fais bien attention à ne pas le casser. Il était une fois un petit garçon qui avait acheté une grande marmite pour l'offrir à sa mère le soir de Noël. Le moment venu, il a pris la marmite et s'est précipité par la porte entrouverte. Le sapin brillait de mille feux. "Tiens, maman, voilà..." dit-il – il voulait dire : voilà la marmite. Mais il y a eu un grand bruit, la marmite s'est brisée contre le battant. "Tiens, maman, voilà l'anse", dit le petit garçon, car c'est tout ce qui lui restait dans la main. »

La petite fille leva les yeux vers lui, agrippant le paquet des deux mains, et dit : « Mon cendrier n'a pas d'anses. » Elle fit une petite révérence et partit en courant. Puis elle se retourna une dernière fois, cria « Merci ! » et fila.

Fabian sortit dans la rue. Il ne pleuvait plus. Il s'avança au bord du trottoir et regarda les voitures. Un véhicule s'arrêta. Une vieille dame chargée de paquets se dégagea pesamment de son siège et s'apprêta à sortir. Fabian ouvrit la portière, aida la dame à descendre du marchepied, souleva poliment son chapeau et s'écarta.

« Tenez ! » dit-on à côté de lui. C'était la vieille dame. Elle lui glissa quelque chose dans la main, fit un signe de tête et entra dans le grand magasin. Fabian ouvrit la main. Il tenait une pièce de un groschen. Il avait sans le vouloir gagné un groschen. Avait-il déjà l'air d'un mendiant ?

Il mit la pièce dans sa poche, se plaça avec bravade au bord du trottoir et ouvrit la portière d'une autre voiture. « Tenez ! » dit quelqu'un en lui donnant également un groschen. Voilà que ça devient un métier, pensa Fabian, et, un quart d'heure plus tard, il avait gagné soixante-cinq pfennigs. Qu'adviendrait-il si Labude passait par là et voyait cet ouvreur de portières docteur ès lettres, se demanda-t-il. Mais cette pensée ne lui causa nulle frayeur. Les seules personnes qu'il n'aurait pas voulu croiser étaient sa mère et Cornelia.

« Une petite aumône ? » proposa une femme en lui donnant un peu plus. C'était Mme Irene Moll. « Je t'observe depuis un bon moment, mon garçon, dit-elle en souriant avec une joie mauvaise. On se rencontre où on peut. Ça va si mal que ça ? Tu as agi un peu vite en refusant l'offre de mon mari et tu aurais aussi pu garder la clé. J'espérais te voir dans mon lit. Ta réserve est très excitante. Allez, aide-moi à porter ces paquets. Tu as déjà le pourboire. »

Fabian se laissa charger et la suivit en silence.

« Que puis-je faire pour toi ? demanda-t-elle d'un air songeur. Tu as perdu ton emploi, hein ? Je ne suis pas rancunière. On ne peut malheureusement plus compter sur Moll. Il a pris le bateau pour la France ou je ne sais où. Désormais, c'est la police qui loge chez nous. Il a détourné l'argent de son cabinet de notaire. Depuis des années. Je n'aurais jamais cru ça de lui. Nous l'avons sous-estimé.

— De quoi vivez-vous à présent ? s'enquit Fabian.

— J'ai ouvert une pension. Les grands appartements sont bon marché, aujourd'hui. C'est une vieille connaissance qui m'a offert les meubles, enfin, la connaissance est vieille, mais récente. Lui ne possède que quelques judas dans les portes.

— Et qui habite cette honorable pension ?

— Des jeunes hommes, monsieur. Gîte et couvert gratuits. Et ils touchent trente pour cent des rentrées.

— Quelles rentrées ?

— Mon cercle de jeunes gens non chrétiens est fréquenté avec ardeur par des dames de la haute société. Ces dames ne sont pas toujours belles et minces, et on aurait peine à croire qu'elles ont été jeunes. Mais elles ont de l'argent. Et elles paient, quelle que soit la somme demandée. Et elles viennent, dussent-elles pour cela dépouiller ou assassiner leur époux. Mes pensionnaires gagnent leur vie. Le marchand de meubles use de son judas. Les dames satisfont leurs passions. On m'a déjà acheté trois jeunes gens. Ils ont des revenus considérables, un logement et des petites amies à côté, en secret, bien sûr. L'un d'eux, un Hongrois, a été acquis par la femme d'un industriel. Il vit comme un prince. S'il est malin, dans un an il aura une fortune et pourra se débarrasser de la vieille chouette.

— Un bordel d'hommes, donc, dit Fabian.

— De nos jours, cette institution a bien plus de raisons d'être qu'une maison de femmes, expliqua Irene Moll. Et puis, toute jeune déjà, je rêvais d'être propriétaire d'un établissement de ce genre. Je suis très contente. J'ai de l'argent, j'engage presque chaque jour de nouveaux employés et chacun des postulants doit passer une sorte d'examen d'entrée avec moi. Je ne prends pas n'importe qui ! Les vrais talents sont rares. En revanche, il y a des gens naturellement doués. Il va falloir que j'organise des cours de perfectionnement. »

Elle s'arrêta. « Je suis arrivée. » La pension était située dans un grand immeuble élégant. « Voici ce que je te propose. Tu ne ferais pas un bon pensionnaire, mon cher. Tu es trop exigeant, et aussi trop vieux pour la profession, ma clientèle préfère les jeunes de vingt ans. Et puis tu souffres d'une fierté mal placée. Mais tu me serais utile comme secrétaire. Il va falloir commencer à tenir une vraie comptabilité. Tu pourrais travailler dans mes appartements privés et y loger par la même occasion. Qu'est-ce que tu en dis ?

— Voici vos paquets, répondit Fabian. J'ai l'estomac fragile, je ne voudrais pas le solliciter outre mesure. »

À cet instant, deux jeunes gars sortirent de l'immeuble. Ils étaient élégamment vêtus, marquèrent un temps d'hésitation en apercevant Mme Moll et soulevèrent leur chapeau.

« Gaston, est-ce que tu as quartier libre, aujourd'hui ? demanda-t-elle.

— Mackie voulait me montrer la voiture que le numéro sept lui a promise. Je serai là dans vingt minutes.

— Retourne immédiatement dans ta chambre, Gaston. Qu'est-ce que c'est que ce bazar ? Mackie ira tout seul. Allez, ouste ! Le numéro douze s'est annoncé pour trois heures. Fais un somme en attendant, file ! »

Le jeune homme fit demi-tour, l'autre, après un nouveau salut, poursuivit son chemin.

Mme Moll se tourna vers Fabian. « Tu refuses, une fois de plus ? » Elle lui prit les paquets. « Je te laisse une semaine pour réfléchir. Tu connais l'adresse. Penses-y. Mourir de faim est affaire de goût. Et puis tu me ferais personnellement plaisir. Vraiment. Plus tu résistes, plus cette perspective m'excite. Ce n'est pas pressé, à présent j'ai amplement de quoi occuper mon temps. » Elle entra dans l'immeuble.

« Ça frôle la coercition », marmonna Fabian, et il s'en alla.

Dans un bistrot, il mangea une saucisse avec de la salade de pommes de terre. Ce faisant, il lut les journaux suspendus dans le local et releva des offres d'emploi. Puis il acheta de quoi écrire dans une papeterie qui sentait le renfermé et rédigea quatre lettres de candidature. Lorsqu'il les eut mises à la boîte, il jugea qu'il était l'heure. Passablement fatigué, il se transporta jusqu'à l'usine de cigarettes.

« Va-t-on vous revoir ? s'enquit le concierge.

— J'ai rendez-vous ici avec ma mère », répondit Fabian.

L'homme lui fit un clin d'œil. « Vous pouvez compter sur moi. »

Fabian trouva désagréable que sa comédie semblât avoir été percée à jour. Il entra promptement dans le bâtiment administratif, s'installa dans une niche de fenêtre et se mit à regarder sa montre toutes les cinq minutes. Dès qu'il entendait des pas, il se pressait étroitement contre l'embrasure de la fenêtre. Le bureau fermait dans dix minutes, les employés étaient pressés, ils ne le remarquèrent pas.

Il s'apprêtait à quitter sa cachette quand il entendit de nouveau des pas et des voix.

« Je parlerai demain en réunion de direction du jeu-concours que vous avez préparé, cher Fischer, dit l'une des voix. Ce projet est remarquable, vos mérites seront reconnus.

— Monsieur le directeur est trop bon, répondit l'autre voix. Mais je n'ai fait que reprendre le projet que M. Fabian m'a légué.

— Le legs est un bien comme un autre, monsieur Fischer ! » Le ton du directeur était revêche. « Ma proposition vous est-elle désagréable ? Une augmentation de salaire vous répugnerait-elle ? Bon ! Qui plus est, ce projet nécessite quelques améliorations. Je vais en faire le compte rendu au dictaphone sur la base de votre matériau. Croyez-moi, il aura du succès, notre jeu-concours. À présent, vous pouvez rentrer chez vous. Vous êtes bien chanceux.

— "Le maître se tourmente sans cesse", Schiller », fit remarquer Fischer.

Fabian sortit du renfoncement de la fenêtre. Effrayé, Fischer recula d'un pas. Le directeur Breitkopf tripota son col.

« Je suis moins surpris que vous », dit Fabian, et il se dirigea vers l'escalier.

« Le voilà », dit le concierge, qui bavardait avec la mère de Fabian. Elle avait déposé sa valise et mis dessus sac de voyage, sac à main et parapluie. Elle adressa un signe de tête à son fils. « Bien travaillé ? » s'enquit-elle. Le concierge eut un sourire bon enfant et regagna son réduit.

Fabian donna la main à sa mère. « Nous avons encore une demi-heure », dit-il. Il prit les bagages.

Lorsqu'ils eurent retenu une place d'angle (dans la voiture du milieu, car la mère de Fabian jugeait opportun d'anticiper les conséquences d'un éventuel accident ferroviaire), ils firent tranquillement les cent pas devant le wagon.

« Pas si loin. » Elle retint son fils par la manche. « Il est si facile de voler une valise. À peine a-t-on le dos tourné qu'elle n'est plus là. » Fabian finit par devenir encore plus méfiant que sa mère, il ne cessait de surveiller le filet à bagages par la vitre.

« Maintenant je peux repartir, dit-elle. Le rabat de ton manteau est recousu. La chambre a retrouvé figure humaine. Mme Hohlfeld a pris des airs offensés. Mais tant pis. »

Fabian courut jusqu'à l'un des comptoirs mobiles et rapporta un sandwich au jambon, un paquet de biscuits et deux oranges. « Seigneur, qu'est-ce que tu es dépensier », dit-elle. Il rit, grimpa dans le compartiment, glissa en cachette un billet de vingt marks dans le sac à main et redescendit sur le quai.

« Quand reviendras-tu enfin à la maison ? demanda-t-elle. Je te ferai tes plats préférés, chaque jour un autre, et nous irons voir tante Martha dans son jardin. Au magasin il ne se passe pas grand-chose.

— Je viens dès que je peux », lui assura-t-il.

Elle se mit à la fenêtre et dit : « Porte-toi bien, Jakob. Et si ça ne marche pas ici, prends ton baluchon et rentre à la maison. »

Il acquiesça d'un signe de tête. Ils se regardèrent en souriant, ainsi qu'on le fait sur un quai de gare ou chez le photographe, sauf qu'il n'y avait pas de photographe à cent lieues à la ronde. « Prends soin de toi, chuchota-t-il. Je suis content que tu sois venue. »

Puis le train démarra. Fabian l'accompagna un petit moment en courant, s'arrêta à l'extrémité du quai et agita la main.

Sur la table il trouva des fleurs, avec une lettre. Il l'ouvrit. Il en tomba un billet de vingt marks et une feuille de papier. « *Un petit quelque chose, ta mère qui t'aime* », lut-il. Dans le coin inférieur, elle avait ajouté : « *Mange l'escalope en premier. La saucisse se garde plusieurs jours dans le papier.* »

Il mit le billet de vingt marks dans sa poche. En ce moment, sa mère était dans le train et elle ne tarderait pas à trouver l'autre billet de vingt marks, celui qu'il avait glissé dans son sac à main. Mathématiquement parlant, le résultat était égal à zéro. Car ils possédaient tous deux la même somme qu'avant. Mais les bonnes actions ne s'annulent pas. La morale ne fonctionne pas comme l'arithmétique.

Le soir même, Cornelia lui demanda cent marks. Elle avait rencontré Makart dans les couloirs de la société de production. Il était venu dans les locaux de la concurrence pour une question de distribution. Il lui avait adressé la parole. Elle était le type de femme qu'il cherchait depuis longtemps. Pour le prochain film de sa société, s'entend. Qu'elle passe le voir le lendemain après-midi dans son bureau. Le chef de production et le metteur en scène seraient là. Peut-être lui ferait-on faire un bout d'essai.

« Il faut que j'aille acheter un nouveau pull et un chapeau entre midi et deux, Fabian. Je sais que tu n'as presque plus d'argent. Mais je ne peux pas laisser passer cette chance. Tu te rends compte, si je devenais actrice ! Est-ce que tu imagines ?

— Oui, répondit-il, et il lui donna son dernier billet de cent marks. J'espère que cet argent te portera chance.

— À moi ? dit-elle.

— À nous », rectifia-t-il pour lui faire plaisir.

CHAPITRE 14

La rue sans portes • La langue de Mlle Selow •
L'escalier aux pickpockets

Cette nuit-là, Fabian fit un rêve. Sans doute rêvait-il plus souvent qu'il ne le pensait. Mais, cette fois, Cornelia le réveilla et c'est grâce à cela qu'il s'en souvint. Qui aurait pu, il y a encore quelques jours, le tirer de son sommeil ? Qui aurait pu le secouer craintivement en pleine nuit, quand il ne dormait pas encore au côté de Cornelia ? Certes, il avait couché avec nombre de femmes, mais avait-il dormi avec elles ?

Dans son rêve, il marchait le long d'une rue interminable. Les immeubles étaient d'une hauteur démesurée. La rue était déserte et les bâtiments n'avaient ni portes ni fenêtres. Et le ciel était très loin, étrange, comme au-dessus d'un puits profond. Fabian avait faim et soif et il était mort de fatigue. Il voyait que la rue n'en finissait pas, mais il continuait de marcher et voulait aller jusqu'au bout. « C'est inutile », dit une voix. Il regarda autour de lui. Le vieil inventeur se tenait derrière lui, dans sa pèlerine défraîchie, avec son parapluie mal enroulé et son chapeau dur qui avait viré au gris.

« Bonjour, cher professeur, s'écria Fabian. Je croyais que vous étiez à l'asile de fous.

— Mais nous y sommes », dit le vieux en cognant contre un bâtiment avec la poignée de son parapluie. Il y eut un son métallique, puis une porte s'ouvrit là où il n'y en avait pas.

« Ma dernière invention, dit le vieux. Permettez-moi de vous précéder, cher neveu, je suis ici chez moi. »

Fabian le suivit.

Dans la loge du concierge était assis le directeur Breitkopf, il se tenait le ventre et gémissait : « Je vais avoir un enfant. La secrétaire a encore oublié de prendre ses précautions. » Puis il se frappa le crâne à trois reprises, ce qui produisit un bruit de gong.

« Encore en retard », déplora le professeur. Il enfonça son parapluie mal enroulé dans la gorge de Breitkopf, puis l'ouvrit. Le visage du directeur éclata comme un ballon de baudruche.

« Mille mercis, dit Fabian.

— De rien, répliqua l'inventeur. Avez-vous déjà vu ma machine ? » Il prit Fabian par la main et lui fit traverser un couloir éclairé par des néons bleuâtres avant de ressortir à l'extérieur.

Une machine de la taille de la cathédrale de Cologne se dressait devant eux. Des ouvriers à demi nus, armés de pelles, enfournaient des centaines de milliers de petits enfants dans un gigantesque chaudron où flamboyait un feu.

« Venez de l'autre côté », dit l'inventeur. Ils traversèrent la cour grise sur des tapis roulants. « Là », déclara le vieil homme en désignant l'air.

Fabian leva les yeux. Des cornues rougeoyantes s'abaissaient, basculaient automatiquement et déversaient leur contenu sur un miroir horizontal. Ce contenu était vivant. Des hommes et des femmes tombaient sur le verre brillant, se mettaient debout et fixaient, captivés, leur reflet tangible, mais inaccessible. Certains agitaient la main en direction du bas pour se saluer eux-mêmes comme s'ils se connaissaient. L'un d'eux sortit un pistolet de sa poche et tira. Alors qu'il avait pris pour cible le cœur de son propre reflet, il atteignit son gros orteil et grimaça. Un autre virevoltait sur lui-même, il voulait manifestement tourner le dos à son reflet, mais ses efforts demeuraient infructueux.

« Cent mille par jour, expliqua l'inventeur. Pourtant, j'ai réduit le temps de travail et introduit la semaine de cinq jours.

— Rien que des fous ? demanda Fabian.

— C'est une question de terminologie, répondit le professeur. Un instant, l'embrayage ne fonctionne plus. » Il s'approcha de la machine et fourragea de son parapluie dans une ouverture. Soudain, le parapluie disparut, puis ce fut au tour de la pèlerine, laquelle entraîna le vieil homme, qui se volatilisa : sa machine l'avait englouti.

Fabian retraversa la cour grise sur le tapis roulant. « Il s'est produit un accident », cria-t-il à l'un des ouvriers à demi nus. À ce moment-là, un enfant dégringola du chaudron. Il avait des lunettes à monture de corne et portait dans sa menotte un parapluie mal enroulé. L'ouvrier ramassa le nourrisson avec sa pelle et le rejeta dans le chaudron ardent. Fabian traversa derechef la cour et attendit sous les cornues que son vieil ami revienne.

Son attente fut vaine. À la place, ce fut lui qui tomba d'une des puissantes boîtes à bascule, un deuxième

Fabian, mais avec pèlerine, parapluie et chapeau. Il se joignit aux autres personnages et, comme eux, se mit à fixer les reflets. Le sien était suspendu à ses semelles dans le miroir, la tête en bas, un troisième Fabian qui regardait vers le haut et dévisageait le deuxième. Celui-ci fit un geste du pouce vers l'arrière, en direction de la machine, et dit : « Transmigration mécanique des âmes, brevet Kollrepp. » Puis il s'approcha du vrai Fabian, debout dans la cour, pénétra en lui et disparut.

« Comme un gant », reconnut Fabian. Il prit son parapluie à l'homme sorti de la machine qui, invisible, le remplissait en totalité, rajusta sa pèlerine et se retrouva de nouveau en un seul exemplaire.

Il tourna son regard vers le miroir brillant. Soudain, les gens s'y enfoncèrent comme dans un marécage transparent. Ils ouvraient la bouche, semblant crier de terreur, mais on n'entendait rien. Ils disparurent complètement sous la surface du miroir. Leurs reflets filèrent tête la première, tels des poissons, devinrent de plus en plus petits et finirent par se dissiper. À présent, les vrais individus étaient en dessous, comme emprisonnés dans de l'ambre. Fabian s'approcha tout près. Ce qu'il vit n'était plus un reflet. Au-dessus des créatures qui avaient sombré s'étendait une simple plaque de verre, sous laquelle les gens continuaient à vivre. Fabian s'agenouilla pour pouvoir mieux les voir.

De grosses femmes nues, le corps couvert de rides, étaient assises à des tables et buvaient du thé. Elles portaient des bas ajourés et, sur la nuque, de petits chapeaux tressés. Des bracelets et des pendants d'oreilles étincelaient. L'une de ces vieilles femmes s'était glissé un anneau dans le nez. À d'autres tables étaient assis des hommes obèses, à moitié nus, aussi velus que des gorilles, coiffés de hauts-de-forme, certains vêtus de caleçons mauves, tous avec de grands cigares entre leurs lèvres épaisses. Hommes et femmes regardaient avidement un rideau. On le repoussa sur le côté, et des jeunes gars maquillés, vêtus de maillots moulants, commencèrent à se pavaner sur une estrade surélevée, tels des mannequins minaudants. Les jouvenceaux furent suivis de jeunes filles, également en maillot, elles souriaient avec affectation et exhibaient consciencieusement tout ce qu'elles avaient de rondeurs. Fabian en reconnut quelques-unes, Kulp, la sculptrice, Selow, et même Paula, du club Haupt.

Hommes et femmes pressaient des jumelles de théâtre sur leurs yeux, ils se levaient d'un bond, trébuchaient sur les chaises et les tables, affluaient vers l'estrade, se bousculaient à l'envi et hennissaient comme des chevaux en rut. Les grosses femmes couvertes de bijoux s'emparaient de jeunes gars, se jetaient par terre en pleurant, s'agenouillaient d'un air implorant, écartaient leurs jambes obèses, arrachaient les brillants de leurs bras, de leurs doigts et de leurs oreilles et les tendaient, telles des mendiantes, à ces créatures au sourire de prostitué. De leurs bras de singe, les vieux types saisissaient des jeunes filles, mais aussi des jeunes gens et, violacés d'excitation, enlaçaient ceux qu'ils attrapaient. Caleçons, varices, jarretières, maillots déchirés, membres gras et ridés, visages déformés, sourires pommadés, bras minces et bruns, pieds agités de convulsions occupaient toute la surface du sol. On l'aurait dit recouvert d'un tapis persan vivant.

« Ta Cornelia est là aussi », dit Mme Irene Moll. Assise à côté de lui, elle grignotait des jeunes gens miniatures dans un grand cornet à bonbons. Elle commençait par les déshabiller, comme si elle retirait des napolitains de leur papier d'emballage. Fabian chercha Cornelia du regard. Alors que tous les autres se vautraient par terre dans un enchevêtrement inextricable, elle était seule sur l'estrade et luttait contre un gros homme brutal qui lui ouvrait la bouche d'une main et, de l'autre, essayait de lui enfoncer le bout incandescent de son cigare entre les lèvres. « Il ne sert à rien de se défendre », fit Moll en fouillant dans son cornet. « C'est Makart, un fabricant de films, plein aux as. Sa femme s'est empoisonnée. » Cornelia tituba et fut précipitée dans la confusion ambiante en compagnie de Makart. « Suis-la donc, dit Moll. Mais tu as peur que la vitre se brise. Tu crains sans arrêt que la paroi de verre qui se trouve entre toi et les autres se brise. Tu vois le monde comme une devanture de magasin. »

Cornelia n'était plus visible. Mais Fabian aperçut Wilhelmy, le mort en sursis. Il était nu, sa jambe gauche était une prothèse. Debout sur un lit à baldaquin, il filait au-dessus de ce frétillement de gens comme un surfeur. Il agitait sa béquille et en donnait de grands coups sur la tête et les mains de Kulp, qui se cramponnait au lit. En sang, la jeune fille finit par lâcher prise et sombrer. Wilhelmy attacha une ficelle à la canne, enroula un billet de banque à l'extrémité du cordon et jeta sa ligne. En dessous, les gens sautèrent en l'air comme des poissons, cherchant à happer le billet, retombèrent épuisés puis repartirent de plus belle. Là ! Une femme tenait le billet dans sa bouche. C'était Selow. Elle poussa un cri strident. Un hameçon lui avait transpercé la langue. Wilhelmy tira sur la ficelle, Selow se rapprocha du lit, le visage déformé. Mais derrière elle surgit la sculptrice, elle entoura son amie de ses deux bras et l'entraîna en arrière. La langue glissa loin hors de la bouche. Wilhelmy et la sculptrice essayaient d'attirer la jeune fille chacun de son côté. La langue ne cessait de s'allonger, elle était aussi longue qu'un élastique rouge, et tendue à se rompre. Wilhelmy haletait et riait.

« Magnifique ! s'exclama Irene Moll. On dirait du tir à la corde. Nous vivons à l'ère du sport. » Elle froissa le cornet vide et dit : « Et maintenant, je vais te manger. » Elle lui arracha sa pèlerine. Ses doigts s'engrenèrent comme des ciseaux et lacérèrent le costume de Fabian. Il lui donna un coup de parapluie sur la tête. Elle vacilla et le lâcha. « Mais je t'aime », chuchota-t-elle, et elle se mit à pleurer. Les larmes perlèrent au coin de ses yeux, telles des bulles de savon, se mirent à grossir et s'élevèrent, scintillantes, dans les airs.

Fabian se leva et poursuivit son chemin.

Il arriva dans une salle qui n'avait pas de murs. D'innombrables marches d'escalier montaient d'un bout à l'autre de la pièce. Sur chaque marche se tenaient des gens. Ils levaient les yeux avec intérêt et chacun portait la main à la poche de l'autre. Chacun volait l'autre. Pendant qu'on fouillait en secret dans la poche du voisin de devant, on se faisait dépouiller par celui qui était derrière. Le calme régnait. Pourtant, tout était en mouvement. On se volait avec ardeur et on se faisait voler. Sur l'avant-dernière marche, une fillette de dix ans sortait un cendrier coloré de la poche de celui qui la précédait. Soudain Labude apparut tout en haut. Il leva les mains, abaissa son regard et cria : « Mes amis ! Mes concitoyens ! L'honnêteté doit triompher ! »

« Mais bien sûr ! » hurla-t-on en chœur en se faisant mutuellement les poches.

« Que ceux qui sont pour moi lèvent la main ! » s'écria Labude.

Tous levèrent la main. Chacun leva une main, continuant de l'autre à voler. Seule la petite fille sur l'avant-dernière marche leva les deux mains.

« Je vous remercie, dit Labude d'une voix émue. L'ère de la dignité humaine a sonné. N'oubliez pas ce moment !

— Tu es un sot ! » s'écria Leda. Elle était derrière Labude et tirait un grand et bel homme à sa suite.

« Mes meilleurs amis sont mes plus grands ennemis, dit tristement Labude. Ça m'est égal. La raison vaincra, même si je péris. »

Des coups de feu retentirent. Fabian leva les yeux. Partout, il y avait des fenêtres et des toits. Et partout, des silhouettes sinistres avec des pistolets et des mitrailleuses.

Les gens sur les marches se jetèrent au sol, mais continuèrent à voler. Les coups de feu crépitaient. On mourait, la main dans la poche d'autrui. L'escalier était jonché de cadavres.

« Ce n'est pas une grande perte, dit Fabian à son ami. Allez, viens ! » Mais Labude restait sous la grêle de balles. « Ma mort non plus ne sera pas une grande perte », chuchota-t-il. Il se tourna vers les fenêtres et les toits et leur adressa un geste de menace.

Des gens tombaient des lucarnes et des frontons. Des blessés pendaient aux fenêtres. Deux hommes athlétiques se battaient sur l'arête d'un toit. Ils s'étranglaient et se mordaient, l'un d'eux chancela et ils tombèrent de conserve. On entendit l'impact des crânes creux. Des avions bourdonnaient sous le plafond de la salle et lançaient des brandons sur les maisons. Les toits commencèrent à brûler. Une fumée verte s'échappa des fenêtres.

« Pourquoi est-ce qu'ils font ça ? » La fillette du grand magasin saisit la main de Fabian.

« Ils veulent construire de nouvelles maisons », répliqua-t-il. Puis il prit l'enfant dans ses bras et, marchant sur les cadavres, descendit l'escalier. À mi-chemin, il croisa un petit homme qui inscrivait des chiffres sur un bloc-notes et se livrait à des calculs en remuant les lèvres.

« Qu'est-ce que vous faites ? demanda Fabian.

— J'achète les restes, fut la réponse. Trente pfennigs par cadavre, cinq de plus pour ceux qui n'ont pas beaucoup servi. Êtes-vous habilité à négocier ?

— Allez au diable ! cria Fabian.

— Plus tard », dit l'autre en continuant ses calculs.

Fabian déposa la fillette au pied de l'escalier. « Et maintenant, rentre chez toi », dit-il. L'enfant fila. Elle sautillait sur une jambe en chantant.

Il remonta l'escalier. « Ça ne me rapportera pas un pfennig », marmonna le petit bonhomme devant lequel il repassait. Fabian se hâta. En haut, les maisons s'effondraient. Des jets de flammes s'élevaient des tas de pierres. Des poutres incandescentes s'inclinaient et s'affaissaient lentement, comme si elles plongeaient dans du coton. On entendait encore des coups de feu isolés. Des individus avec des masques à gaz se frayaient péniblement un chemin parmi les décombres. Dès que deux d'entre eux se rencontraient, ils levaient leurs fusils, visaient et tiraient. Fabian regarda autour de lui. Où était Labude ? « Labude ! cria-t-il. Labude !

— Fabian ! fit une voix. Fabian ! »

« Fabian ! » appelait Cornelia en le secouant. Il se réveilla. « Pourquoi cries-tu le nom de Labude ? » Elle lui caressa le front.

« J'ai fait un rêve, répondit-il. Labude est à Francfort.

— Veux-tu que j'allume ? demanda-t-elle.

— Non, rendors-toi vite, Cornelia, il faut que tu sois en forme pour demain. Bonne nuit.

— Bonne nuit », dit-elle.

Ils restèrent encore longtemps éveillés. Chacun le savait, mais ils gardèrent le silence.

CHAPITRE 15

Un jeune homme tout ce qu'il y a de bien • Du sens des gares • Cornelia écrit une lettre

Le matin suivant, lorsque Cornelia se rendit au bureau, Fabian était assis près de la fenêtre ouverte. La jeune fille avait une sacoche sous le bras et partit d'un pas pressé. Elle avait du travail, elle gagnait de l'argent. Il était assis à la fenêtre et se laissait chatouiller par le soleil, qui brillait d'une lumière chaude, comme si tout était parfaitement normal, que rien ne pouvait le désarçonner.

Cornelia était déjà loin. Il ne fallait pas qu'il la rappelle. S'il l'avait fait et que, penché par la fenêtre, il avait dit : « Remonte, je ne veux pas que tu travailles, je ne veux pas que tu ailles voir Makart ! », elle aurait répondu : « Qu'est-ce qui t'arrive ? Donne-moi de l'argent ou alors ne me retiens pas. » Ce fut plus fort que lui, il tira la langue au soleil.

« Qu'est-ce que vous faites ? demanda Mme Hohlfeld, qui était entrée sans qu'il s'en aperçût.

— J'attrape des mouches, répondit Fabian d'un ton bourru. Cette année, elles sont bien grosses et elles craquent sous la dent.

— Vous n'allez pas travailler ?

— J'ai pris ma retraite. Dans quelques jours, j'apparaîtrai dans le déficit du ministère des Finances, sous la rubrique des dépenses imprévues. » Il ferma la fenêtre et s'assit sur le canapé.

« Chômeur ? » demanda-t-elle.

Il acquiesça et sortit de l'argent de sa poche. « Voici les quatre-vingts marks du prochain loyer. »

Elle prit promptement l'argent et dit : « Ce n'était pas pressé, monsieur Fabian.

— Si. » Il posa ce qu'il lui restait de billets et de pièces bien en évidence sur la table et les compta. « Si j'apporte mon capital à la banque, je récupérerai trois marks d'intérêts par an, dit-il. Ça n'en vaut pas la peine. »

La logeuse devint loquace. « Hier, dans le journal, un ingénieur proposait d'abaisser le niveau de la Méditerranée de deux cents mètres, ça ferait émerger de grandes étendues de terre, comme avant la période glaciaire, on pourrait alors les coloniser et nourrir des millions de gens. Et en installant de petites digues, il serait possible d'établir une liaison ferroviaire directe entre Berlin et Le Cap ! » Encore captivée par le projet de l'ingénieur, Mme Hohlfeld parlait avec feu.

Fabian frappa sur l'accoudoir du canapé, faisant danser la poussière. « Eh bien, dites-moi ! s'exclama-t-il. Cap sur la Méditerranée ! Faisons baisser le niveau de la mer. Vous venez aussi, madame Hohlfeld ?

— Volontiers. Je n'y suis plus retournée depuis mon voyage de noces. Une région magnifique. Gênes, Nice, Marseille, Paris. Paris n'est pas au bord de la Méditerranée, mais c'est très beau quand même. » Elle changea de sujet : « La demoiselle a dû être très triste ?

— Dommage qu'elle soit déjà partie, nous aurions pu le lui demander.

— Une jeune fille charmante, et si distinguée, je trouve qu'elle ressemble à la reine de Roumanie du temps où elle était jeune.

— Tout juste. » Fabian se leva et reconduisit la logeuse jusqu'à la porte. « Il semblerait qu'elle soit fille de reine. Mais motus ! »

L'après-midi, il se rendit chez un grand éditeur de presse et attendit que M. Zacharias soit disponible. M. Zacharias était une de ses relations qui, après une discussion sur le sens de la publicité, lui avait dit : « Si vous avez besoin de moi, faites-le-moi savoir. » Tout en feuilletant distraitement un des journaux qui décoraient la table de la salle d'attente, Fabian se remémora leur échange. À l'époque, Zacharias souscrivait avec fougue à l'affirmation de H. G. Wells selon laquelle le développement de l'Église chrétienne était avant tout le résultat d'une habile publicité ; il soutenait aussi sa proposition de ne plus limiter la publicité à encourager la consommation de savons et de chewing-gums, mais de la placer également au service des idéaux. À quoi Fabian avait répondu que l'aptitude de l'espèce humaine à s'éduquer était problématique ; que la capacité du publicitaire d'instruire le peuple et le talent de l'éducateur pour faire de la publicité ne relevaient pas de l'évidence ; qu'on ne pouvait inculquer la raison qu'à un nombre restreint de gens et que ces gens-là étaient déjà raisonnables. Zacharias et lui avaient débattu dans les formes, jusqu'au moment où ils s'étaient dit que cette dispute avait un caractère par trop académique, parce que les deux résultats possibles – la victoire ou la défaite de cette éducation idéaliste –

supposaient beaucoup d'argent et que personne n'en donnerait pour des idéaux.

Des coursiers parcouraient avec empressement le labyrinthe de couloirs. Des étuis en carton tombaient de tubes métalliques avec un claquement. Le téléphone du responsable de la surveillance sonnait sans interruption. Des visiteurs entraient et sortaient. Des employés couraient d'une pièce à l'autre. Un des directeurs dévala l'escalier avec une équipe de collaborateurs obséquieux.

« M. Zacharias va vous recevoir. »

Un coursier conduisit Fabian jusqu'au bureau de Zacharias, qui lui serra la main avec entrain. C'était le trait de caractère le plus saillant de ce jeune homme que de tout faire avec une vivacité extraordinaire. Il ne se départait jamais de son enthousiasme. Qu'il se lavât les dents ou qu'il discutât, qu'il dépensât de l'argent ou présentât des projets à ses supérieurs, il y mettait toujours beaucoup d'énergie. À son contact, on était gagné par cette absence d'humour. Une discussion sur la manière de nouer une cravate devenait soudain le sujet le plus passionnant du moment. Et quand ils s'entretenaient avec lui de questions professionnelles, ses supérieurs prenaient conscience de l'importance de leur métier, de leur groupe d'édition et de leur poste. L'ascension de cet homme était irrésistible. Qu'il accomplît lui-même des tâches essentielles était peu probable. Il servait de catalyseur à l'entreprise, de stimulant à son entourage. Il était devenu indispensable et, à vingt-huit ans, gagnait déjà deux mille cinq cents marks par mois. Fabian dit ce qu'il y avait à dire.

« Je n'ai rien de disponible pour le moment, répondit Zacharias, mais j'aimerais tellement pouvoir vous rendre service. En plus, je suis persuadé qu'on s'entendrait formidablement bien tous les deux. Que faire ? » Il pressa ses mains contre ses tempes, comme un devin proche de l'illumination. « Que diriez-vous de la chose suivante : si je vous embauchais comme collaborateur privé et que je vous payais de ma poche ? J'aurais bien besoin de quelqu'un comme vous. Ici, on attend de moi une douzaine de suggestions par jour. Suis-je une machine ? Qu'y puis-je si les autres ont encore moins d'idées ? Si ça continue comme ça, mon cerveau va déclarer forfait. Depuis peu, j'ai une jolie petite voiture – Steyr, six cylindres, carrosserie spéciale. Nous pourrions chaque jour aller nous mettre au vert pendant quelques heures et pondre des projets. J'aime bien conduire, ça calme les nerfs. Je débloquerais trois cents marks pour vous. Et quand un poste se libérerait, il serait à vous. Alors ? »

Avant que Fabian ne pût répondre, l'autre reprit : « Non, ça ne va pas. On dirait : Zacharias fait appel à un nègre blanc. Je ne peux me fier à aucun de ces types. Ils sont tous là à attendre derrière la porte avec une hache pour me flanquer un coup sur le citron. Que faire ? Vous n'auriez pas une idée ? »

Fabian répondit : « Je pourrais m'installer sur la Potsdamer Platz avec un grand écriteau sur le ventre où on lirait par exemple : "*Ce jeune homme ne fait rien pour le moment, mais essayez-le et vous verrez qu'il peut tout faire.*" Je pourrais aussi écrire ce texte sur un grand ballon de baudruche.

— Si cette proposition était sérieuse, elle serait excellente ! s'écria Zacharias. Mais elle ne vaut rien parce que vous n'y croyez pas. Vous ne prenez au sérieux que les choses vraiment sérieuses, et encore. C'est désolant. Si j'avais votre talent, à l'heure actuelle je serais directeur. » Quand il avait affaire à des gens qui lui étaient supérieurs,

Zacharias usait d'une astuce extrêmement raffinée : il reconnaissait sans façon cette supériorité, il la soulignait.

« À quoi me sert-il d'être plus doué ? » demanda Fabian, affligé. Zacharias n'avait pas prévu cette question rhétorique. Seule comptait sa propre franchise. Et voilà que cet individu se pointait, demandait conseil et, par-dessus le marché, faisait preuve d'impertinence.

« Je regrette que ma remarque vous ait froissé, dit Fabian. Je ne voulais pas vous offenser. Je ne tire aucune vanité de mes talents, ils me permettent tout juste de mourir de faim. Et d'ici quinze jours, j'aurai tout lieu d'être fier d'eux. »

Zacharias se leva et raccompagna son visiteur jusqu'à l'escalier avec une complaisance affichée. « Appelez-moi demain, vers midi, non, à cette heure-là j'ai une conférence, disons vers deux heures. Peut-être qu'entre-temps j'aurai eu une idée. Au revoir. »

Fabian aurait bien voulu téléphoner à Labude, mais celui-ci était à Francfort. Il ne lui aurait pas parlé de ses soucis, le jeune homme en avait bien assez lui-même. Il voulait juste entendre la voix familière, rien d'autre. Entre amis, une conversation sur le temps qu'il fait pouvait opérer des miracles. La mère était repartie. Le vieil inventeur excentrique était, pèlerine comprise, en route pour l'asile de fous. Cornelia s'achetait un nouveau chapeau pour plaire à quelques gens de cinéma. Fabian était seul. Pourquoi ne pouvait-on se fuir soi-même jusqu'à nouvel ordre ? Il erra sans but dans la ville, mais se retrouva pourtant devant l'immeuble où travaillait Cornelia. Agacé, il poursuivit son chemin et se surprit à loucher dans chaque boutique de chapeaux. Était-elle encore au bureau ? Essayait-elle déjà des chapeaux et des pulls ?

À la gare d'Anhalt, il acheta un journal. L'homme qui était assis dans le kiosque avait l'air sympathique.

« Vous n'auriez pas besoin de quelqu'un ? demanda Fabian.

— Bientôt, il faudra que j'apprenne à tricoter des chaussettes, répondit l'homme. Il y a un an, je faisais le double de chiffre d'affaires et ce n'était déjà pas terrible. Depuis quelque temps, les gens ne lisent plus les journaux qu'au café et chez le coiffeur. Il aurait fallu devenir boulanger. Le coiffeur ne propose pas encore de pain gratuit.

— Dernièrement, quelqu'un a suggéré que le pain soit livré à domicile par décision gouvernementale, exactement comme l'eau, déclara Fabian. Faites attention, un jour, même la boulangerie ne protégera pas du risque de mourir de faim.

— Vous voulez un casse-croûte ? demanda le kiosquier.

— J'ai encore de quoi tenir une semaine », répondit Fabian. Il remercia l'homme et se rendit à la gare. Il étudia le tableau des horaires. Devait-il, avec ce qu'il lui restait, acheter un billet et se transporter chez sa mère ? Mais peut-être que Zacharias trouverait une solution. Quand il ressortit de la gare et eut de nouveau sous les yeux ces enfilades de rues et ces pâtés de maisons, ce labyrinthe désespérant, implacable, il en eut le vertige. Il s'appuya au mur à côté de quelques porteurs et ferma les paupières. Mais à présent, c'était le bruit qui le tourmentait. Il avait l'impression que les tramways et les autobus lui traversaient le ventre. Il fit demi-tour, remonta l'escalier jusqu'à la salle d'attente et appuya sa tête contre un banc dur. Une demi-heure plus tard, il se sentait mieux.

Il rejoignit la station de tram, rentra chez lui, se jeta sur le canapé et s'endormit aussitôt.

Il se réveilla le soir venu. La porte du vestibule claqua bruyamment. Était-ce Cornelia ? Non, quelqu'un dévalait l'escalier. Il se rendit dans l'autre chambre et tressaillit. Elle était vide. Les valises avaient disparu. Fabian alluma la lumière, bien que la nuit ne fût pas encore tombée. Sur la table, adossée au vase dans lequel des fleurs attendaient d'être jetées, se trouvait une lettre. Il fit un signe de tête, prit la lettre et regagna sa chambre.

Cher Fabian,

Ne vaut-il pas mieux que je parte trop tôt plutôt que trop tard ? Il y a un instant j'étais près de toi, devant le canapé. Tu dormais, et tu dors encore pendant que je t'écris. J'aimerais bien rester, mais tu imagines si je le faisais ! Quelques semaines encore et tu serais vraiment malheureux. Ce n'est pas le fardeau de la misère qui te tourmente, mais la pensée du poids qu'elle pourrait prendre. Tant que tu étais seul, il ne pouvait rien t'arriver. Tout redeviendra comme avant. Seras-tu très triste ?

Ils veulent faire de moi la vedette de leur prochain film. Je signe demain. Makart m'a loué un deux pièces. C'est une affaire réglée, il en a parlé comme s'il s'agissait d'un sac de briquettes. Il a cinquante ans, on dirait un lutteur à la retraite trop bien habillé. J'ai l'impression de m'être vendue au laboratoire d'anatomie. Si je retournais dans ta chambre pour te réveiller ? Je vais te laisser dormir. Je n'en mourrai pas. J'imaginerai que je suis chez le médecin, c'est tout. S'il faut que j'y passe, eh bien, tant pis. On ne peut pas s'en sortir sans se salir les mains. Or nous voulons nous en sortir !

J'écris « nous ». Tu me comprends ? Je te quitte pour pouvoir rester avec toi. Continueras-tu de m'aimer ? Voudras-tu encore me regarder, pourras-tu encore me prendre dans tes bras mal-

gré l'autre ? Je t'attendrai demain après-midi à partir de quatre heures au Café Schottenhaml. *Qu'est-ce que je deviendrai si tu ne viens pas ?*

Cornelia

Fabian était assis sans bouger. L'obscurité tombait. Son cœur lui faisait mal. Il se cramponnait aux bras de son siège comme pour résister à des créatures qui voulaient l'entraîner. Il se ressaisit. La lettre gisait sur le tapis et brillait dans le noir.

« Je voulais changer, Cornelia », dit-il.

CHAPITRE 16

Fabian part en chasse • Des coups de feu à Wedding • Le Parc de l'Oncle Pelle

Le soir même, il se rendit en métro dans le nord de Berlin. Debout derrière la vitre, il regardait fixement le tunnel noir où défilaient par moments de petites lampes. Il regardait les quais animés des stations souterraines. Quand le train sortait du tunnel, il regardait les rangées d'immeubles gris, les petites rues lugubres et les pièces éclairées où des inconnus, assis à table, attendaient ce que le sort leur réservait. Il regardait l'enchevêtrement luisant des rails sur lesquels il passait ; les grandes gares, où les trains de nuit rouges pensaient en gémissant à des voyages lointains ; la Spree silencieuse, les frontons de théâtre brillamment égayés par des inscriptions lumineuses, et le ciel violet sans étoiles au-dessus de la ville.

Il voyait tout cela comme si seuls ses yeux et ses oreilles traversaient Berlin, tandis que lui-même était loin, très loin de là. Son regard était attentif, mais son cœur gisait inconscient. Fabian était resté un bon moment assis dans sa chambre meublée. Quelque part dans cette ville imprévisible, Cornelia était au lit avec un type de cinquante ans et fermait les yeux avec résignation. Où était-elle ? Il aurait voulu arracher les murs de toutes les maisons pour les trouver. Où était Cornelia ? Pourquoi le condamnait-elle à l'inactivité ? Pourquoi le faisait-elle à l'un de ces rares moments où il se sentait poussé à agir ? Elle ne le connaissait pas. Elle avait préféré faire ce qu'il ne fallait pas plutôt que de lui dire : Fais ce qu'il faut ! Elle croyait qu'il lui était plus facile d'encaisser un millier de coups que de lever lui-même le bras. Elle ne savait pas qu'il brûlait de travailler et d'endosser des responsabilités. Mais où étaient ceux pour qui il aurait pu travailler ? Où était Cornelia ? Elle était couchée sous un vieil homme obèse et se prostituait pour que le cher Fabian ait tout loisir de ne rien faire. Elle lui rendait magnanimement la liberté dont elle l'avait libéré. Le hasard lui avait fait rencontrer un être pour qui il pouvait enfin agir, et cet être le rejetait dans cette maudite liberté dont il ne voulait pas. Tous deux avaient reçu de l'aide, mais à présent, il n'y avait plus rien à faire. Au moment même où travailler prenait un sens grâce à Cornelia, Fabian perdait son emploi. Et en perdant son emploi, il perdait Cornelia.

Le verre qu'il avait eu en main pour étancher sa soif, il n'avait pas voulu le garder parce qu'il était vide. Et alors qu'il avait presque perdu espoir, le destin s'était montré clément et l'avait rempli. Mais quand il s'était penché pour boire enfin, le destin avait dit « Non, non, tu ne voulais pas le garder », et la coupe lui avait été arrachée des mains et l'eau avait coulé sur le sol.

Hourra ! Il était libre à présent. Il eut un rire si bruyant et si méchant que les autres passagers s'écartèrent, un peu contrariés. Il quitta la rame. Peu importe où il descendait, il était libre. Cornelia couchait, le diable sait où, pour se forger une carrière, ou un désespoir, ou les deux à la fois. Sur la Chausseestraße, devant l'aile du commissariat, il aperçut par le portail des véhicules verts, des phares brillaient. Des policiers grimpèrent dans les voitures et, arme au pied, formèrent des colonnes muettes. Quelques camions partirent avec fracas en direction du nord. Fabian les suivit. La rue était pleine de gens. Des cris fusaient à l'adresse des voitures. Des cris qui semblaient déjà être des pierres. Les équipes regardaient droit devant elles.

Aux abords de la Weddingplatz, elles bouclèrent la Reinickendorfer Straße vers laquelle se dirigeaient les masses d'ouvriers. Des policiers à cheval attendaient derrière le barrage l'ordre de donner l'assaut. Des prolétaires en uniforme, coiffés de casques à mentonnière, attendaient des prolétaires en civil. Qui les poussait les uns contre les autres ? Les ouvriers approchaient, leurs chants enflaient, la police commença à avancer, conservant un mètre de distance entre chaque homme. Le chant fit place à des beuglements furieux. Sans même voir quoi que ce soit, on sentait au bruit et à la façon dont il s'amplifiait que, là-bas, la police et les ouvriers ne tarderaient pas à se rencontrer. Une minute plus tard, des cris vinrent confirmer cette supposition. On s'était rejoint, la police chargeait. Alors les chevaux s'ébranlèrent et pénétrèrent d'un pas cadencé dans l'espace vide, les sabots claquèrent sur le pavé. Un coup de feu retentit. Des vitres se brisèrent. Les chevaux se lancèrent dans un galop. Sur la place, les gens se mirent à pousser par-derrière. Un deuxième cordon de police ferma l'accès à la Reinickendorfer Straße, avança lentement et nettoya les lieux. Des pierres volèrent. Un agent reçut un coup de couteau. La police sortit les matraques et se mit à courir.

Des renforts arrivèrent dans trois camions, les hommes sautèrent des véhicules qui roulaient au pas. Les ouvriers prirent la fuite et s'arrêtèrent à la périphérie de la place et dans les rues adjacentes. Fabian se fraya un chemin à travers le mur vivant et poursuivit sa route. Le bruit s'affaiblit. Trois rues plus loin seulement, on aurait dit que l'ordre et le calme régnaient en tous lieux.

Quelques femmes se tenaient sous un porche. « Hé, vous ! dit l'une. Est-ce que c'est vrai qu'il y a de la bagarre sur Wedding ?

— Ils se jaugent mutuellement, répondit-il en passant.

— Je parie que Franz, il est encore mêlé à tout ça, s'écria la femme. Attends un peu quand tu rentreras ! »

Au milieu des façades s'ouvrant inopinément entre de vieilles et robustes bâtisses se trouvait un champ de foire qui avait pour nom le Parc de l'Oncle Pelle. L'orgue de Barbarie balayait les conversations des jeunes filles qui, bras dessus bras dessous, flânaient en longues chaînes devant l'entrée. Des gars jouant l'audace, la casquette de biais sur la tête, rôdaient devant elles en lançant des propos effrontés. Les filles gloussaient, flattées, et répondaient sans équivoque.

Fabian franchit le portail. L'endroit ressemblait à un terrain de séchage. La flamme des lampes à acétylène tressautait, laissant les chemins et les échoppes dans une semi-obscurité. Le sol était poisseux et jonché de chaume. Faute de demande, le manège était recouvert d'une toile de tente. Des hommes en veste solide, de vieilles femmes coiffées de foulards, des enfants qui auraient dû être couchés depuis longtemps déambulaient devant les stands.

Une roue de la Fortune cliquetait. Les gens se pressaient devant elle, les yeux suivaient la boule qui tournait. Celle-ci ralentit, franchit encore quelques numéros, puis s'arrêta.

« 25 ! » lança le crieur.

« Ici, ici ! » Une vieille femme, lunettes sur le nez, brandit son billet. On lui tendit son lot. Qu'avait-elle gagné ? Une livre de sucre en morceaux.

La roue se remit à ronronner.

« 17 ! »

« Hé, c'est moi ! » Un jeune homme agita son billet, il reçut cent vingt-cinq grammes de café en grains. « Ce sera pour maman », dit-il avec satisfaction, et il s'en alla.

« Et maintenant, le bonus ! Le gagnant pourra choisir son lot ! » La roue oscilla, tictaqua, s'arrêta, non, elle avança encore d'un numéro.

« 9 ! »

« Ici ! » Une ouvrière battit des mains. Elle lut le règlement de la loterie. « Le bonus consiste en cinq livres de farine de froment de qualité supérieure, ou une livre de beurre, ou 375 grammes de café en grains, ou 375 grammes de lard maigre. » Elle demanda la livre de beurre. « Et tout ça pour un groschen, s'écria-t-elle. Ça vaut le coup. »

« Nouveau tirage ! hurla le forain. Qui n'a pas encore joué, qui veut rejouer ? Vous, là, grand-mère ! Ici, c'est le Monte-Carlo des pauvres diables ! Pas de mark ni de demi-mark, non, un simple groschen ! »

En face, il y avait une entreprise du même tonneau, mais les lots étaient constitués de viande et de saucisson, et le billet coûtait deux fois plus cher.

« Cette fois, mesdames et messieurs, cette fois le gros lot est une moitié d'oie de Hambourg ! piaillait une épouse de boucher. Vingt pfennigs, courage, bonnes gens ! » À l'aide d'un énorme couteau, son assistant découpait de fines tranches de cervelas et les distribuait aux acheteurs de billet pour leur faire goûter le saucisson. Les autres salivaient. Ils piochaient deux groschens dans leur porte-monnaie et se servaient.

« Ça te dirait, un rôti d'oie ? demanda un type sans col ni cravate à une femme.

— Ce serait dommage pour l'argent, répondit-elle. Tu sais bien qu'on n'a pas de veine, Willem.

— Laisse donc, dit-il. Parfois, il y a des drôles de choses. » Il prit un billet, glissa la tranche de saucisson dans la bouche de la femme et regarda la roue avec espoir.

« Le tirage commence », piailla la bouchère. La roue de la Fortune se mit à bourdonner. Fabian s'éloigna. « *Hippodrome et dancing*, lisait-on au-dessus d'une grande tente. *20 pfennigs l'entrée.* » Fabian pénétra à l'intérieur. L'endroit était constitué de deux cercles, dont l'un était surélevé, telle une construction sur pilotis. On y dansait. Au milieu, un orchestre de cuivres jouait comme si les musiciens se disputaient. Les jeunes filles étaient accoudées à la rambarde. Les jeunes gens faisaient leur marché, on ne s'embarrassait pas de chichis. L'autre cercle était un manège sablé dans lequel trois vieux canassons trottaient au son de l'orchestre. Un écuyer paré d'un haut-de-forme les préservait du sommeil en agitant son fouet et en criant sans arrêt « Au terrrot ! ». Une femme était assise à califourchon sur un petit cheval borgne à la robe blanche. Sa jupe lui remontait très au-dessus du genou. Elle trottait à l'allemande et riait en retombant sur la selle.

Fabian s'assit à côté du manège et but une bière. Chaque fois qu'elle passait devant lui, la cavalière rabaissait sa jupe. Ce geste était inutile. La jupe ne cessait de remonter. La quatrième fois, elle eut un léger sourire et la laissa en l'état. Au cinquième tour, le cheval s'arrêta et plongea le regard de son œil mort dans le verre de bière. « Il n'y a pas de sucre là-dedans », dit la femme en dévisageant Fabian. L'écuyer fit claquer son fouet et le petit cheval repartit.

À peine son numéro terminé, la femme vint s'asseoir à la table voisine comme si de rien n'était et s'installa de biais par rapport à Fabian, si bien qu'il ne pouvait manquer de voir ses avantages corporels. Comme son regard s'attachait à sa silhouette, sa souffrance se réveilla. Où était Cornelia ? L'étreinte à laquelle elle se livrait en ce moment lui répugnait-elle ? Éprouvait-elle, tandis qu'il était assis là, du plaisir dans un lit étranger ? Il se leva d'un bond. La chaise se renversa. La femme de la table voisine le regarda, ses yeux s'écarquillèrent, sa bouche se tordit et s'entrouvrit, la pointe humide de sa langue se promena sur sa lèvre supérieure.

« Vous venez ? » demanda-t-il à contrecœur. Elle vint et ils marchèrent jusqu'au « Théâtre » sans se dire grand-chose. C'était une misérable baraque. « *Spectacle des célèbres chanteurs Rheingold. Autorisation de fumer. Le soir, les enfants n'ont pas droit aux places assises.* » La salle n'était qu'à moitié pleine. Les spectateurs avaient leur chapeau sur la tête, ils fumaient des cigarettes et, dans le noir, se laissaient émouvoir jusqu'aux larmes par le romantisme incroyablement niais et mensonger qu'on leur offrait pour trente pfennigs. Ils éprouvaient plus de compassion pour ce kitsch de carton-pâte que pour leur propre détresse.

Fabian enlaça l'inconnue. Elle se blottit contre lui en respirant lourdement, pour qu'il entende. La pièce était terriblement triste. Un joyeux luron d'étudiant – le rôle était joué par le directeur Blasemann en personne, cheveux gris, la cinquantaine passée – rentrait tous les matins ivre chez lui. C'était la faute de ce maudit mousseux. Il chantait des chansons d'étudiant, commandait un hareng saur, se faisait gourmander par la femme du concierge et donnait son dernier thaler à une vieille chanteuse de rue souffrant de la goutte pour qu'elle se taise.

Mais le destin ne chômait pas. La vieille chanteuse de rue n'était autre – quelle surprise ! – que la mère de l'étudiant quinquagénaire ! Cela faisait douze ans qu'il ne l'avait pas vue, chaque mois elle lui envoyait de l'argent et il la croyait encore chanteuse à l'Opéra royal, comme autrefois. Il ne l'avait évidemment pas reconnue. Mais les yeux d'une mère sont plus perçants, elle avait su aussitôt que c'était lui et nul autre. Cependant, le drame était retardé par une histoire d'amour. L'étudiant aimait et était aimé par la grâce de Mlle Martin, la ravissante couturière d'en face, qui se servait d'une machine à coudre et chantait comme une alouette. Ellen Martin, la chantante alouette, pesait bien un quintal. Elle sortait des coulisses en sautillant, faisant ployer la scène, et chantait des couplets avec le directeur Blasemann, l'étudiant. Le duo qui remportait le plus de succès commençait par :

> Chéri, ah mon chéri,
> Sois tout à moi, chéri.

Le jeune couple, qui devait totaliser une centaine de printemps, évoluait pesamment dans ce qui était censé être une cour ; il lui promettait le mariage, elle s'attristait de sa propension à chasser les vieilles chanteuses de rue. Puis ils chantèrent le dernier couplet.

Les gens applaudirent. La femme que Fabian enlaçait se tourna légèrement, lui présentant sa poitrine. « Ah, comme c'est beau », dit-elle. Elle parlait sans doute de la chanson. Dans la salle, il régnait de nouveau un silence solennel. La vieille chanteuse courbée et goutteuse, dont les subsides permettaient à son fils d'étudier la médecine et d'appartenir à une importante corporation étudiante, sortit des coulisses d'un pas incertain, se traîna jusqu'à la cour, leva l'index, le pianiste obéit et on s'apprêta à entonner un émouvant chant maternel.

« Allons-y, intima Fabian en lâchant le soutien-gorge de l'inconnue.

— Déjà ? » s'étonna-t-elle. Mais elle le suivit.

« Voilà où j'habite », dit-elle devant un grand immeuble de la Müllerstraße. Elle ouvrit la porte.

« Je monte aussi », répliqua-t-il.

Elle rechigna, cela ne sonnait pas très convaincant, il la poussa dans l'entrée. « Qu'est-ce que vont dire mes logeurs ? Eh, quelle ardeur ! Bon, mais sans faire de bruit, d'accord ? » Sur la porte, une plaque indiquait « Hetzer ».

« Pourquoi y a-t-il deux lits dans ta chambre ? demanda-t-il.

— Chut, on pourrait nous entendre, murmura-t-elle. Mes logeurs n'ont pas de débarras. »

Il se déshabilla. « Arrête tes chichis », dit-il. Elle semblait tenir la coquetterie pour indispensable et minaudait comme une vierge tardive. Ils se retrouvèrent enfin couchés l'un à côté de l'autre.

Elle attendit d'avoir éteint la lumière pour se dévêtir complètement. « Un instant, chuchota-t-elle, ne vous fâchez pas. » Elle alluma une lampe de poche, posa un mouchoir sur le visage de Fabian et examina son appareil génital avec le savoir-faire d'un vieux médecin conventionné.

« Excusez-moi, mais, de nos jours, on n'est jamais trop prudent », déclara-t-elle enfin. Et il n'y eut plus d'obstacle.

« Je suis vendeuse dans une ganterie », dit-elle un peu plus tard. « Tu veux rester jusqu'à demain matin ? » demanda-t-elle au bout d'une demi-heure. Il acquiesça d'un signe de tête. Elle se rendit à la cuisine, il l'entendit faire couler l'eau. Elle revint avec de l'eau chaude savonneuse, le lava soigneusement, avec un zèle de ménagère, et réintégra le lit.

« Ça ne dérange pas tes logeurs que tu fasses chauffer de l'eau dans la cuisine ? demanda-t-il. Laisse la lumière ! »

Elle parla de choses insignifiantes, voulut savoir où il habitait et l'appela « chéri ». Il examina l'ameublement de la chambre. En dehors des lits, il y avait un canapé en peluche aux courbes passionnées, plus loin une table de toilette avec un plateau en marbre, une horrible reproduction en couleurs où l'on voyait une jeune femme potelée en chemise de nuit assise sur une peau d'ours blanc jouer avec un bébé au teint rose, et une armoire avec un miroir de porte qui fonctionnait mal. Où est Cornelia ? songea-t-il en se ruant une fois de plus sur la vendeuse effrayée.

« Pour un peu, tu me ferais peur, chuchota-t-elle ensuite. Tu veux donc me tuer ? Mais c'est merveilleux. » Elle s'agenouilla à son côté, contempla avec de grands yeux son visage indifférent et l'embrassa.

Quand, épuisée, elle se fut assoupie, il resta étendu sans dormir, seul dans cette chambre étrangère, à regarder dans le noir en pensant : Cornelia, qu'avons-nous fait ?

CHAPITRE 17

Du foie de veau, mais sans tendons • Il lui dit ce qu'il pense • Un voyageur de commerce qui perd patience

« J'ai menti, dit la femme le matin suivant. Je ne suis pas vendeuse. Et l'appartement est à moi. Et nous sommes seuls. Viens dans la cuisine. »

Elle servit le café, beurra des petits pains, lui tapota tendrement la joue, ôta son tablier et s'assit avec lui à la table. « C'est bon ? demanda-t-elle avec entrain alors qu'il ne mangeait rien. Tu es tout pâle, chéri. Mais ce n'est pas étonnant. Allez, sers-toi, il faut que tu redeviennes grand et fort. » Elle posa sa tête sur l'épaule de Fabian et tendit les lèvres comme une gamine.

« Tu craignais que je te vole ton canapé ou que je t'éventre ? demanda Fabian. Et que font ces deux lits dans ta chambre à coucher ?

— Je suis mariée, répondit-elle. Mon mari est voyageur de commerce pour une entreprise de bonneterie. En ce moment, il est en Rhénanie. Ensuite, il ira dans le

Wurtemberg. Il sera absent encore pendant dix jours au moins. Tu veux rester jusque-là ? »

Il but son café et ne répondit pas.

« J'ai besoin de quelqu'un, déclara-t-elle avec véhémence, comme si on l'avait contredite. Il n'est jamais là, et quand il est là, ça n'en vaut pas la peine. Reste avec moi pendant ces dix jours, fais comme chez toi, je cuisine bien, et j'ai de l'argent. Qu'est-ce que tu veux manger ce midi ? » Elle commença à s'activer et lui jeta un regard craintif. « Est-ce que tu aimes le foie de veau avec des pommes de terre sautées ? Pourquoi est-ce que tu ne dis rien ?

— Vous avez le téléphone ? demanda-t-il.

— Non. Tu veux t'en aller ? Reste donc, c'était si bien, ça n'a jamais été aussi bien. » Elle se sécha les mains et lui caressa les cheveux.

« Je reste, fit-il. Mais j'ai un appel à passer. »

Elle dit qu'on pouvait téléphoner chez le boucher Rarisch, voulait-il bien lui prendre une demi-livre de foie de veau, sans tendons ? Puis elle lui donna de l'argent, ouvrit prudemment la porte du vestibule et, comme il n'y avait personne dans l'escalier, elle l'autorisa à sortir de l'appartement.

« Une demi-livre de foie de veau, mais sans tendons », dit-il au boucher. Puis, pendant qu'on le servait, il appela Zacharias. L'appareil était graisseux.

« Non, déclara Zacharias, il ne m'est venu aucune idée. Mais je ne perds pas espoir, ce serait bien le diable, mon cher. Vous savez quoi, repassez donc demain. Parfois, ça va très vite. Au pire, nous bavarderons un peu. Est-ce que cela vous convient ? Au revoir. »

Fabian réceptionna le foie de veau. Le papier saignait. Il paya et rapporta précautionneusement le paquet.

Comme la voisine nettoyait sa poignée de porte, il monta jusqu'au quatrième. Au bout de quelques minutes, il redescendit. La femme avec laquelle il avait passé la nuit ouvrit sans qu'il eût besoin de sonner et l'attira à l'intérieur. « Seigneur, chuchota-t-elle, j'ai cru que cette commère allait nous pincer. Assieds-toi au salon, chéri. Tu veux lire le journal ? Je vais faire le ménage. »

Il posa sur la table la monnaie qu'on lui avait rendue, s'installa au salon et lut le journal. Il entendait la femme chanter. Un peu plus tard, elle lui apporta des cigarettes et du kirsch et regarda par-dessus son épaule. « On mange à une heure, dit-elle. J'espère que tu es bien. » Puis elle repartit et continua de chanter. Fabian lut le rapport de police sur la bagarre de la Reinickendorfer Straße. L'agent qui avait reçu le coup de couteau était mort à l'hôpital, trois des manifestants avaient été grièvement blessés, d'autres avaient été arrêtés. L'éditorial parlait d'éléments irresponsables qui essayaient constamment d'exciter les chômeurs et de la tâche importante qui incombait à la police. Il ne fallait pas, en dépit des tentatives répétées de certains cercles, réduire le budget des forces de l'ordre. Des événements comme celui de la veille illustraient bien, écrivait-on, la nécessité de penser et d'agir de manière préventive.

Fabian examina la petite pièce. Partout où l'occasion s'en présentait, les meubles étaient chargés de fioritures. Sur le buffet se trouvaient trois classeurs Leitz. Une assiette en verre ondulé s'étalait sur la table, elle contenait des cartes postales. Fabian prit celle du dessus. Elle représentait la cathédrale de Cologne et il repensa à l'affiche pour les cigarettes. *« Chère Mucki*, lut-il, *est-ce que tu vas bien et as-tu assez d'argent ? J'ai obtenu de jolis petits*

contrats, demain je vais à Düsseldorf. Je t'embrasse, Kurt. »
Fabian reposa la carte et but un verre de kirsch.

Au déjeuner, pour ne pas contrarier Mucki, il vida son assiette. Elle en fut aussi contente que si un chien avait nettoyé son écuelle. Ensuite, il y eut du café.

« Tu ne veux rien me dire de toi, chéri ? demanda-t-elle.

— Non », répondit-il, et il se rendit au salon. Elle le suivit. Il était à la fenêtre.

« Viens sur le canapé, le pria-t-elle. On pourrait te voir. Et ne sois pas fâché. »

Il s'assit sur le canapé. Elle apporta le café, prit place à côté de lui et déboutonna sa blouse.

« Et maintenant, le dessert, dit-elle. Mais on ne mord plus. »

Il s'en alla vers trois heures.

« Tu reviendras ? » Debout devant lui, elle rajustait sa jupe et ses bas et le regardait d'un air implorant. « Jure que tu reviendras.

— Je reviendrai probablement, dit-il. Mais je ne peux pas le promettre.

— Je t'attendrai pour dîner, déclara-t-elle, puis elle ouvrit la porte. Vite ! chuchota-t-elle. La voie est libre. »

Fabian dévala l'escalier. La voie est libre, pensa-t-il, et la maison qu'il quittait lui inspira de la répugnance. Il rejoignit le rond-point Großer Stern, traversa le Tiergarten jusqu'à la porte de Brandebourg, se perdit dans la verdure, les rhododendrons étaient en fleur. Il déboucha dans la Siegesallee. La dynastie des Hohenzollern et des frères Begas semblait défier le temps.

Devant le *Café Schottenhaml*, Fabian fit demi-tour. Qu'y avait-il encore à discuter ? Il était trop tard pour parler. Il poursuivit son chemin, arriva dans la Potsdamer Straße, resta un moment indécis sur la Potsdamer Platz, remonta la Bellevuestraße et se retrouva de nouveau devant le café. Cette fois, il entra. Cornelia était là, comme si cela faisait des années qu'elle attendait, et elle fit un léger signe.

Il s'assit. Elle lui prit la main. « Je ne pensais pas que tu viendrais », dit-elle timidement. Il ne répondit pas et fit comme s'il ne la voyait pas. « Ce n'est pas bien, ce que j'ai fait, hein ? » chuchota-t-elle en baissant la tête. Des larmes tombèrent dans son café. Elle repoussa la tasse et s'essuya les yeux.

Fabian détourna le regard. Entre les deux escaliers aux courbes baroques qui conduisaient à l'étage, les murs étaient peuplés d'une multitude de perroquets et de colibris multicolores. Les oiseaux étaient en verre, posés sur des lianes et des branches elles aussi en verre. Cette jungle fragile attendait le soir et ses lampes pour se mettre à briller.

« Pourquoi ne veux-tu pas me regarder ? » demanda Cornelia à voix basse. Elle pressa son mouchoir contre ses lèvres, et ses pleurs firent penser aux gémissements lointains d'un enfant désespéré. La salle était vide. Les clients étaient assis dehors, sous de grands parasols rouges. Il n'y avait qu'un serveur, posté non loin d'eux. Fabian regarda Cornelia, elle avait les yeux frémissants d'agitation. « Dis quelque chose », fit-elle d'une voix enrouée.

Fabian avait la bouche sèche, la gorge serrée. Il déglutit avec peine.

« Dis quelque chose », répéta-t-elle tout bas. Elle croisa les mains sur la nappe, entre les couverts en nickel.

Fabian continuait de se taire.

« Qu'est-ce que je vais devenir ? murmura-t-elle comme si elle se parlait à elle-même et qu'il n'était plus là. Qu'est-ce que je vais devenir ?

— Une femme malheureuse qui mène une vie agréable, répondit-il d'une voix trop forte. Cela te surprend ? N'est-ce pas ce qui t'a amenée à Berlin ? Ici, rien ne se donne, tout s'échange. Pour avoir quelque chose, il faut se sacrifier. »

Il attendit un moment, mais elle ne répondit pas. Elle sortit son poudrier de son sac, puis le posa sur la table sans l'ouvrir. Fabian s'était repris. Sa sensibilité velléitaire cédait à un désir d'ordre. Il regardait ce qui s'était passé comme s'il avait affaire à une pièce dévastée et il commençait, froidement, petitement, à ranger. « Tu es venue ici avec des projets qui se sont réalisés plus vite que tu n'aurais pu l'espérer. Tu as trouvé quelqu'un d'influent, qui te finance. Et en plus, il t'offre une chance professionnelle. Je ne doute pas que tu auras du succès. Comme ça, il récupérera son investissement ; toi, tu gagneras de l'argent et, un jour, tu pourras dire : cher monsieur, nous sommes quittes. » Fabian fut surpris. Il se fit peur et songea : Pour un peu, j'indiquerais où sont les points et les virgules.

Cornelia le regarda comme si elle le voyait pour la première fois. Puis elle ouvrit le poudrier, s'examina dans le petit miroir rond et passa la houppe blanche sur son visage rougi, empreint d'un étonnement enfantin. De la tête, elle lui fit signe de poursuivre.

« Ce qui se passera, dit-il, ce qui se passera quand tu n'auras plus besoin de Makart, on ne peut pas le savoir, d'ailleurs ce n'est pas la question. Tu travailleras, et alors la femme n'aura plus vraiment voix au chapitre. Avec le succès, l'ambition grandira et, à mesure qu'on s'élève, le risque de chute augmente. Makart ne sera sans doute pas le seul auquel tu te livreras. Il se trouve toujours un homme pour barrer la route à une femme, et si elle veut pouvoir surmonter l'obstacle, elle doit coucher avec lui. Tu t'y habitueras, le précédent est derrière toi. »

Je pleure et voilà qu'il me frappe, songeait-elle, ébahie.

« Mais ce n'est pas l'avenir qui m'intéresse, dit-il avec un geste de conclusion qui semblait tordre le cou à cette idée. Parlons du passé. Hier, en partant, tu n'as rien demandé. Alors en quoi ma réponse t'intéresse-t-elle aujourd'hui ? Tu savais que tu étais un fardeau pour moi. Tu savais que je voulais me débarrasser de toi. Tu savais que je mourais d'envie d'avoir une maîtresse qui gagne dans d'autres lits l'argent que je n'ai pas. Si tu as raison, c'est que je suis une canaille. Dans le cas contraire, tu as commis une erreur.

— C'était une erreur, dit-elle en se levant. Adieu, Fabian. »

Il la suivit, très mécontent de lui-même. Il se montrait blessant parce qu'il en avait le droit, mais était-ce une raison pour le faire ? Il la rattrapa dans la Tiergartenstraße. Ils marchèrent en silence, émus de compassion. Si elle me dit « Veux-tu que je revienne ? » songea Fabian, qu'est-ce que je répondrai ? Je n'ai que cinquante-six marks en poche.

« C'était si affreux, hier, dit-elle soudain. Il était si répugnant ! Qu'est-ce qui se passera si tu ne m'aimes plus ? Nous pourrions être tranquilles et nous sommes plus malheureux que jamais. Qu'est-ce que je ferai si je sais que tu ne veux plus me voir ? »

Il lui saisit le bras.

« Avant tout, reprends-toi. C'est une vieille recette, mais elle est toujours valable. Tu t'es tranché la tête, alors fais en sorte que ce ne soit pas pour rien. Et excuse-moi d'avoir été aussi dur.

— Oui, oui. » Elle était encore triste, mais retrouvait sa gaieté. « Tu veux bien que je vienne te voir, demain après-midi ?

— D'accord », répondit-il.

Alors elle le prit dans ses bras en pleine rue, l'embrassa, chuchota « Merci » et, sur un brusque sanglot, partit en courant.

Fabian resta sans bouger. Un promeneur lui lança : « Ça vous amuse ? » Fabian s'essuya la bouche avec dégoût. Sur quoi les lèvres de Cornelia s'étaient-elles posées entre-temps ? Elle s'était lavé les dents, et alors ? L'hygiène pouvait-elle venir à bout de sa répugnance ?

Il traversa la rue et entra dans le parc. Il n'y avait pas de meilleure hygiène corporelle que la morale, le peroxyde d'hydrogène en gargarisme ne suffisait pas.

Ce n'est qu'à ce moment-là qu'il se rappela où il avait passé la nuit.

Il ne voulait pas retourner dans la Müllerstraße. Mais la simple idée de sa propre chambre, de la curiosité de la veuve Hohlfeld, de la pièce vide de Cornelia, de la nuit solitaire qui l'attendait tandis que Cornelia le trompait pour la deuxième fois le poussa en direction du nord, jusqu'à la maison et la femme qu'il ne voulait pas revoir. Celle-ci fut ravie, fière qu'il revienne et contente de l'avoir de nouveau tout à elle. « C'est très bien, dit-elle en l'accueillant. Viens, tu dois avoir faim. » Elle avait dressé la table dans le salon. « Normalement, nous mangeons dans la cuisine. Mais à quoi sert d'avoir un trois pièces ? » Il y avait du saucisson, du jambon et du camembert. Soudain elle posa ses couverts, marmonna « Abracadabra » et produisit une bouteille de vin de Moselle. Elle remplit les verres et ils trinquèrent. « À notre enfant ! s'écria-t-elle. Je veux qu'il soit comme toi, et si ce n'est pas un garçon, il faudra que tu recommences, ce sera ta punition ! » Elle vida son verre et se resservit, les yeux brillants. « J'en ai de la chance de t'avoir rencontré, dit-elle en continuant de boire. Le vin m'excite terriblement. » Elle se jeta à son cou.

C'est alors qu'on entendit un bruit de clés à l'extérieur. Des pas résonnèrent dans le couloir. On ouvrit la porte. Un homme trapu, de taille moyenne, entra dans la pièce. La femme sauta sur ses pieds. Le visage de l'homme s'assombrit. « Bon appétit à tout le monde ! » lança-t-il en s'approchant d'elle.

Elle recula et, avant qu'il ne l'eût rejointe, elle ouvrit brusquement la porte de la chambre à coucher, bondit dans la pièce et verrouilla la porte.

« Tu l'auras, ta raclée ! » cria l'homme. Il se tourna vers Fabian, qui s'était levé, gêné, et dit : « Ne vous dérangez pas, je vous en prie. Je suis le mari. » Ils restèrent assis un moment l'un en face de l'autre sans parler. Puis l'homme prit la bouteille de vin, examina maladroitement l'étiquette et se servit un verre. Après avoir bu, il déclara : « À cette heure, les trains sont affreusement bondés. »

Fabian acquiesça d'un signe de tête.

« Mais le vin est bon. Il vous a plu ? demanda l'homme.

— Je n'aime pas particulièrement le vin blanc », répondit Fabian en se levant.

L'autre le suivit.

« Vous partez déjà ?

— Je ne voudrais pas vous importuner plus longtemps », répliqua Fabian.

Soudain, le voyageur de commerce lui sauta à la gorge et se mit à l'étrangler. Fabian lui donna un coup de poing dans les dents. L'autre le lâcha et s'assit en se tenant la joue.

« Toutes mes excuses », dit Fabian, navré. L'homme fit un geste de dénégation, cracha un filet de salive ensanglantée dans son mouchoir et ne lui prêta plus aucune attention.

Fabian sortit de l'appartement. Que lui restait-il à faire ? Il rentra chez lui.

CHAPITRE 18

De désespoir, il rentre chez lui •
Que veut la police ? • Un triste spectacle

Bien que Fabian se fût montré discret en ouvrant la porte, Mme Hohlfeld l'attendait dans le couloir. Comme c'était le soir, elle était en robe de chambre et elle manifestait une grande agitation.

« J'ai laissé ma porte ouverte pour vous entendre rentrer, dit-elle. La police était là. Ils vous cherchaient.

— La police ? demanda-t-il, surpris. Quand ça ?

— Il y a trois heures, et ils sont revenus deux heures plus tard. Ils vous attendent. Je leur ai naturellement raconté que vous aviez passé la nuit dehors et que, hier, Mlle Battenberg avait vidé sa chambre et qu'elle était partie sans un mot. » Au lieu de faire un pas vers lui, comme elle en avait eu l'intention, la veuve recula. « C'est terrible, chuchota-t-elle, bouleversée. Qu'est-ce que vous avez fait ?

— Chère madame Hohlfeld, répondit-il, vous avez une imagination galopante. Vous aimeriez bien avoir un petit drame sentimental avec issue fatale à vous mettre sous la dent, hein ! Mme Hohlfeld dans le rôle du témoin en habits de deuil, la tête de vos deux sous-locataires dans tous les journaux, l'assassin Fabian sur le banc des accusés, cessez de prendre vos désirs pour des réalités !

— Bon, rétorqua-t-elle, après tout, ça ne me regarde pas. » Elle était profondément blessée par sa dureté. Cela faisait deux ans que cet individu logeait chez elle, n'avait-elle pas pris soin de lui comme s'il avait été son fils ? Et voilà qu'il ne jugeait même pas utile de faire état de ce qu'il ressentait.

« Où dois-je me rendre ? » s'enquit-il.

Elle lui donna un bout de papier avec les indications.

« Qu'est-ce que je disais ? s'exclama-t-elle d'un ton triomphant. Pourquoi êtes-vous si pâle ? »

Il ouvrit brutalement la porte et dévala les marches. Sur la Nürnberger Platz, il héla un taxi, donna l'adresse au chauffeur et lança : « Dépêchez-vous. » Le véhicule était vieux et mal en point, il cahotait même sur l'asphalte. Fabian repoussa la vitre coulissante. « Plus vite ! » s'écria-t-il. Puis il essaya de fumer, mais sa main tremblait et le vent éteignait les allumettes. Il s'enfonça dans son siège et ferma les yeux. De temps en temps, il ouvrait les paupières et regardait où ils se trouvaient. Tiergarten, Tiergarten, Tiergarten, porte de Brandebourg, Unter den Linden. À chaque coin de rue, ils étaient contraints de s'arrêter. Les feux passaient au rouge juste avant qu'ils ne les atteignent. Il avait l'impression de rouler dans une glu épaisse et visqueuse. Les choses s'améliorèrent après la Friedrichstraße. Université, Opéra, cathédrale et château furent enfin derrière eux. Le taxi tourna à droite. Il s'arrêta. Fabian paya la course et entra précipitamment dans l'immeuble.

Un inconnu lui ouvrit. Fabian déclina son identité. « Enfin ! dit l'homme. Je suis le commissaire Donath. Nous avons besoin de votre aide. »

Dans la première pièce se trouvaient cinq jeunes dames avec un policier. Fabian reconnut Selow et la sculptrice. « Enfin ! » dit Selow. La pièce était sens dessus dessous, le sol jonché de verres et de bouteilles.

Dans la pièce suivante, un jeune homme assis au bureau se leva. « Mon adjoint », indiqua le commissaire. Fabian regarda autour de lui et tressaillit. Labude gisait sur le canapé, livide, les yeux clos. Il avait un trou dans la tempe. Ses cheveux étaient poisseux de sang.

« Stephan », murmura Fabian en s'asseyant à côté du cadavre. Il posa la main sur les mains glacées de son ami et secoua la tête.

« Enfin, Stephan, dit-il, ça ne se fait pas. »

Les deux policiers s'approchèrent de la fenêtre.

« Monsieur Labude a laissé une lettre pour vous, dit le commissaire. Nous vous demandons de bien vouloir la lire et de nous faire part de tout ce qui peut nous intéresser. Comme vous, nous pensons qu'il s'agit d'un suicide, et les cinq jeunes dames que nous retenons pour le moment affirment qu'elles étaient à côté quand le coup de feu a retenti. Mais il reste des points à éclaircir. Vous aurez peut-être remarqué que la pièce a été saccagée. Qu'est-ce qui a pu se passer ? »

L'adjoint du commissaire tendit une enveloppe à Fabian. « Auriez-vous l'amabilité de lire cette lettre ? Les dames prétendent que ce désordre résulte d'une divergence d'opinions qui ne concerne qu'elles. M. Labude n'avait rien à voir là-dedans. Il n'était même pas présent, il avait dit avoir une lettre à écrire et s'était retiré dans cette pièce.

— D'après ce que nous avons pu comprendre, ces dames entretiennent des relations qui sortent un peu de l'ordinaire, expliqua le commissaire. Je suppose qu'il a dû y avoir une sorte de scène de jalousie. Elles ont aussitôt alerté la police, ce qui semblerait exclure toute complicité, et nous ont attendus ici au lieu de prendre la fuite. Voulez-vous lire la lettre, s'il vous plaît ? »

Fabian ouvrit l'enveloppe et en sortit une feuille pliée. Une liasse de billets tomba au sol. L'adjoint la ramassa et la posa sur le canapé.

« Nous attendrons à côté », dit le commissaire avec tact. Et ils le laissèrent seul. Fabian se leva et alluma la lumière. Puis il se rassit et regarda son ami mort dont le visage jaune, figé de fatigue, s'inscrivait exactement dans le cercle lumineux de la lampe. La bouche était entrouverte, la mâchoire inférieure relâchée. Fabian déplia la lettre et lut :

Cher Jakob !

Lorsque je suis retourné à l'Institut, ce midi, pour demander une fois de plus des nouvelles de mon habilitation, le conseiller privé était de nouveau absent. Mais Weckherlin, son assistant, était là et il m'a dit que mon travail avait été refusé. Le conseiller l'avait jugé très insuffisant et avait déclaré qu'il ne voulait pas importuner le jury en le lui adressant. Il ne voyait pas non plus la nécessité de donner de la publicité à mon humiliation. J'ai passé cinq ans à travailler, cinq ans à écrire un mémoire humiliant dont on veut restreindre l'audience par charité.

J'ai pensé t'appeler, mais je n'ai pas osé. Je ne sais pas accueillir le réconfort, là aussi je suis dépourvu de talent. La discussion que nous avons eue à propos de Leda, il y a quelques jours, m'en a convaincu. Tu m'aurais montré l'importance microscopique de mon échec scientifique, j'aurais fait semblant de te donner raison, nous nous serions menti l'un à l'autre.

Ce rejet représente, objectivement et psychologiquement, un désastre pour moi, surtout psychologiquement. Leda m'a repoussé, l'université me repousse, de tous côtés on me juge insuffisant. Mon ambition ne s'en remettra pas, Jakob, ma tête en a le cœur brisé, mon cœur est en miettes. Je ne me satisferai pas de quelques statistiques historiques sur le nombre de grands hommes qui ont été des élèves médiocres et des amants malheureux.

Mon escapade politique à Francfort a été détestable. Nous avons fini par nous taper dessus. Hier, quand je suis rentré, Selow était dans mon lit avec la sculptrice, quelques drôlesses leur donnaient un coup de main. Et maintenant, pendant que je t'écris, elles sont en train de fracasser les verres et les vases dans la pièce d'à côté. À voir la situation dans laquelle je me trouve présentement, je peux dire que cela ne me convient pas du tout ! Là où je voudrais aller, on me repousse, et je n'ai pas envie d'aller là où l'on veut de moi. Ne sois pas fâché, mon cher, je fiche le camp. L'Europe n'a pas besoin de moi pour survivre ou sombrer. Nous sommes à une époque où le marchandage économique ne fera qu'accélérer ou ralentir la faillite. C'est un des rares tournants historiques où il faudrait élaborer une nouvelle conception du monde, tout le reste est vain. Je n'ai plus le courage de me faire ridiculiser par des spécialistes de la politique qui, avec leurs petits remèdes dérisoires, poussent un continent vers la mort en prétendant le guérir. Je sais que j'ai raison, mais aujourd'hui cela ne me suffit plus. Je suis devenu un personnage grotesque, j'ai échoué, dans les domaines sentimental et professionnel, à devenir un être humain. Laisse-moi flinguer ce type. Le pistolet que j'avais confisqué au communiste, devant le musée de Brandebourg, sera remis à l'honneur. Je l'avais pris pour qu'il n'y ait pas d'accident. J'aurais dû devenir professeur, seuls les enfants sont mûrs pour les idéaux.

Ainsi donc, adieu, Jakob. J'ai failli écrire : je penserai à toi. Mais il n'en sera plus question. Ne m'en veux pas de la déception que je nous cause. Tu es la seule personne que j'aie aimée tout en la connaissant. Salue mes parents, et surtout ta mère. Si jamais tu croises Leda, ne lui dis pas à quel point son comportement m'a meurtri. Laissons-la croire que j'ai simplement été vexé. Il n'est pas nécessaire de tout dire à tout le monde.

Je t'aurais volontiers prié de mettre mes affaires en ordre, mais elles ne sont pas en désordre. Que mes parents s'occupent de l'appartement numéro deux et disposent des meubles comme ils l'entendent. Mes livres sont à toi. J'ai trouvé deux mille marks dans mon bureau, prends-les, ce n'est pas grand-chose, cela suffira pour un petit voyage.

Adieu, mon ami. Que ta vie soit meilleure que la mienne. Porte-toi bien.

Ton Stephan

Fabian caressa précautionneusement le front du mort. La mâchoire inférieure s'était encore abaissée. La bouche béait. « La vie est le fait du hasard, la mort est une certitude », chuchota Fabian en souriant, comme s'il voulait apporter une dernière consolation à son ami.

Le commissaire ouvrit doucement la porte. « Excusez-moi de vous déranger à nouveau. » Fabian lui tendit la lettre. L'homme la lut et dit :

« Je vais pouvoir renvoyer les filles chez elles. » Il lui rendit la lettre et passa dans la pièce voisine. « L'affaire est réglée, vous pouvez partir, lança-t-il.

— Un instant, dit une voix féminine. J'ai un faible pour les morts. » Les cinq femmes se bousculèrent pour entrer et restèrent debout en silence devant le canapé.

« On devrait lui attacher la mâchoire », dit enfin une fille que Fabian ne connaissait pas. La sculptrice retourna rapidement dans l'autre pièce, puis revint avec une serviette. Elle la passa sous le menton de Labude afin de lui fermer la bouche et en noua les extrémités sur le haut du crâne.

« Un mort avec une rage de dents », fit Selow avec un rire méchant.

Ruth Reiter dit : « C'est une honte. Ce salaud de Wilhelmy est là, dans mon atelier, et sa santé s'améliore de jour en jour alors que les médecins ont abandonné tout espoir. Et ce jeune gaillard vigoureux se supprime. »

L'adjoint fit sortir les femmes. Le commissaire s'assit au bureau et rédigea son rapport. L'adjoint revint. « Est-ce que le mieux ne serait pas de commander une voiture et de transporter le mort dans la villa des parents ? » demanda-t-il. Puis il se baissa. Les billets de banque étaient tombés du canapé et gisaient de nouveau par terre. Il les ramassa et les glissa dans la poche de Fabian.

« Les parents ont-ils déjà été avertis ? s'enquit Fabian.

— Ils ne sont malheureusement pas joignables, répondit l'adjoint. L'avocat Labude fait un petit voyage, la domesticité n'en sait pas plus. La mère est à Lugano. On lui a envoyé une dépêche.

— Bon, dit Fabian, transportons-le chez lui. » L'adjoint appela la caserne de pompiers la plus proche. Puis ils attendirent en silence l'arrivée du véhicule. Des ambulanciers déposèrent Labude sur une civière et descendirent l'escalier avec lui. Quelques curieux du voisinage s'étaient attroupés devant l'immeuble. La civière fut hissée dans la voiture, Fabian s'installa à côté du cadavre. Les policiers prirent congé. Il leur serra la main. Un des brancardiers rabattit l'échelle et ferma la portière. Fabian et Labude entamèrent leur dernier trajet commun à Berlin.

La vitre était baissée, la cathédrale apparut dans l'encadrement de la fenêtre. Puis la vue changea. Fabian vit la Nouvelle Garde, l'université, la Bibliothèque nationale. Quand étaient-ils passés là en autobus pour la dernière fois ? Labude avait fait semblant d'être sourd et de ne pas connaître la ville. Fabian lui avait expliqué en hurlant que l'université était une institution pour enfants demeurés. Labude avait dit : « Ils sont bien installés, les petits débiles mentaux. »

Le même soir, ils avaient confisqué leurs pistolets à deux hommes qui se bagarraient devant le musée de

Brandebourg. Et voilà que Labude franchissait la porte de Brandebourg sur un brancard sans plus avoir conscience de rien. Deux sangles le maintenaient en place. La tête s'inclinait peu à peu. « Tu réfléchis ? » murmura Fabian. Il lui redressa la tête et laissa sa main sur le corps. Un mort avec une rage de dents, avait dit Selow.

Lorsque l'ambulance s'arrêta devant la villa de Grunewald, les domestiques étaient sur le pas de la porte. L'intendante sanglotait ; très digne, le valet précéda les brancardiers ; les bonnes suivaient, marchant à un rythme approprié à la gravité de l'heure. On transporta Labude dans sa chambre et on le déposa sur le canapé. Le valet ouvrit grand les fenêtres. « La toilette mortuaire se fera demain matin », dit l'intendante, sur quoi les bonnes se mirent elles aussi à sangloter. Fabian donna de l'argent aux ambulanciers, qui lui firent un salut militaire et s'en allèrent.

« Monsieur le conseiller n'est toujours pas là, fit remarquer le valet. Je n'ai aucune idée de l'endroit où il se trouve. Mais il apprendra la nouvelle par les journaux.

— C'est déjà dans la presse ? demanda Fabian.

— Oui, répondit le valet. Madame est au courant. Elle devrait arriver demain à midi si son état lui permet de voyager. À cette heure, l'express est à Bellinzona.

— Allez vous coucher, dit Fabian. Je resterai ici, cette nuit. » Il approcha une chaise du canapé. Les autres quittèrent la pièce. Il était seul.

Ainsi, la mère de Labude était à Bellinzona ? Fabian s'assit à côté de son ami et pensa : Quelle punition pour une mauvaise mère !

CHAPITRE 19

Fabian défend son ami • Un portrait de Lessing se brise • Solitude à Halensee

La serviette n'offrait qu'une apparence de soutien au visage de Labude, celui-ci changeait. On aurait dit que la chair devenait visqueuse, qu'elle s'infiltrait peu à peu à l'intérieur du corps, faisant ressortir les pommettes. Les yeux s'étaient enfoncés dans les orbites noirâtres. Les ailes du nez s'affaissaient, ce qui leur donnait un air pincé.

Fabian se pencha en avant et pensa : Pourquoi te transformes-tu ? Veux-tu me rendre la séparation plus facile ? Si seulement tu pouvais parler, j'aurais bien des questions à te poser, mon cher. Est-ce que tu te sens bien, maintenant ? Es-tu satisfait d'être mort ? Ou regrettes-tu ce que tu as fait ? Voudrais-tu revenir en arrière pour effacer cet acte ineffaçable ? Avant, je me disais que, devant le cadavre d'un être aimé, je ne parviendrais jamais à prendre conscience de sa mort. Comment comprendre que quelqu'un n'est plus là alors qu'on l'a sous les yeux, en costume-cravate, comme il y a un instant ? Comment croire qu'il suffit d'oublier de respirer pour devenir un morceau de viande dont on se débarrasse en l'enfouissant sous terre trois jours plus tard ? Ne faut-il pas se mettre à crier « Au secours ! Il étouffe ! » ? Je dois te dire, Stephan, que je ne comprends plus ma crainte que l'on puisse douter de la mort et de sa portée. Tu es mort, mon ami, et tu reposes là comme si tu étais ta propre photographie, une photographie instable, qui jaunit à vue d'œil. On la jettera dans le four qu'on appelle crématorium. Tu brûleras et personne n'appellera à l'aide, et moi aussi, je me tairai.

Fabian s'approcha du bureau et sortit une cigarette de la caissette jaune en bois qui s'y trouvait depuis des années. Une gravure sur cuivre était accrochée au mur, un portrait de Lessing. « C'est de votre faute », dit Fabian à l'homme à la natte en désignant Labude. Mais Gotthold Ephraim Lessing ne prêta aucune attention au reproche qu'on lui adressait cent cinquante ans après sa mort. Il regardait droit devant lui avec sérieux et fermeté. Son visage large et rustique ne laissait rien paraître. « Bon », dit Fabian. Il tourna le dos au portrait et se rassit auprès de son ami.

« Tu vois, dit-il à Labude, ça, c'était quelqu'un – il fit un geste du pouce vers l'arrière. Il mordait, il cognait, il se bagarrait avec sa plume d'oie comme avec un sabre. Lui, il se battait, toi, non. Il ne vivait pas pour lui-même, il n'existait pas en tant qu'individu, il ne voulait rien pour lui. Et quand il s'est souvenu de lui, quand il a demandé au destin de lui accorder femme et enfant, tout s'est écroulé et l'a enseveli. Et c'était une bonne chose. Celui qui veut être là pour les autres doit rester étranger à lui-même. Il doit être comme un médecin dont la salle d'attente ne désemplit pas, et il faut qu'il y ait quelqu'un dont le tour ne vienne jamais et qui ne s'en plaigne pas. Est-ce ainsi que tu aurais voulu vivre ? »

Fabian caressa le genou de son ami et secoua la tête. « Je te souhaite bonne chance, parce que tu es mort. Tu étais quelqu'un de bien, tu étais un type honnête, tu étais mon ami, mais tu n'étais pas ce que tu voulais être par-dessus tout. Ce personnage n'existait que dans ton imagination, et lorsque ce rêve a été détruit, il n'est plus resté qu'un flingue et ce qu'il y a sur ce canapé. Vois-tu, il s'élèvera une bataille monumentale, on luttera d'abord pour pouvoir mettre du beurre sur son pain, puis pour avoir le canapé en peluche : les uns voudront le garder, les autres s'en emparer, il y aura un échange de baffes homérique et, pour finir, on réduira le canapé en pièces pour que personne ne puisse l'avoir. Parmi les meneurs de tous bords se trouveront des bonimenteurs qui inventeront des slogans ronflants et se soûleront la gueule avec leurs propres beuglements. Peut-être même verra-t-on chez eux deux ou trois hommes dignes de ce nom. S'ils s'avisent de dire la vérité, on les pendra. Toi, on ne t'aurait même pas pendu, tu serais devenu la risée de tous. Tu n'étais ni un réformateur, ni un révolutionnaire. Ne sois pas fâché. »

Labude semblait écouter. Mais ce n'était qu'une apparence. Le discours résonnait dans le vide, Fabian se sentit fatigué. Pourquoi ne pouvais-tu te contenter de trouver beau ce qui est beau ? songea-t-il. Tu aurais été moins blessé par tes déboires avec M. Lessing. Et à présent, tu serais peut-être à Paris au lieu d'être sur ce canapé. Tu aurais les yeux ouverts et, du haut du Sacré-Cœur, tu regarderais avec plaisir les boulevards scintillants au-dessus desquels l'air bouillonne. Ou bien nous nous promènerions ensemble à Berlin. Les arbres sont repeints à neuf, le ciel bleu est doré sur tranche, les filles appétissantes, et si l'une d'elles passe la nuit chez un producteur de films, on en cherche une autre. Mon vieil inventeur, lui, il aimait la vie ! Je ne t'ai pas encore raconté qu'il a séjourné dans mon armoire. Il avait son chapeau sur la tête et son parapluie à la main, comme s'il craignait qu'il pleuve dans la penderie.

Fabian n'avait sans doute pas dormi très longtemps lorsqu'il se réveilla en sursaut. Entendant des voix dans la rue, il s'approcha de la fenêtre. Une voiture s'arrêta devant la villa, le valet sortit de la maison et ouvrit la portière. Le conseiller juridique descendit du véhicule en brandissant un journal à l'adresse du domestique. Celui-ci acquiesça et désigna la fenêtre à laquelle Fabian était posté. Une femme voulut suivre l'avocat, il la repoussa sur le siège. La voiture repartit et, pendant qu'elle s'éloignait, la femme garda le visage pressé contre la vitre. Le conseiller juridique entra dans la maison, suivi du valet, qui gardait les bras levés pour le soutenir en cas de besoin.

Fabian sortit dans le couloir pour ne pas être là quand le père verrait son fils étendu mort sur le canapé. Le conseiller apparut dans l'escalier, il s'agrippait à la rambarde. Derrière lui, le vieux valet avec les mains tendues en geste de protection, mais le père de Labude ne s'effondra pas. Sans un regard pour Fabian, il pénétra dans la pièce allumée. Le valet ferma la porte et pencha la tête en avant pour savoir si sa présence était nécessaire. Mais on n'entendait rien. Debout devant la porte, chacun à sa place, Fabian et le valet prêtaient l'oreille avec attention sans se regarder. Leur compassion n'attendait qu'une lamentation ou un autre signe semblable pour se manifester. Cependant, il n'y avait pas le moindre bruit. Il était impossible de savoir ce qui se passait derrière la porte.

On sonna. Le valet entra dans la pièce, puis revint dans le couloir. « Monsieur le conseiller aimerait vous parler. » Fabian entra à son tour. Le vieux Labude était assis au bureau, la tête dans les mains. Au bout d'un moment, il se redressa, se leva pour saluer l'ami de son fils et eut un sourire forcé. « Les événements tragiques me restent étrangers, dit-il péniblement. Mes nombreuses plaidoiries et la routine procédurale ont donné au peu de compassion que m'autorise mon égoïsme un éclat trompeur, les choses ont plutôt tendance à s'y refléter qu'à susciter chez moi un intérêt sincère. » Il se retourna, regarda son fils, et l'on aurait dit qu'il voulait lui présenter ses excuses. « Il est inutile de se faire des reproches, poursuivit-il. Je n'étais pas un de ces pères qui vivent pour leur fils. Je suis un vieux monsieur épris de la vie et qui ne pense qu'à s'amuser. Or cette vie ne perd pas son sens à cause de cela. » Il désigna le cadavre. « Il savait ce qu'il faisait. Et s'il considérait que c'était ce qu'il y avait de plus intelligent, les autres n'ont pas à verser de larmes.

— À vous entendre parler de manière aussi calme, on serait justement tenté de croire que vous vous adressez des reproches, répliqua Fabian. Ce serait malvenu. La raison pour laquelle Stephan s'est suicidé se trouve en dehors de notre sphère.

— Que voulez-vous dire ? A-t-il laissé des lettres ?

— Juste un petit mot, dit Fabian pour toute réponse. Le conseiller privé a refusé l'habilitation de Stephan au motif que son travail était insuffisant.

— Je ne l'ai pas lu. On n'a jamais le temps. Était-il vraiment si mauvais ?

— Ce mémoire est l'un des meilleurs et des plus originaux que je connaisse. Le voici. » Il prit sur l'étagère une copie du manuscrit et la posa sur le bureau.

Le conseiller juridique la feuilleta, puis il sonna, se fit apporter l'annuaire et chercha un numéro. « Il est très tard, dit-il en prenant l'écouteur, mais tant pis. » On lui passa son correspondant. « Pourrais-je parler au conseiller privé ? demanda-t-il. Dans ce cas, passez-moi madame son épouse. Oui, réveillez-la au besoin. C'est de la part du conseiller Labude. » Il patienta. « Excusez-moi de vous déranger, dit-il. Je viens d'apprendre que votre mari est en déplacement. À Weimar ? Ah, pour le congrès de la société des amis de Shakespeare. Quand doit-il rentrer ? Je me permettrai d'aller le voir demain, à l'Institut. Savez-vous s'il a lu le travail d'habilitation de mon fils ? » Il écouta la longue réponse de son interlocutrice, prit congé, reposa l'écouteur et se tourna vers Fabian : « Est-ce que vous y comprenez quelque chose ? Le conseiller a dit récemment au cours d'un repas que ce travail sur Lessing était extrêmement intéressant et qu'il attendait avec impatience d'en lire les conclusions. Pour le moment, on ne semble pas être au courant de la mort de Stephan. »

Fabian se leva d'un bond avec agitation. « Il a fait l'éloge du travail de Stephan ? Refuse-t-on ce dont on fait l'éloge ?

— Il est plus fréquent d'accepter des travaux que l'on trouve mauvais, répondit le conseiller juridique. Voudriez-vous bien me laisser seul à présent ? Je vais rester avec mon fils et lire son manuscrit. Il y a consacré cinq ans, n'est-ce pas ? » Fabian acquiesça et lui serra la main. « Voilà la cause de sa mort », dit le vieux Labude en désignant le portrait de Lessing. Il décrocha la gravure, la regarda et la brisa sur le bureau sans manifester d'émotion particulière. Puis il sonna. Le valet apparut.

« Virez-moi cette saleté et apportez-moi du sparadrap », ordonna-t-il. Sa main droite saignait.

Fabian jeta un dernier regard à son ami mort. Puis il sortit et les laissa seuls.

Il était trop fatigué pour dormir et trop fatigué pour mobiliser la tristesse que réclamait cette journée. Le représentant bonnetier de la Müllerstraße se tenait la joue, son nom était bien Hetzer, n'est-ce pas ? Sa femme était au lit, insatisfaite, Cornelia, chez Makart pour la deuxième fois. Fabian voyait les événements comme des tableaux vivants, en deux dimensions, très loin à l'horizon de sa mémoire. Et le fait de savoir que Labude gisait mort sur le canapé d'une villa quelconque n'était pour le moment rien de plus qu'une pensée. La souffrance était comme une allumette qui s'était consumée et éteinte. Il lui revint à l'esprit une situation similaire qu'il avait connue dans son enfance : alors qu'un jour il avait longuement pleuré à cause d'un chagrin qui lui paraissait énorme et inguérissable, le réservoir de sa souffrance s'était retrouvé à sec. Sa sensibilité s'était engourdie, comme parfois la vie dans ses doigts après un spasme cardiaque. Le chagrin dont il était rempli était devenu insensible, la souffrance, glacée.

Fabian longea la Koenigsallee. Il passa devant le chêne de Rathenau. Dans l'arbre étaient suspendues deux couronnes. Un homme intelligent avait été assassiné au coin de cette rue. « Rathenau devait mourir, lui avait dit un jour un écrivain nationaliste. Il devait mourir, son orgueil était démesuré. Ce Juif voulait devenir ministre des Affaires étrangères de notre pays. C'est comme si un Nègre des colonies postulait pour le Quai d'Orsay. »

Amour et politique, ambition et amitié, vie et mort, plus rien ne le touchait. Réduit à sa seule compagnie, il marchait le long de l'allée plongée dans la nuit. Au-dessus du parc d'attractions, un feu d'artifice s'élevait dans le ciel et retombait en gerbes d'étincelles multicolores. Celles-ci se dissipaient à mi-chemin du sol, elles disparaissaient sans laisser de traces, et de nouvelles fusées jaillissaient dans les airs en crépitant. À l'entrée du parc, un écriteau annonçait que Fernando, le champion du monde du marathon de danse, voulait battre son propre record en dansant deux cents heures d'affilée. La consommation de vin n'était pas obligatoire.

Fabian s'assit dans une brasserie située juste devant le passage souterrain du métro de Halensee. Les conversations alentour lui paraissaient totalement dénuées de sens. Un petit zeppelin portant l'inscription « Chocolat Trumpf » en grandes lettres lumineuses survolait les têtes. Un train aux vitres éclairées passa sous le pont. Des autobus et des tramways se succédaient en longues chaînes dans la rue. À la table voisine, un homme dont la nuque avait glissé sur le col racontait des blagues à quelques femmes qui piaillaient comme si elles avaient des souris sous leurs jupes.

À quoi est-ce que ça rime ? se demanda-t-il. Il paya rapidement et rentra chez lui.

Sur la table étaient posées un certain nombre de lettres. Ses courriers de candidature lui étaient revenus. Nulle part il n'y avait d'emploi disponible, on lui exprimait ses regrets les plus respectueux. Fabian fit sa toilette. Plus tard, il se rendit compte qu'il était assis sans bouger sur le canapé, l'essuie-mains devant son visage humide, les yeux baissés, à fixer le tapis. Il se sécha, se débarrassa de la serviette, s'allongea et s'endormit. La lumière resta allumée toute la nuit.

CHAPITRE 20

La voiture de Cornelia • Le conseiller privé n'est pas au courant • Mme Labude s'évanouit

Quand il se réveilla, le lendemain matin, et qu'il vit la lumière allumée, les événements de la veille lui étaient sortis de l'esprit. Il se sentait abattu et malheureux, mais sans savoir pourquoi. Il ferma les yeux et ce n'est qu'à ce moment-là, et de façon très progressive, que sa tristesse prit corps. Il retrouva la mémoire de ce qui s'était passé, comme si on le lui jetait par la fenêtre depuis la rue. Il se rappela ce que la fatigue lui avait fait oublier et, sous l'effet de cette conscience, ses souvenirs s'enfoncèrent plus profondément, ils grossirent et se transformèrent au cours de leur chute, on aurait dit que leur poids augmentait, puis ils dévalèrent sur son cœur comme une averse de pierres. Il se tourna vers le mur et se boucha les oreilles.

Lorsqu'elle entra avec le petit déjeuner, Mme Hohlfeld ne cria pas au scandale en voyant la lumière et en constatant que Fabian était couché sur le canapé et non dans son lit. Elle posa le plateau sur la table, éteignit la lumière et fit tout ce que l'on faisait habituellement dans une chambre de malade. « Je vous présente mes plus sincères condoléances, dit-elle. J'ai lu la nouvelle dans le journal. C'est un coup dur pour vous. Et les pauvres parents. » Le ton et le registre partaient d'un bon sentiment. La sympathie était sincère. C'était insupportable.

Fabian prit sur lui et marmonna : « Merci. » Il resta couché jusqu'à ce qu'elle eût quitté la pièce, puis il se leva et s'habilla. Il fallait qu'il parle au conseiller. Depuis la veille au soir, il était tourmenté par un soupçon qui, en dépit de lui-même, devenait de plus en plus torturant. Il fallait qu'il se rende à l'université. Alors qu'il sortait de l'immeuble, une grande voiture privée s'arrêta devant l'entrée.

« Fabian ! » s'écria-t-on. C'était Cornelia, elle lui faisait signe depuis le véhicule. Tandis qu'il s'approchait, elle descendit de voiture.

« Mon pauvre Fabian, dit-elle en lui caressant la main. Je ne pouvais pas attendre jusqu'à l'après-midi, il m'a prêté la voiture. Est-ce que je te dérange ? » Elle baissa la voix. « Le chauffeur nous écoute. » Haussant de nouveau le ton, elle demanda : « Où vas-tu ?

— À l'université. Il s'est tué parce qu'on avait refusé son travail. Il faut que je parle au conseiller privé.

— Je t'emmène. Tu veux bien ? fit-elle. Conduisez-nous à l'université, s'il vous plaît », ordonna-t-elle au chauffeur. Ils montèrent dans la voiture et partirent en direction de la ville.

« Comment était-ce chez toi, hier soir ? s'enquit Fabian.

— Ne m'en parle pas, répondit-elle. Je pressentais qu'un malheur te menaçait. Makart me parlait du rôle que je devais jouer, mais je n'écoutais que d'une oreille tant j'étais inquiète. C'était comme avant un orage.

— De quel rôle s'agit-il ? » Il passa sous silence les pressentiments de Cornelia. Il détestait cette façon de lever le voile de l'avenir comme on soulève une couverture, et plus encore cette fierté rétrospective d'avoir eu raison avant l'événement. Quelle manière importune d'en user avec le destin ! Sa répugnance était sans rapport avec la possibilité d'avoir ou non des pressentiments. Il trouvait présomptueuse cette familiarité indue avec ce qui demeurait caché. Quelle que fût sa passivité, elle n'avait rien à voir avec une soumission à l'inéluctable.

« C'est un rôle très curieux, répondit-elle. Figure-toi que dans ce film je joue la femme d'un homme qui, pour satisfaire aux extravagances de son imagination, exige que je me métamorphose en permanence. C'est un type pathologique, il veut que je sois une jeune fille inexpérimentée, une femme raffinée, une créature vulgaire, une poule de luxe élégante et écervelée. Or, au bout d'un moment, il apparaît – mais cela, j'en prends conscience plus tardivement que lui et le spectateur – que je suis très différente de ce que je croyais. Nous serons tous les deux surpris du changement irrésistible qui va s'opérer en moi, contre son gré, et qui me fera devenir ce que j'ai toujours été. C'est-à-dire odieuse et despotique. Et ce conflit qu'il a créé par ses exigences lui fera connaître une défaite tragique.

— C'est une idée de Makart ? Méfie-toi, Cornelia, cet homme est dangereux. Il te fera jouer cette métamorphose tout en évaluant par-devers lui les chances que tu as de devenir réellement comme ça.

— Ce ne serait pas un mal, Fabian. C'est le genre d'homme à vouloir se faire marcher dessus. Ce film sera un apprentissage de la vie. »

Il fouilla dans ses poches à la recherche de la liasse de billets, en retira mille marks et les donna à Cornelia.

« Tiens, Labude m'a laissé cet argent, prends-en la moitié, je serai plus tranquille.

— Si seulement nous avions eu deux mille marks il y a trois jours », dit-elle.

Fabian observa le chauffeur, qui jetait constamment un coup d'œil inquisiteur dans le petit miroir concave. « Ta gouvernante va finir par nous envoyer contre un arbre. C'est devant que ça se passe ! » cria-t-il. Sur quoi le chauffeur suspendit temporairement sa surveillance.

« Cet après-midi, je viendrai sans lui, dit-elle.

— Je ne sais pas si je serai à la maison », répondit-il.

D'un geste timide, elle s'appuya un bref instant contre lui. « Je viendrai quoi qu'il arrive. Peut-être que tu auras besoin de moi. »

Il descendit devant l'université. Cornelia repartit avec son geôlier.

Le domestique de l'Institut lui ouvrit. Le conseiller privé n'était pas encore rentré de voyage, mais on l'attendait d'un instant à l'autre. Si son assistant était là ? Oui.

Dans l'antichambre se trouvaient le conseiller Labude et sa femme. Elle avait l'air très vieille, pleura quand Fabian la salua et dit :

« Nous ne nous sommes pas occupés de lui.

— Les reproches ne servent à rien, répliqua Fabian.

— Mais il était grand, n'est-ce pas ? » ajouta le conseiller. Sa femme eut un sanglot bruyant et il fronça les sourcils. « Cette nuit, j'ai lu le travail de Stephan, dit-il. Je ne connais rien à votre domaine et j'ignore si les principes de sa recherche sont justes. Mais l'intelligence et la pertinence de ses conclusions sont indubitables.

— Les principes eux aussi sont valides, confirma Fabian. Ce travail est magistral. Si seulement le conseiller pouvait arriver ! »

Mme Labude pleurait. « Pourquoi voulez-vous, maintenant qu'il n'est plus, lui voler la raison de sa mort ? demanda-t-elle. Venez, partons d'ici. » Elle se leva et empoigna les deux hommes. « Laissez-le en paix ! »

Mais l'avocat ordonna : « Assieds-toi, Luise. »

Le conseiller privé finit par arriver. C'était un homme d'une élégance désuète, aux yeux un peu trop saillants. Le valet de l'Institut le suivait dans l'escalier, une mallette à la main. « C'est épouvantable », dit le conseiller en s'approchant des parents de Labude, la tête penchée sur le côté. La femme de l'avocat pleura sans retenue lorsqu'il lui pressa la main, le vieux Labude lui-même était ému. « Nous nous connaissons, dit le vieil historien de la littérature à Fabian. Vous étiez son ami. » Il ouvrit la porte de son bureau, les invita à entrer, les pria de l'excuser un instant et, alors qu'ils étaient assis en silence autour de la table, se lava les mains comme avant une consultation médicale. Le domestique lui tendit une serviette.

Pendant qu'il se séchait, le conseiller déclara : « Je n'y suis pour personne. » Le valet sortit, le conseiller s'assit. « En achetant le journal à Naumburg, ce matin, la première chose que j'ai vue était la nouvelle du sort tragique de votre fils, expliqua-t-il. Serait-il indiscret de vous poser la question qui s'impose ? Qu'est-ce qui, au nom du Ciel, a pu le pousser à cette extrémité ? »

Le vieux Labude serra le poing. « Vous ne le devinez pas ? »

Le conseiller privé secoua la tête. « Je n'en ai pas la moindre idée. »

La mère de Labude joignit les mains. Son regard implorait les hommes d'en rester là.

Mais son mari se pencha en avant. « Mon fils s'est tué parce que vous aviez refusé son travail. »

Le conseiller privé tira un mouchoir en soie de sa poche et le passa sur son front. « Quoi ? » fit-il d'une voix éteinte. Il se leva en fixant ses hôtes de ses yeux globuleux comme s'il craignait qu'ils fussent devenus fous. « Mais c'est tout à fait impossible, chuchota-t-il.

— Si, c'est possible ! s'écria le conseiller juridique. Prenez votre manteau, accompagnez-nous et venez voir notre fils ! Il est sur le canapé, tout ce qu'il y a de mort. »

Les yeux écarquillés, le regard fixe, Mme Labude dit : « Vous le tuez une seconde fois.

— Mais c'est horrible ! » marmonna le conseiller privé. Il saisit le bras de l'avocat : « Moi, j'aurais refusé son travail ? Qui a dit cela ? Qui l'a dit ? s'écria-t-il. Je l'ai transmis au jury en disant que c'était ce que j'avais lu de plus abouti au cours de ces dernières années. Dans mon rapport, j'ai écrit que le Dr Stephan Labude pouvait espérer le plus vif intérêt de la part des spécialistes. J'ai écrit qu'avec cette contribution à l'histoire de l'*Aufklärung*, le Dr Labude rendait un service inestimable à la recherche contemporaine. J'ai écrit que jamais un étudiant ne m'avait présenté un écrit d'une telle importance et que je projetais de le publier sans délai dans les collections de l'Institut sous la forme d'un numéro spécial. Qui a pu prétendre que j'avais refusé ce travail ? »

Les parents de Labude étaient figés sur leurs sièges.

Fabian se leva. Il tremblait de tout son corps. « Un instant, dit-il d'une voix enrouée. Je vais le chercher. » Il sortit précipitamment du bureau, dévala l'escalier et se rendit dans la salle des catalogues. Penché sur un fichier, le Dr Weckherlin, l'assistant de l'Institut, triait des petites fiches cartonnées sur lesquelles étaient répertoriées les acquisitions récentes de la bibliothèque. Il leva la tête d'un air contrarié et plissa ses yeux de myope.

« Qu'est-ce que vous voulez ? demanda-t-il.

— Venez immédiatement chez le conseiller privé », répondit Fabian. Et, comme l'autre ne faisait pas mine de vouloir s'exécuter et, se bornant à un signe de tête, continuait de feuilleter son fichier, il l'attrapa par le col, l'arracha de sa chaise et le poussa vers la porte.

« Qu'est-ce qui vous prend ? » fit l'assistant. Pour toute réponse, Fabian lui décocha un coup de poing dans la figure. Weckherlin leva le bras pour se protéger et, sans plus discuter, grimpa l'escalier en trébuchant. Devant le bureau du conseiller, il eut une nouvelle hésitation, mais Fabian ouvrit brutalement la porte. Le conseiller et les parents de Labude sursautèrent. L'assistant avait le nez en sang.

« J'ai quelques questions à poser à ce monsieur en votre présence, déclara Fabian. Docteur Weckherlin, avez-vous dit hier à mon ami Labude que son mémoire avait été refusé ? Avez-vous dit que le conseiller renonçait à le communiquer aux membres du jury pour ne pas les importuner ? Lui avez-vous dit que ce refus signifié en privé était une manière de lui éviter une humiliation publique ? »

Mme Labude poussa un gémissement et glissa de sa chaise, évanouie. Personne ne vint à son secours. Weckherlin avait reculé jusqu'à la porte. Penchés en avant, les trois hommes attendaient sa réponse.

« Weckherlin », chuchota le conseiller privé en s'appuyant lourdement sur le dossier d'une chaise.

L'assistant plissa sa large figure pâle comme s'il voulait sourire et ouvrit plusieurs fois la bouche.

« Alors, ça vient ? » fit l'avocat d'un ton menaçant.

Weckherlin posa sa main sur la poignée de la porte et dit : « C'était juste une plaisanterie. »

Alors Fabian cria, c'était un son inarticulé, qui avait quelque chose d'animal. L'instant d'après, il bondit et se mit à frapper l'assistant, des deux poings, sans relâche, sans se demander sur quoi il cognait. Hors de lui, il frappait, tel un marteau mécanique, encore et encore. « Crapule ! » hurlait-il en lui assénant des coups en pleine figure. Weckherlin souriait encore, comme pour s'excuser. Il avait oublié qu'il avait eu le dessein de s'enfuir. La grêle de coups le fit tomber à genoux. Il se releva en s'agrippant à la poignée, la porte s'ouvrit brusquement. C'est alors qu'il se rappela ce qu'il voulait faire, il sortit dans le couloir, Fabian sur ses talons, tous deux s'approchèrent pas à pas de l'escalier qui conduisait au sous-sol, l'un cognant, l'autre saignant.

Attirés par le bruit, des étudiants se massèrent au pied de l'escalier. Ils restèrent là sans rien dire, dans l'expectative, comme s'ils sentaient que ce qui se passait en haut était juste. « Salaud ! » cria Fabian en envoyant à l'assistant un coup de poing qui l'atteignit sous le menton. Weckherlin tomba à la renverse, son crâne cogna sourdement contre une marche et il roula jusqu'au bas de l'escalier. Fabian dévala les marches et voulut se précipiter sur lui. Quelques étudiants le retinrent. « Lâchez-moi ! hurla-t-il en essayant comme un forcené de se libérer des bras qui l'enserraient. Lâchez-moi, je vais le tuer ! » Quelqu'un lui mit la main sur la bouche. Le valet de l'Institut s'agenouilla auprès de l'assistant. Celui-ci essaya de se redresser, mais retomba en gémissant. On le traîna jusqu'à la salle des catalogues.

À l'étage supérieur, le conseiller privé et le père de Labude s'étaient approchés de l'escalier. De longues plaintes s'échappaient du bureau, la mère de Stephan avait repris connaissance.

« Ah bon, ce n'était qu'une plaisanterie ! » fit l'avocat, et il eut un rire désespéré.

Le conseiller privé dit d'une voix tonitruante, comme s'il avait enfin trouvé une issue à la situation : « Le Dr Weckherlin est renvoyé. »

Les étudiants lâchèrent Fabian, qui baissa la tête, peut-être était-ce une manière de prendre congé, et quitta l'Institut.

CHAPITRE 21

Une juriste devient star de cinéma • Une vieille connaissance • La mère vend du savon noir

Cela n'avait été qu'une plaisanterie !

M. Weckherlin avait fait une blague stupide et Labude en était mort. Ce suicide n'en était pas un. Un employé subalterne du moyen haut-allemand l'avait assassiné. Il lui avait instillé des paroles empoisonnées dans l'oreille, comme de l'arsenic dans un verre. Pour s'amuser, il avait braqué son arme sur Labude et pressé la détente. Et le pistolet non chargé avait tiré un coup mortel.

Alors qu'il marchait dans la Friedrichstraße, Fabian avait encore sous les yeux le sourire lâche de Weckherlin et il se demandait avec un étonnement rétrospectif : pourquoi est-ce que j'ai tapé sur ce type comme s'il fallait l'anéantir ? Pourquoi avais-je plus de colère envers lui que de chagrin à cause de la fin absurde de Labude ? Un individu qui provoque un désastre sans l'avoir voulu ne mérite-t-il pas la compassion plutôt que la haine ? Pourra-t-il jamais dormir tranquille ?

Il comprit peu à peu l'instinct qui l'avait guidé. Weckherlin n'avait pas agi innocemment. Il voulait atteindre Labude, pas le tuer, mais le blesser. Le rival dépourvu de talent s'était vengé de celui qui le surpassait. Son mensonge était une grenade. Il l'avait jetée sur Labude, puis avait pris la tangente pour observer l'explosion de loin, avec une joie mauvaise.

Il s'était fait renvoyer, il avait reçu une correction. Mais n'aurait-il pas mieux valu qu'il ne perde pas son poste et ne se fasse pas rosser ? N'aurait-il pas mieux valu laisser perdurer ce mensonge puisque Labude était mort et que l'on ne pouvait rien y changer ? La veille, la mort de son ami l'avait empli de tristesse, à présent elle était source de déchirement intérieur. La vérité avait éclaté, mais qui en tirait profit ? Les parents de Labude, qui savaient désormais que leur fils avait été victime d'une infamie ? Avant qu'ils n'apprennent la vérité, il n'y avait pas de mensonge. Avec le triomphe de la justice, ce suicide était devenu une blague tragique. Fabian frissonna en pensant à l'enterrement de Labude. Il se voyait déjà dans le cortège funèbre, avec les parents devant le cercueil, le conseiller privé n'était pas loin, et la mère de Labude qui poussait un cri. Elle arrachait la voilette noire de son chapeau et s'effondrait en gémissant.

« Attention ! » cria quelqu'un d'un ton irrité. Sentant qu'on le poussait, Fabian s'immobilisa. Aurait-il dû passer cette histoire sous silence au lieu de chercher à l'élucider ? Aurait-il dû garder la vérité pour lui afin d'épargner les parents ? Pourquoi avait-il fallu que, jusque dans sa dernière lettre, Labude se montre pointilleux ? Pourquoi avait-il indiqué la raison de son acte ? Fabian se remit en marche. Il tourna dans la Leipziger Straße. Il était midi. Les employés de bureau et les vendeuses se pressaient aux arrêts et prenaient les autobus d'assaut, la pause repas était courte.

Si ce Weckherlin ne s'en était pas mêlé, si Labude avait su ce que l'on pensait réellement de son travail, il ne se serait pas tué. Mieux encore, ce succès lui aurait donné des ailes, il aurait adouci sa déception sentimentale et pansé les blessures de son ambition politique. Pourquoi avait-il passé cinq ans à écrire ce mémoire ? Il voulait s'apporter à lui-même la preuve de ses capacités. Il escomptait le succès, il l'avait intégré dans son évolution et son calcul s'était révélé juste. Pourtant, il avait accordé plus de foi au mensonge de Weckherlin qu'à sa propre conviction.

Non, Fabian ne voulait pas être là quand on expédierait son ami dans l'ici-bas. Il fallait qu'il quitte cette ville. Il regarda une des voitures qui passaient. N'était-ce pas Cornelia, là, à côté du gros homme ? Son cœur s'arrêta de battre. Ce n'était pas elle. Il fallait qu'il parte, rien ni personne ne pouvait le retenir.

Il se rendit à la gare. Il ne repassa pas chez la veuve Hohlfeld, il abandonna toutes ses affaires telles qu'elles étaient. En dépit de sa promesse, il ne retourna pas voir Zacharias, alors que le groupe de presse était tout près. Il se rendit à la gare.

L'express partait dans une heure. Fabian prit un billet, s'installa dans la salle d'attente et survola les journaux qu'il avait achetés. Le président des États-Unis proposait à l'Europe de suspendre le règlement des réparations de guerre pendant un an. L'Amérique découvrait qu'on ne pouvait pas conclure d'affaires avec un peuple que l'on prenait à la gorge. L'Amérique se montrait disposée à desserrer l'étau. Il fallait redonner un peu d'oxygène à l'Allemagne avant de se remettre à l'étrangler. La France s'insurgeait, elle craignait qu'on ne l'empêche de crouler sous l'or. Cependant, on avait bon espoir, disait l'article, que cette proposition serait acceptée. Commençait-on à comprendre ce que tout le monde savait ? Reconnaissait-on que la raison était ce qu'il y avait de plus raisonnable ? Peut-être Labude avait-il vu juste ? Peut-être n'était-il effectivement pas nécessaire de tabler sur l'élévation morale d'une humanité déchue ? Peut-être l'objectif des moralistes – et Fabian en était un – pouvait-il être atteint par le biais de mesures économiques ? L'exigence morale n'était-elle inaccessible que parce qu'elle n'avait pas de sens ? La question de l'organisation du monde se réduisait-elle à une question d'économie ?

Labude était mort. L'annonce du Président américain l'aurait enthousiasmé. Elle se serait insérée dans ses projets. Assis dans la salle d'attente, Fabian reprenait les termes de la pensée de son ami, mais ne pouvait se départir de son apathie. Désirait-il que la situation s'améliore ? Il voulait que l'homme s'améliore. À quoi bon l'amélioration de la situation si elle ne passait pas par celle de l'homme ? Il souhaitait à chacun dix poulets par jour, il souhaitait à chacun des toilettes avec haut-parleur, il souhaitait à chacun sept automobiles, une pour chaque jour de la semaine. Mais à quel résultat arriverait-on si l'on en restait là ? Voulait-on lui faire croire que l'homme deviendrait bon en vivant bien ? Dans ce cas, les propriétaires de champs pétrolifères et de mines de charbon avaient tout pour être des anges !

N'avait-il pas dit à Labude : « Ton paradis n'empêchera jamais les gens de se foutre sur la gueule » ? L'Élysée des barbares à vingt mille marks de revenu moyen, était-ce là un marché digne de ce nom ?

Alors que, assis sur son siège, il défendait sa position morale contre les analystes de la conjoncture, les doutes qui depuis longtemps le rongeaient, tels des vers, refirent leur apparition. L'individu humain, honnête, dont il souhaitait l'avènement était-il réellement souhaitable ? Le paradis sur terre, qu'il fût ou non réalisable, n'était-il pas, dans son idée même, un enfer ? Le règne de la noblesse d'âme était-il supportable ? Ne risquait-il pas au contraire de rendre tout le monde idiot ? Ne fallait-il pas plutôt privilégier l'économie planifiée fondée sur les intérêts personnels, sans compter qu'elle était nettement plus tolérable ? L'utopie de Labude n'avait-elle d'autre valeur que régulatrice, représentait-elle une réalité qu'il ne fallait ni désirer ni chercher à concrétiser ? N'aurait-on pas dit qu'il parlait à l'humanité comme à une amante – « Je voudrais décrocher les étoiles pour toi » – ? Promesse très louable, mais malheur à celui qui voulait la tenir. Que ferait la malheureuse amante de ces étoiles quand il les lui apporterait ? Labude était resté sur le terrain des faits, il avait voulu avancer et avait trébuché. Fabian, lui, flottait dans les airs parce qu'il n'était pas assez lourd, mais il était toujours vivant. Pourquoi vivait-il alors qu'il n'en voyait pas la raison ? Pourquoi son ami ne vivait-il plus alors que lui avait une raison de vivre ? Tel mourait qui voulait vivre et vice versa.

Dans les pages culture de la feuille de chou qu'il avait sur les genoux, il vit Cornelia. « *Une juriste devient une star de cinéma*, lisait-on en gros sous la photo. *Mlle Cornelia Battenberg, docteur en droit, a été découverte par Edwin Makart, le célèbre magnat de l'industrie cinématographique. Dans quelques jours, elle fera ses débuts dans le film* Les Masques de Madame Z. »

« Bonne chance », chuchota Fabian en adressant un signe de tête à la photo. Il revit Cornelia dans l'autre journal. Vêtue d'une imposante fourrure d'été, elle était assise au volant de la voiture qu'il connaissait. Un individu grand et gros était à côté d'elle, le découvreur apparemment. Supposition confirmée par la légende. L'homme avait l'air brutal et sournois, un diable sans instruction. Edwin Makart, l'homme à la baguette de sourcier, écrivait le journaliste. Sa dernière découverte s'appelait Cornelia Battenberg. Cette ancienne avocate stagiaire incarnait un type nouveau : la femme allemande intelligente.

« Bonne chance », répéta Fabian, les yeux rivés sur la photo. Cela lui paraissait si loin ! Il la contemplait comme s'il s'agissait d'une tombe. Des ciseaux invisibles, fantomatiques, avaient coupé tous les liens qui l'attachaient à cette ville. Il avait perdu son travail, son ami était mort, Cornelia entre les mains d'un autre, il n'avait plus rien à faire là.

Il arracha soigneusement la photo, la plaça dans son calepin et jeta le journal. Désormais, rien ne le retenait, il voulait retourner là d'où il était parti : à la maison, dans sa ville natale, chez sa mère. Cela faisait déjà un bon moment qu'il ne se sentait plus à Berlin, alors qu'il se trouvait encore à la gare d'Anhalt. Reviendrait-il ? Lorsque quelques personnes prirent leurs aises à la table à laquelle il était assis, il se leva, franchit le contrôle et s'installa dans le train, qui attendait le signal du départ.

Allez, partons ! La grande aiguille de l'horloge de la gare continuait sa progression. Partons !

Assis près de la vitre, Fabian regardait au-dehors. Les champs et les prés oscillaient comme sur un plateau tournant. Les poteaux télégraphiques faisaient des génuflexions. De temps à autre, on voyait dans ce paysage dansant des petits paysans nu-pieds qui agitaient la main d'un geste mécanique. Un cheval paissait dans une prairie. Un poulain batifolait le long de la clôture en remuant la tête. Puis ils traversèrent une sombre forêt d'épicéas. Les troncs étaient parsemés de taches grises. Les arbres paraissaient lépreux, comme sous le coup d'une interdiction de quitter la forêt.

Fabian eut l'impression qu'on cherchait à attirer son regard. Il se retourna et jeta un coup d'œil dans le compartiment. Les autres voyageurs, des gens indifférents, assis là avec indifférence, ne lui prêtaient aucune attention. Qui pouvait bien le regarder ? C'est alors qu'il découvrit, dans le couloir, Mme Irene Moll. Elle fumait une cigarette et lui adressa un sourire. Comme il ne bougeait pas, elle lui fit signe de la main.

Il sortit du compartiment.

« C'est scandaleux, cette façon de se courir après, dit-elle. Où vas-tu ?

— Je rentre à la maison.

— Montre-toi poli. Demande-moi où je vais, s'il te plaît.

— Où allez-vous ? »

Elle s'appuya contre lui et chuchota :

« Je prends le large. Un de mes gars a mouchardé. Je l'ai appris ce matin d'un policier dont j'ai doublé le salaire mensuel. Tu m'accompagnes à Budapest ?

— Non.

— J'ai cent mille marks. On n'a pas besoin d'aller à Budapest. On pourrait se rendre à Paris, via Prague ? On logerait au Claridge. Ou on louerait une petite villa à Fontainebleau.

— Non, dit-il. Je rentre à la maison.

— Viens avec moi, l'implora-t-elle. J'emporte des bijoux. Si on est fauchés, on fera chanter les vieilles biques qui se sont fait avoir. Je connais quelques détails intéressants, les œilletons ont du bon. Mais tu préfères peut-être l'Italie ? Que dirais-tu de Bellagio ?

— Non, répéta-t-il. Je rentre chez ma mère.

— Espèce de tête de mule, va ! chuchota-t-elle avec irritation. Faut-il que je me mette à genoux et que je te fasse une déclaration d'amour ? Qu'est-ce que tu as contre moi ? Tu me trouves trop dégourdie ? Tu préférerais une oie blanche ? J'en ai ma claque de courir après le premier pantalon venu. Tu me plais, on ne cesse pas de se croiser, ça ne peut pas être le hasard. » Elle prit sa main et lui caressa les doigts. « Je t'en prie, viens avec moi.

— Non, fit-il, je ne viendrai pas. Bon voyage. » Et il voulut regagner sa place.

Elle le retint. « Dommage, très dommage. Une autre fois, peut-être. » Elle ouvrit son sac. « Tu as besoin d'argent ? » Elle voulut lui glisser quelques billets dans la main. Il serra le poing, secoua la tête et retourna dans le compartiment.

Elle resta encore un moment à la porte à l'observer. Il regardait par la vitre. On traversa un village.

Il arriva vers six heures du soir. En sortant de la gare, il vit la Dreikönigskirche. Il lui sembla que l'église le regardait de haut : pourquoi personne ne vient-il te chercher aujourd'hui, et pourquoi arrives-tu sans bagages ?

Il suivit le Dammweg et traversa le vieux viaduc. Un interminable train de marchandises passa dans un grand fracas, faisant gronder les voûtes de pierre. La maison dans laquelle vivait autrefois le professeur Schanze avait été repeinte. Les autres avaient gardé les façades grises qu'il connaissait depuis son enfance. Dans le bâtiment qui faisait l'angle et qui appartenait à la sage-femme, Mme Schröder, un nouveau commerce avait ouvert, une boucherie, on voyait encore les pots de fleurs dans la vitrine.

Il se dirigea lentement vers la maison dans laquelle il était né. Comme la rue lui était familière. Il connaissait les façades, il connaissait les cours, les caves et les greniers, partout il était chez lui. Mais les gens qui entraient et sortaient lui étaient inconnus. Il s'arrêta. « *Vente de savons* », lut-il au-dessus d'un magasin. Une affichette était collée sur la vitrine : « *Rabais sur les savons de toilette. Savon Lavande : 20 pfennigs au lieu de 22. Savon Torpedo : 25 au lieu de 28.* »

Il s'approcha de la porte. Sa mère était derrière le comptoir, deux clientes lui faisaient face. Elle se pencha et posa un paquet de lessive sur la table, puis elle coupa un pain de savon de Marseille en deux. Elle prit ensuite du papier d'emballage et une cuillère en bois, préleva du savon noir dans la barrique, le pesa et l'enveloppa dans la feuille. Fabian sentit son odeur jusque dans la rue.

Il ouvrit la porte. La cloche tinta. La vieille femme leva les yeux et, de saisissement, laissa retomber ses mains.

Il se dirigea vers elle et dit d'une voix tremblante : « Maman, Labude s'est tué. » Et soudain, les larmes lui montèrent aux yeux. Il passa dans l'arrière-boutique, s'assit dans le fauteuil placé devant la fenêtre, regarda dans la cour, posa lentement la tête sur le rebord de la fenêtre et pleura.

CHAPITRE 22

Visite à la caserne d'enfants • Bowling au parc • Rencontre impromptue avec le passé

« Mais qu'est-ce qu'il a ? demanda le père le matin suivant.

— Il a perdu son travail, répondit la mère. Et son ami s'est suicidé, Labude, tu sais, il l'avait rencontré à Heidelberg.

— Je ne savais même pas qu'il avait un ami, répliqua le père. On ne me dit rien.

— Tu n'écoutes pas quand on te parle », dit la mère.

La cloche de la boutique tinta. Lorsque Mme Fabian revint, son mari lisait le journal.

« Et puis, il a eu une déception avec une jeune fille, reprit-elle. Mais il ne s'est pas étendu. Elle a étudié le droit et maintenant, elle fait du cinéma.

— Elle n'aurait pas dû gaspiller tout cet argent pour ses études, fit le père.

— Une jolie fille, ajouta la mère de Fabian. Mais elle vit avec un gros type, producteur de cinéma, un affreux bonhomme.

— Il va rester longtemps ? » demanda le père.

La mère haussa les épaules et se servit une tasse de café.

« Il m'a donné mille marks. C'est Labude qui lui a légué cet argent. Je vais le mettre de côté. Je pense que le gamin a pris un sacré coup. Et ça n'a rien à voir avec Labude ni avec l'actrice. Il ne croit pas en Dieu, ça doit être à cause de ça. Il n'a rien pour le soutenir.

— Quand j'avais son âge, ça faisait déjà presque dix ans que j'étais marié », rétorqua le père.

Fabian longeait la Heerstraße, passant devant la Garnisonkirche et les casernes. La place ronde gravillonnée qui s'étendait devant l'église était déserte. C'est là qu'il s'était trouvé, un soldat parmi des milliers d'autres, pantalon long, casque sur la tête, dûment équipé pour le prêche *feldgrau*[1], dix-sept ans, prêt à entendre le message du dieu allemand à ses armées. Quand était-ce déjà ? Il s'arrêta à la porte de l'ancienne caserne du régiment d'artillerie à pied et s'appuya contre les barreaux de fer. Rassemblement pour l'assignation des tâches, exercices de tir d'artillerie, tours de garde nocturnes, conférence sur l'emprunt de guerre, distribution de la solde, on avait fait tant de choses dans cette morne cour. N'y avait-il pas entendu les vieux soldats, sur le point de partir en manœuvres pour la troisième ou la quatrième fois, parier entre eux un pain de munition à qui serait de retour le plus vite ? Et n'avaient-ils pas refait surface une semaine plus tard, l'uniforme en lambeaux, avec une chaude-pisse de pure souche bruxelloise ? Fabian lâcha la grille et reprit

1. La couleur gris verdâtre de l'uniforme allemand.

son chemin, longeant les vieilles et pompeuses casernes de grenadiers et d'infanterie. Là, il y avait le parc de l'école qu'il avait fréquentée pendant des années avant de faire connaissance avec les rayures de canon, les binoculaires et les queues d'affût. La rue qui descendait vers la ville, il l'avait empruntée le soir en cachette pour rentrer à la maison voir sa mère quelques minutes. Établissement d'enseignement, école de cadets, hôpital militaire ou église, à la périphérie de cette ville tous les bâtiments avaient été des casernes.

La grande bâtisse grise avec ses tours d'angle pointues, surmontées d'ardoises, était toujours là, comme si elle était remplie jusqu'au toit de soucis d'enfants. Les fenêtres de la direction étaient, aujourd'hui encore, ornées de rideaux blancs, à l'inverse des nombreuses fenêtres noires et nues derrière lesquelles se trouvaient les classes, les salles communes des élèves, les vestiaires et les dortoirs. À l'époque, il croyait que l'énorme bâtiment s'enfonçait profondément dans le sol du côté de l'appartement directorial, tant la présence de ces rideaux lui paraissait un élément de poids. Il passa le portail et monta les marches. Des salles de classe s'échappaient des voix graves et claires. Le couloir désert en était rempli. Du premier étage lui parvenaient les sons d'une chorale et d'un piano. Dédaignant le large perron, Fabian gravit l'étroit escalier latéral. Il croisa deux petits élèves.

« Heinrich, dit l'un d'eux, il faut que tu ailles tout de suite chez la Cigogne pour chercher les cahiers.

— Il attendra », répliqua Heinrich en franchissant avec une lenteur têtue la porte vitrée pivotante.

La Cigogne, pensa Fabian, rien n'a changé. C'étaient les mêmes professeurs, les mêmes sobriquets. Seuls les élèves se renouvelaient. Les promotions se succédaient, on les éduquait, on les instruisait. Le concierge sonnait la cloche tôt le matin. Le marathon commençait : dortoir, lavabos, vestiaire, réfectoire. Les plus jeunes mettaient la table, allaient chercher les beurriers dans le réfrigérateur et les cafetières émaillées sur le monte-plats. Le marathon continuait : salle commune, ménage, salles de classe, enseignement, réfectoire. Les plus jeunes mettaient la table pour le déjeuner. Le marathon reprenait : temps libre, jardinage, match de football, salle commune, devoirs, salle de classe, réfectoire. Les plus jeunes mettaient la table pour le dîner. Le marathon encore et toujours : salle commune, devoirs, lavabos, dortoir. Les élèves de terminale avaient le droit de se coucher deux heures plus tard et fumaient en bas, dans le parc. Rien n'avait changé, seules les promotions se renouvelaient.

Au troisième étage, Fabian ouvrit la porte de la salle des fêtes. Prière du matin, prière du soir, grandes orgues, anniversaire de l'Empereur, commémoration de la victoire de Sedan, bataille de Tannenberg, drapeaux dans la tour, bulletins de Pâques, départ des incorporés, ouverture des cursus destinés aux combattants, grandes orgues et discours de fête pleins de piété et de dignité. Cette salle respirait l'unité, la justice et la liberté. Devait-on encore se mettre au garde-à-vous quand on croisait un professeur ? Le mercredi, on avait deux heures de sortie, le samedi, trois. Et quand on en était privé, était-on encore invité par l'inspecteur à découper les journaux avec une paire de ciseaux pour en faire du papier hygiénique ?

N'y avait-il pas eu aussi quelques bons moments ? N'avait-il fait que sentir le mensonge qui avait cours en ces lieux, et la violence secrète, mauvaise, qui transformait des générations entières d'enfants en fonctionnaires dociles et en bourgeois à l'esprit borné ? Il y avait eu quelques bons moments, oui, mais en dépit de tout cela. Il quitta la salle des fêtes et gravit le sombre escalier en colimaçon qui conduisait aux lavabos et aux dortoirs. Les châlits de fer se succédaient en une longue rangée. Aux murs, un alignement militaire de chemises de nuit. De l'ordre en toute chose. La nuit, les terminales qui remontaient du parc se glissaient dans les lits des élèves de cinquième et de quatrième. Effrayés, les petits se taisaient. De l'ordre en toute chose. Fabian s'approcha de la fenêtre. En bas, dans la vallée, la ville scintillait avec ses vieilles tours et ses terrasses. Il était si souvent venu ici sans se faire remarquer, pendant que les autres dormaient, pour contempler la ville et chercher du regard la maison où se trouvait sa mère malade. Il avait si souvent pressé sa tête contre la vitre et réprimé ses larmes. Il n'avait retiré aucun préjudice de tout cela, ni de la prison ni de ses pleurs refoulés, c'était un fait. À l'époque, on n'avait pas réussi à le soumettre. Certains s'étaient tués, pas beaucoup. Il y en avait bien plus qui étaient tombés à la guerre. Et par la suite, d'autres étaient morts. Aujourd'hui, la moitié de la classe avait disparu. Fabian redescendit l'escalier, sortit du bâtiment et se rendit dans le parc. Ils avaient trotté derrière une charrette à bras, munis de balais de bouleau, de pelles et de bâtons pointus pour ramasser les feuilles mortes et embrocher les papiers qui traînaient. Le parc était grand, il descendait vers une petite rivière.

Fabian reprit les vieux sentiers familiers, s'assit sur un banc, contempla la cime des arbres, puis poursuivit sa route, luttant vainement contre les effets de ce spectacle qui le ramenait vers l'enfance. Les salles, les pièces, les arbres, les parterres qui l'entouraient n'étaient pas une réalité, mais un souvenir. Il avait laissé son enfance en ces lieux, et voilà qu'il la retrouvait. Elle lui tombait dessus depuis les branches, les murs et les tours et s'emparait de lui. Il s'enfonçait de plus en plus dans ce sortilège mélancolique.

Il arriva à la piste de bowling, les quilles étaient en place. Fabian regarda autour de lui, il était seul. Il prit une grosse boule dans la caisse, leva le bras, s'avança et fit rouler la boule sur la piste. Elle effectua quelques petits sauts. La piste avait conservé ses irrégularités. Six quilles tombèrent à grand bruit.

« Qu'est-ce que c'est que ça ? s'exclama une voix irritée. Les étrangers n'ont rien à faire ici. » C'était le directeur. Il n'avait guère changé. Sa barbe assyrienne grisonnait juste un peu plus.

« Excusez-moi », dit Fabian. Il souleva son chapeau et voulut s'éloigner.

« Un instant ! » s'écria le directeur. Fabian se retourna. « Vous ne seriez pas un ancien élève ? » demanda l'homme. Puis il tendit la main. « Mais oui, Jakob Fabian ! Bienvenue ! Quel plaisir ! Vous avez la nostalgie de votre ancienne école ? » Ils se saluèrent.

« Les temps sont durs, déclara le directeur. L'époque est impie, les justes souffrent.

— Les justes ? répliqua Fabian. Qui sont-ils ? Donnez-moi leur adresse.

— Toujours le même, répondit le directeur. Vous étiez un des meilleurs élèves, un des plus insolents aussi. Alors, où cela vous a-t-il mené ?

— L'État s'apprête à m'accorder une petite rente.

— Chômeur ? fit le directeur d'un ton sévère. J'attendais mieux de vous. »

Fabian se mit à rire. « Les justes souffrent, déclara-t-il.

— Si seulement vous aviez passé votre examen d'État, dit le directeur. Vous auriez un métier à présent.

— Je l'aurais de toute façon perdu, rétorqua Fabian avec colère. Même si je l'avais exercé. Je ne vous surprendrai pas en disant que l'humanité, à l'exception des pasteurs et des pédagogues, ne sait plus où se trouve sa tête. La boussole est cassée, mais personne dans cette maison ne semble s'en être aperçu. Vous continuez de monter et de descendre en ascenseur, de la sixième à la terminale, pourquoi auriez-vous besoin d'une boussole ? »

Le directeur glissa ses mains sous les pans de sa redingote : « Je suis horrifié. Alors comme ça, vous n'auriez pas de tâche à accomplir ? Allez-y, forgez-vous le caractère, jeune homme ! Pourquoi avons-nous fait de l'histoire ? Pourquoi avons-nous lu les classiques ? Peaufinez votre personnalité ! »

Fabian regarda ce monsieur bien nourri, respirant la suffisance, et sourit. Puis il dit « Peaufinage de personnalité ! » et s'en alla.

Dans la rue, il tomba sur Eva Kendler. Elle était avec deux enfants et avait passablement grossi. Il fut même étonné de l'avoir reconnue.

« Jakob ! s'écria-t-elle en rougissant. Tu n'as pas changé. Dites bonjour à l'oncle Jakob ! » Les deux enfants lui tendirent la main et firent une petite révérence. C'étaient deux filles. Elles étaient encore plus à l'image de leur mère que leur mère elle-même.

« Ça fait au moins dix ans qu'on ne s'est pas vus, dit-il. Comment vas-tu ? Quand t'es-tu mariée ?

— Mon mari est médecin-chef à la Carolahaus, répondit-elle. On ne gagne pas très bien sa vie, là-bas. Ça ne suffit pas pour ouvrir son propre cabinet. Peut-être qu'il accompagnera le Pr Wandsbeck au Japon. Si ça en vaut la peine, je le suivrai avec les enfants. » Il acquiesça en regardant les deux petites filles. « Autrefois, c'était mieux, dit-elle à voix basse. Tu te souviens la fois où mes parents étaient partis ? J'avais dix-sept ans. C'est si loin. » Elle soupira et lissa le col marin de ses filles. « On n'a pas le temps d'avoir sa propre vie qu'on est déjà responsable de celle de ses enfants. Cette année, on ne partira même pas à la mer.

— C'est terrible, fit-il.

— Oui, allez, on y va. Au revoir, Jakob.

— Au revoir.

— Serrez la main à l'oncle Jakob. »

Les fillettes firent une révérence, se pressèrent contre leur mère et partirent avec elle. Fabian resta encore un moment sans bouger. Le passé avait surgi au coin de la rue, tenant deux enfants par la main, comme un étranger à peine reconnaissable, et il lui avait dit : « Tu n'as pas changé. »

« Alors ? Comment était-ce ? » demanda la mère. Ils avaient déjeuné et se trouvaient dans la boutique à déballer une caisse de blanchissant en poudre.

« Je suis monté du côté des casernes. J'ai aussi revu l'école. Et ensuite, j'ai rencontré Eva. Elle a deux petits enfants, son mari est médecin. »

La mère compta les paquets qu'elle avait rangés sur l'étagère. « Eva ? Oui, une jolie fille. Qu'est-ce qui s'était passé déjà ? Tu étais resté deux jours sans rentrer.

— Ses parents s'étaient absentés et j'avais dû lui délivrer un cours d'éducation sexuelle. C'était son premier et je m'étais acquitté de ma tâche avec un grand scrupule et un sérieux des plus vertueux.

— Je me suis beaucoup inquiétée, dit la mère.

— Mais je t'avais envoyé une dépêche !

— Les dépêches ont quelque chose de sinistre, expliqua-t-elle. Je suis restée assise devant pendant une demi-heure sans oser l'ouvrir. » Il lui tendait les paquets, la mère les empilait. « Est-ce que tu ne devrais pas plutôt rester ici pour chercher un emploi ? demanda-t-elle. Tu veux vraiment retourner à Berlin ? Tu ne te plais plus chez nous ? Tu pourrais emménager dans le séjour. Et puis, ici, les filles sont plus gentilles et moins folles. Qui sait, peut-être que tu trouveras une femme.

— Je ne sais pas encore ce que je vais faire, dit-il. Il est possible que je reste. Je veux travailler, je veux m'activer, je veux enfin avoir un but. Et si je n'en trouve pas, j'en inventerai un. Ça ne peut plus continuer comme ça.

— De mon temps, ce n'était pas pareil, fit-elle remarquer. Gagner de l'argent, c'était un but, se marier aussi, avoir des enfants.

— Peut-être que je m'y habituerai, répondit-il. Comment dis-tu, déjà ? »

Elle interrompit son rangement et proclama avec force : « L'homme est un animal routinier. »

CHAPITRE 23

Pilsner et patriotisme • Biedermeier à la turque • Fabian n'a pas besoin de payer

À l'approche du soir, Fabian se rendit dans la vieille ville. Du pont, il revit tous les bâtiments célèbres qu'il connaissait depuis toujours : l'ancien château, l'ancien Opéra royal, l'ancienne église de la cour, tout était merveilleux et ancien. La lune roulait très lentement du sommet de la tour du château jusqu'à celui du clocher, comme si elle glissait sur un filin métallique. La terrasse qui s'étendait au bord du fleuve était plantée de vieux arbres et de vénérables musées. Cette ville, sa vie et sa culture étaient à la retraite. Le panorama ressemblait à de luxueuses funérailles.

Sur la place du vieux marché, il croisa Wenzkat.

« Vendredi prochain, il y a une rencontre d'anciens élèves au restaurant de l'hôtel de ville, lui apprit celui-ci. Tu seras encore là ?

— Je l'espère, répondit Fabian. Si ça peut se faire, je viendrai. » Il voulut passer son chemin, mais l'autre l'invita à prendre un verre. Sa femme était en cure thermale depuis quinze jours. Ils se rendirent chez *Gaßmeier* et burent une Pilsner.

Au bout du troisième verre, Wenzkat se mit à parler politique.

« Ça ne peut pas continuer comme ça, maugréa-t-il. Je suis au Stahlhelm[1]. Je ne porte pas l'insigne, je ne peux pas m'engager publiquement avec mon cabinet. Mais ça ne change rien à l'affaire, il faut livrer le combat du désespoir.

— Vous n'irez même pas jusqu'au combat, dit Fabian. Vous en resterez au désespoir.

— Tu as peut-être raison, s'exclama Wenzkat en donnant un coup sur la table. Dans ce cas, on coulera, tonnerre de Dieu !

— Je ne sais pas si le peuple sera d'accord, objecta Fabian. Je vous trouve bien audacieux de vouloir le naufrage de soixante millions de gens rien que parce que votre sens de l'honneur est aussi chatouilleux que celui d'un dindon vexé et que vous mourez d'envie de vous taper dessus.

— Ça a toujours été comme ça dans l'histoire », proclama Wenzkat. Et il vida son verre.

« Et c'est bien pour ça qu'elle a cette tête ! s'exclama Fabian. On a honte en lisant ce genre de choses et on devrait avoir honte d'en bourrer le crâne des enfants ! Pourquoi faut-il toujours faire comme avant ? Si on avait été logique, on ne serait jamais descendu de notre arbre.

— Tu n'es pas un patriote, déclara Wenzkat.

— Et toi, tu es une bourrique, riposta Fabian. C'est bien plus regrettable. »

---

1. Une des organisations paramilitaires composées d'anciens soldats qui se créèrent après la défaite allemande en 1918.

Ils reprirent de la bière et changèrent prudemment de sujet.

« J'ai une idée formidable, dit Wenzkat. Allons faire un tour au bordel.

— Ça existe encore ? Je croyais qu'ils avaient été interdits.

— Oui, confirma Wenzkat. Ils sont interdits, mais il en reste quelques-uns. L'un n'empêche pas l'autre. Tu vas t'amuser.

— Je n'en ai aucune envie, répondit Fabian.

— On boira du champagne avec les filles. Le reste est facultatif. Allez, sois gentil, viens avec moi. Il faut que tu me surveilles pour que je ne cause pas de tracas à ma femme. »

La maison était située dans une petite rue étroite. Lorsqu'ils furent devant, Fabian se souvint que les officiers de la garnison avaient pour coutume d'y célébrer leurs orgies. C'était il y a vingt ans. La maison n'avait pas changé, peut-être s'y trouvait-il les mêmes filles. Wenzkat sonna. On entendit un bruit de pas, un œil les scruta par le judas, la porte s'ouvrit. Wenzkat jeta un regard inquiet autour de lui. La ruelle était déserte. Ils entrèrent.

Ils passèrent devant une vieille femme qui marmonna un salut et empruntèrent un étroit escalier en bois. La tenancière apparut en haut des marches et dit :

« Bonjour, Gustav, alors comme ça, tu viens nous rendre une petite visite ?

— Du champagne ! s'écria Wenzkat. Lilly est toujours chez vous ?

— Non, mais il y a Lotte. Elle a le cul qu'il te faut. Installez-vous ! »

La pièce dans laquelle elle les introduisit était hexagonale et aménagée dans un style Biedermeier mâtiné d'influences turques. La lampe diffusait une lumière rouge. Les murs étaient lambrissés et ornés d'incrustations et de femmes nues, et, des deux côtés, s'étalaient des coussins bas. Les deux hommes s'assirent.

« Les affaires ne semblent guère florissantes, dit Fabian.

— Tout le monde est fauché, expliqua Wenzkat. Et puis la profession a fait son temps. »

Trois jeunes femmes entrèrent et saluèrent l'habitué. Assis dans un coin, Fabian observait la scène. La tenancière apporta un seau, servit le champagne, s'écria « Santé ! » et l'on but.

« Lotte, dit Wenzkat, jouez-nous votre pièce ! »

Lotte était une grosse créature aux yeux rieurs. « D'accord », fit-elle en s'éclipsant avec une de ses compagnes. « Déshabille-toi », ordonna Wenzkat à celle qui était restée. Elle se leva, sortit de la pièce, revint un instant plus tard complètement nue et prit place entre les hôtes. Elle était grande, blonde de partout, et elle croisa les jambes. Wenzkat lui saisit les seins, les pinça et trinqua en son honneur. « Santé ! » dit-elle. Elle but à son tour et s'étira.

Lotte fit son apparition. Elle était vêtue en homme et déclama en gloussant : « Je rentre d'un long voyage. Où donc est ma femme ? » Sa collègue arriva, un châle de dentelle sur les épaules, et s'écria : « Enfin te voilà, cher époux ! Je me suis morfondue dans les larmes en t'attendant. »

Alors elles en vinrent aux agaceries, ainsi qu'il convient à des gens mariés qui se revoient après une longue absence. On échangea des propos salés, tout le vocabulaire érotique y passa, Lotte ôta son pantalon d'homme et l'on vit qu'elle s'était attaché un pénis en caoutchouc. Wenzkat éclata de rire et donna une tape sur les cuisses nues de sa voisine. Les deux femmes se livrèrent à des jeux divers, qui devenaient de plus en plus sérieux.

« Ça te plairait, ça, hein ! » s'exclama Wenzkat. Il se leva d'un bond et asséna une claque sur les fesses de Lotte. Elle piailla, se décolla de sa partenaire, embrassa Wenzkat et le poussa vers la porte en lui adressant des supplications à voix basse. Ils s'éclipsèrent. La seconde actrice, une créature mince et brune, se leva et vint s'asseoir à côté de Fabian.

Assis à la table avec la tenancière et deux femmes nues, il but du champagne en bavardant.

« Est-ce que c'est toujours aussi calme ? demanda-t-il.

— On a eu de la visite pour la fête de la chanson, dit la blonde en jouant pensivement avec ses mamelons. En un jour, j'ai eu dix-huit hommes. Mais la plupart du temps, on s'ennuie à mourir.

— On se croirait au couvent, renchérit la petite brune, l'air perdu, en se rapprochant de Fabian.

— Encore une bouteille ? proposa la tenancière.

— Je ne crois pas, non, répondit Fabian. Je n'ai que quelques marks en poche.

— Ah, mais on s'en fiche ! s'exclama la blonde. Gustav a de l'argent, lui. Et puis, il a un compte, ici. »

La tenancière sortit chercher une deuxième bouteille.

« Tu montes avec moi ? demanda la blonde.

— Je viens de faire remarquer que je n'ai pas d'argent, rétorqua-t-il, content de ne pas avoir à mentir.

— C'est désespérant, s'écria la blonde. Je ne suis tout de même pas entrée au bordel pour sécher sur pied ! Viens et apporte l'argent dans les prochains jours. »

Fabian déclina l'invitation.

Wenzkat revint au salon et se plaça à côté de la blonde.

« Pas besoin de t'asseoir à côté de moi », lança-t-elle, vexée.

Lotte arriva à son tour. Elle était nue et se tenait le postérieur à deux mains.

« Quel salaud ! se lamenta-t-elle. Toujours des coups ! J'en ai de nouveau pour trois jours avant de pouvoir m'asseoir.

— Tiens, dix marks de plus », déclara Wenzkat.

Elle rangea l'argent dans sa chaussure et, alors qu'elle se penchait, il lui donna une nouvelle claque sur les fesses. Furieuse, elle voulut se jeter sur lui.

« Assieds-toi ! » ordonna-t-il. Puis, entourant de son bras les hanches de la blonde, il dit : « On y va ? »

Elle le regarda d'un œil inquisiteur et répondit : « Oui, mais pas de coups, hein ! Moi, je suis pour la bonne vieille méthode. »

Il acquiesça. Elle se leva et passa devant lui, balançant ses attributs anatomiques.

« J'étais censé veiller sur toi, rappela Fabian.

— Bah, répondit l'autre, quand on a des soucis, on peut toujours les noyer dans l'alcool. » Et il suivit la femme.

La tenancière revint avec la deuxième bouteille et remplit les verres. Lotte pestait et montra les traces de coups. La petite brune tira Fabian par la manche et chuchota : « Viens dans ma chambre. » Il la regarda. Ses grands yeux étaient posés sur lui d'un air grave. « Je veux te montrer quelque chose », expliqua-t-elle tranquillement. Ils quittèrent la pièce.

La chambre de la petite personne nue montrait le même ameublement turc et de mauvais goût que le salon. Le lit était fleuri jusqu'à plus soif et couvert de dentelles. Les tableaux suspendus aux murs étaient absolument ridicules. Un poêle électrique réchauffait l'air. La fenêtre était ouverte. Trois plantes en pot s'épanouissaient sur le rebord.

La femme ferma la fenêtre, s'approcha de Fabian, le prit dans ses bras et lui caressa le visage.

« Qu'est-ce que tu voulais me montrer ? » demanda-t-il.

Elle ne dit rien. Elle ne montra rien. Elle le regardait.

Il lui donna une tape amicale dans le dos. « Je n'ai pas d'argent », rappela-t-il.

Elle secoua la tête, lui déboutonna son gilet, s'allongea sur le lit et le regarda d'un air d'expectative, sans bouger.

Il haussa les épaules, se déshabilla et la rejoignit. Elle l'enlaça avec un soupir. Elle s'abandonna tout en douceur, ses yeux graves rivés sur lui. Fabian se sentit gêné, comme s'il avait dévergondé une vierge. Elle resta silencieuse. Un peu plus tard, tout de même, sa bouche s'ouvrit et elle gémit, mais là aussi avec la plus parfaite retenue.

Ensuite, elle apporta de l'eau, prit deux flacons de substances chimiques, en versa quelques gouttes dans la cuvette et prépara l'essuie-mains.

Assis entre Lotte et la blonde, Wenzkat fit un signe de tête à Fabian. Il était fatigué. Ils terminèrent la bouteille et prirent congé. Fabian glissa deux pièces de deux marks à la petite brune. « C'est tout ce que j'ai sur moi », chuchota-t-il. Elle le regarda avec gravité.

Ils se dirigèrent tous vers l'escalier. Wenzkat se remit à parler haut et fort, il avait trop bu. Soudain, Fabian sentit une main dans sa poche. Lorsqu'il fut dans la rue, il fouilla dans son pantalon et en sortit les deux pièces de deux marks.

« Tu te rends compte ? dit-il. J'ai donné quelques marks à la petite et voilà qu'elle me les a rendus. »

Wenzkat bâilla bruyamment. « Ah, l'amour. Ça devait être important pour elle. Au fait, Jakob, si tu viens à la rencontre des anciens, motus, hein ! Et n'oublie pas, vendredi soir au restaurant de l'hôtel de ville. » Puis il s'en alla.

Fabian fit encore une promenade. Il n'y avait pas grand monde. Au coin des rues, quelques prostituées fumaient d'un air morose. Les tramways rentraient à vide au dépôt. Il s'arrêta sur le pont et baissa les yeux vers le fleuve. Les lampes à arc s'y reflétaient en tremblant, on aurait dit une succession de petites lunes tombées dans l'eau. Le fleuve était large. Il devait avoir plu dans la montagne. Sur les collines qui entouraient la ville brillaient une multitude de lumières papillotantes.

Pendant qu'il était là, Labude gisait dans une villa de Grunewald, et Cornelia reposait dans un lit à baldaquin au côté de M. Makart. Ils étaient tous les deux très loin. Fabian se trouvait sous un tout autre ciel. Ici, l'Allemagne n'avait pas la fièvre. Ici, elle souffrait d'hypothermie.

CHAPITRE 24

M. Knorr a des cors • Le Tagespost *cherche des gens sérieux • Apprenez à nager !*

Le lendemain, il se rendit à la boulangerie, d'où il appela le bureau de Wenzkat. Celui-ci était pressé, il était attendu au tribunal. Fabian lui demanda s'il connaissait quelqu'un qui cherchait un directeur.

« Va donc voir Holzapfel, lui conseilla Wenzkat. Il travaille au *Tagespost*.

— Qu'est-ce qu'il y fait ?

— Premièrement, journaliste sportif, et deuxièmement, critique musical. Peut-être qu'il saura quelque chose. Et rappelle-lui pour vendredi soir. Au revoir. »

Fabian rentra à la maison et déclara qu'il comptait se rendre dans la vieille ville pour voir Holzapfel, qui était journaliste au *Tagespost*. Peut-être celui-ci pourrait-il l'aider. La mère était dans la boutique, attendant la clientèle. « Ce serait formidable, mon petit, dit-elle. Que Dieu te garde ! »

Dans le tramway, un virage le fit entrer en collision avec un monsieur de grande taille. Ils se regardèrent d'un air contrarié. « Nous nous connaissons », déclara l'homme en lui tendant la main. C'était un dénommé Knorr, ancien lieutenant de réserve. Il avait eu en charge l'instruction militaire du groupe d'appelés dont Fabian avait fait partie pendant un an et s'était acharné sur ces gamins de dix-sept ans comme si le diable lui versait un pourcentage.

« Ôtez vite votre main, dit Fabian, ou je crache dessus. »

M. Knorr, de son métier agent de transport, suivit le conseil et eut un rire gêné. Car ils n'étaient pas seuls sur la plate-forme.

« Que vous ai-je donc fait ? demanda-t-il comme s'il ne le savait pas.

— Si vous n'étiez pas si grand, riposta Fabian, je vous en flanquerais une. Mais comme ma taille ne me permet pas d'atteindre votre honorable joue, je vais devoir procéder autrement. » Sur quoi, il écrasa les cors de M. Knorr avec une telle violence que celui-ci serra les lèvres et devint tout pâle. Autour d'eux, les gens se mirent à rire, Fabian descendit et fit le reste du trajet à pied.

Holzapfel, l'ancien camarade de classe, avait l'air extraordinairement adulte, il buvait de la bière en bouteille et était en train d'apposer des hiéroglyphes sur des jeux d'épreuves. « Assieds-toi, Jakob, dit-il. J'ai le programme des courses à corriger ainsi qu'un compte rendu général sur des concerts de piano. Ça fait un bail. Où est-ce que tu étais fourré ? Berlin, hein ? J'y retournerais bien. Mais impossible. Le boulot, la bière. Les durillons au cerveau, les durillons sur les fesses, les enfants qui grandissent, les petites amies qui rajeunissent, un jour ça finira par une pneumonie. » Tout en débitant ses inepties, il continuait tranquillement de corriger et de boire. « Koppel a divorcé, il a découvert que sa femme le trompait avec deux types. Il a toujours été bon mathématicien. Bretschneider a

société, de cette SARL ! Non. Il n'en était pas encore là. Gagner de l'argent n'était pas encore ce qui lui importait le plus.

Il décida de cacher à ses parents qu'il avait la possibilité de se caser au *Tagespost*. Il ne voulait pas se caser. Bon Dieu, il ne voulait pas ramper. Il décida de signifier son refus au directeur, et à peine avait-il pris cette résolution qu'il se sentit mieux. Avec les mille marks de Labude, il pouvait se rendre dans les monts Métallifères et s'installer dans une petite ferme tranquille. L'argent lui permettrait de tenir six mois ou un an. Il pouvait randonner tant que son cœur malade ne s'y opposait pas. Il connaissait les crêtes, les sommets et les villes miniatures par ses sorties scolaires. Il connaissait les forêts, les prairies de montagne, les lacs et les pauvres villages recroquevillés. D'autres partaient dans les mers du Sud, les monts Métallifères étaient moins chers. Peut-être parviendrait-il à se trouver, là-haut. Peut-être y deviendrait-il quelque chose comme un homme. Peut-être découvrirait-il sur les sentiers solitaires de la forêt un but qui méritait qu'on s'engage. Peut-être même n'avait-il besoin que de cinq cents marks. L'autre moitié, il pouvait la laisser à sa mère.

Allez, direction le giron de la nature, et que ça saute ! Le temps qu'il revienne, le monde aurait fait un pas en avant ou deux en arrière. Que celui-ci tournât dans un sens ou dans l'autre, tout valait mieux que la situation présente. Il aurait davantage de perspectives, qu'il s'agît de combattre ou de travailler. Il ne pouvait plus rester à l'écart, comme un enfant devant un tas d'ordures. Il n'était pas encore en mesure d'aider, de participer. Où aurait-il pu le faire et avec qui ? Visiteur du silence, il voulait guetter depuis la montagne le moment où il entendrait le signal du départ qui s'adressait à lui et à ceux de son espèce.

Il sortit du café. Mais n'était-ce pas une fuite ? Quand on voulait agir, n'en trouvait-on pas l'occasion à tout moment et en tout lieu ? Qu'attendait-il depuis toutes ces années ? Peut-être la confirmation qu'il était né pour être spectateur et non, comme il le croyait aujourd'hui encore, acteur sur le théâtre du monde.

Il s'arrêta devant des vitrines, vit des robes, des chapeaux et des bagues sans pourtant rien voir. Il se ressaisit devant une boutique de corsets. La vie était tout de même une des activités les plus intéressantes. Les bâtiments baroques de la Schloßstraße étaient toujours debout. Leurs constructeurs et leurs premiers occupants, eux, étaient morts depuis longtemps. Une chance que ce ne fût pas l'inverse.

Fabian traversa le pont.

Soudain, il vit un petit garçon qui se tenait en équilibre sur le parapet en pierre.

Fabian accéléra le pas. Il se mit à courir.

C'est alors que l'enfant vacilla, il poussa un cri perçant, fléchit les genoux, battit l'air de ses bras et tomba dans le fleuve.

Quelques passants qui avaient entendu le cri se retournèrent. Fabian se pencha par-dessus la large rambarde. Il vit la tête de l'enfant et ses mains qui frappaient l'eau. Il ôta sa veste et sauta pour le secourir. Deux tramways s'arrêtèrent. Les passagers en sortirent précipitamment pour observer la scène. Au bord du fleuve, des gens s'agitaient en tous sens.

Le petit garçon revint en pleurant jusqu'à la rive.

Fabian se noya. Il ne savait malheureusement pas nager.

Préface de Kästner à l'édition de 1946

Ce livre, qui a été publié dix ans après la Première Guerre mondiale, a suscité les appréciations les plus diverses. Et parmi ses laudateurs, il s'en trouve un certain nombre qui ne l'ont pas compris. Or il est très probable qu'aujourd'hui, un an après la deuxième grande guerre de notre siècle, on ne le comprendra pas davantage. Comment pourrait-il en être autrement ? L'énoncé des jugements de goût a été pendant une douzaine d'années l'apanage d'une clique de bureaucrates fascistes qui produisaient des opinions et des idéaux comme du pain d'épice cuit dans un moule. Ces formules toutes faites étaient livrées en petites bouchées et distribuées un peu partout. C'est à peine si la jeune génération sait encore que l'on peut se forger sa propre opinion. Et ceux qui s'y risquent ne savent pas comment s'y prendre. Autant essayer de fabriquer une tasse de porcelaine dans la cage d'un éléphant.

On comprendra donc encore moins qu'autrefois que *Fabian*, loin d'être « immoral », est au contraire un ouvrage hautement moral. Son titre initial, *Der Gang vor die Hunde*[1], avait paru insupportable à l'éditeur

1. Expression forgée à partir de la locution *vor die Hunde gehen*, qui signifie « connaître une fin misérable ».

d'origine, à l'instar de quelques chapitres un peu crus. C'était une façon de montrer, dès la couverture, que ce roman avait un objectif. Il voulait servir d'avertissement. Signaler l'abîme vers lequel l'Allemagne et avec elle l'Europe se dirigeaient. Il voulait, en usant des moyens appropriés, c'est-à-dire en l'occurrence de tous les moyens à sa disposition, forcer les consciences à entendre et à voir avant qu'il ne soit trop tard. On aurait aussi pu lui donner le titre d'une pièce souvent jouée vers 1930 : *Krankheit der Jugend*[1].

Un taux de chômage très élevé, une dépression morale succédant à la crise économique, un besoin frénétique de s'étourdir, des partis dénués de scrupules, tels étaient les signes avant-coureurs de la catastrophe qui menaçait. Sans excepter le calme avant la tempête, l'inertie des cœurs, semblable à une épidémie de paralysie. Certains voulaient lutter contre la tempête et le calme qui l'annonçait. Ils ne furent pas entendus. On préférait écouter les camelots de foire et les tambours qui vantaient leurs cataplasmes et leurs remèdes miracles. On leur courait après, droit vers l'abîme où nous sommes désormais arrivés, plus morts que vifs.

Ce livre, qui dépeint ce qu'était autrefois la grande ville, n'est pas un album de photographies mais une satire. Il ne décrit pas ce qui existait, il exagère. Le moraliste ne cherche pas à rendre une image fidèle de son époque, il lui tend un miroir déformant. Et pour ce faire, il ne peut trouver mieux que le procédé légitime de la caricature. Si celle-ci reste sans effet, c'est qu'il n'y a plus

1. « Le mal de la jeunesse ». Il s'agit d'une pièce du dramaturge Ferdinand Bruckner (1891-1958), qui dépeint les errements d'une jeunesse déçue et désorientée.

de remède. Voilà qui ne serait pas une rareté. Ce qui serait surprenant, en revanche, c'est que cela décourage le moraliste. Il est et restera toujours le défenseur des causes perdues. Cette place, il l'occupe au mieux de ses possibilités. Il a pour devise : Pourtant !

Erich Kästner,
Munich, été 1946

Postface

Erich Kästner est né à Dresde en 1899. Incorporé en 1917, il revient de la guerre avec une faiblesse cardiaque – trait que l'on retrouvera chez son héros Fabian. Après des études littéraires, il s'installe en 1927 à Berlin, où il se fait rapidement une place dans le milieu littéraire et journalistique. Sa carrière connaît un brusque coup d'arrêt avec l'arrivée des nazis au pouvoir. Dès 1933, Kästner se retrouve sur la liste des écrivains « interdits » dont les œuvres sont brûlées sur la place de l'opéra de Berlin. Mais, contrairement à d'autres, il refuse de quitter l'Allemagne – arguant notamment de son désir d'observer ce qui se passe. Se retranchant dans l'« émigration intérieure », il essaie de continuer à vivre de sa plume en écrivant des ouvrages apolitiques – œuvres de divertissement, livres pour la jeunesse, comédies de boulevard, quelques scénarios également, parfois sous pseudonyme. Il n'en sera pas moins soumis, à partir de janvier 1943, à une interdiction totale d'exercer.

Après la guerre, il reprend son activité littéraire en se consacrant surtout à la littérature de jeunesse, avec

Das doppelte Lottchen[1] (1949), *Die Konferenz der Tiere*[2] (1949), et en revenant sur les années de guerre et de dictature dans divers écrits, *Die Schule der Diktatoren*[3] (1956) et quelques ouvrages autobiographiques, dont son journal, *Notabene 45*. Il devient président du PEN-Club d'Allemagne fédérale de 1951 à 1962. Il meurt à Munich en 1974.

Au début des années 1930, Kästner est un écrivain très en vue. Il vient de publier un roman pour la jeunesse, *Émile et les détectives*, promis à une grande fortune littéraire et servi par une adaptation cinématographique, et a fait paraître de nombreux recueils de poèmes satiriques. Il est très présent à la radio, au théâtre, dans les cabarets, les journaux et les revues. Jusqu'en 1933, il écrira des milliers d'articles, de recensions de livres et de pièces de théâtre, s'illustrant aussi dans le poème politique. Bref, c'est un écrivain connu pour sa verve et son talent de caricaturiste.

Dès sa parution en 1931, et en dépit des corrections apportées par l'éditeur, soucieux d'atténuer les audaces de l'ouvrage, *Fabian* a frappé par la violence de sa charge satirique et par ce que d'aucuns ont appelé son « obscénité » – éternel procès. Le roman plonge son lecteur dans la société de l'époque – celle de la grande ville qu'est Berlin, creuset de tous les espoirs, de toutes les luttes et de toutes les défaites. On traverse l'ensemble des strates sociales, des plus misérables aux plus riches, mais partout c'est la même misère morale. Fortune ou dénuement, rien n'y fait : les mœurs sont corrompues, les esprits déré-

1. Traduit en français sous le titre *Deux pour une*.
2. *La Conférence des animaux*.
3. *L'École des dictateurs*.

glés et incapables de s'extraire des bornes étroites de leur égoïsme. Constat terriblement désabusé que celui fait par Fabian, perpétuellement déçu dans sa quête de sens. Comme l'indiquait le titre du roman, Fabian est un « moraliste », et c'est en moraliste qu'il observe ses contemporains et tente d'évaluer leur capacité à s'amender. Mais ce moraliste-là ne reste pas extérieur au monde qu'il scrute d'un œil impitoyable, il participe, il expérimente – voir sa fréquentation des cabarets, maisons closes et autres lieux de plaisir du Berlin nocturne – avec l'espoir tenace de découvrir une lueur dans l'obscurité.

L'une des trouvailles de Kästner est d'avoir fait du moraliste un personnage ancré dans la réalité sociale et économique de son époque, doté d'une sexualité affirmée et sans tabou, désireux de se confronter à ce qu'il voit et entend. Il n'en demeure pas moins, et c'est là sans doute le plus douloureux, fondamentalement étranger à ceux qu'il côtoie. Comme le dit un des personnages féminins et non des moindres – Irene Moll –, Fabian reste, en dépit de lui-même, séparé des autres par une vitre qu'il craint de voir se briser. Trop heureux, dans le fond, de cette protection, qui révélera bien vite son caractère illusoire.

Comment comprendre cette position de retrait ? Fabian en donne une formulation particulièrement éclairante au cours d'une discussion avec son ami Labude. Il appelle cela « traîner » : « Je traîne, dit-il, et je recommence à attendre, comme autrefois pendant la guerre, quand nous savions que nous allions être incorporés. Tu te souviens ? Nous écrivions des dissertations et des dictées, nous donnions l'apparence d'apprendre, mais que nous le fassions ou non n'avait pas la moindre importance, puisque nous devions partir à la guerre. N'étions-nous pas comme sous une cloche de verre d'où l'on pompe l'air, lentement mais sans relâche ? Nous commencions à gigoter, ce n'était pas l'exubérance, mais le manque d'oxygène. » Peut-être est-ce là une des clés du roman : cette « attente », cette démobilisation intérieure qui signe la vanité de toute action, de tout sentiment, de tout espoir dans une société qui n'a d'autre horizon que celui de la guerre, de la mort et de la destruction. Fabian est revenu vivant de la Grande Guerre, mais atteint au cœur – ce n'est pas un hasard. Cependant, le monde qu'il retrouve est défiguré, au sens propre. Il y a un passage bouleversant et d'une violence extrême sur les « gueules cassées », ces soldats physiquement détruits, que l'on maintient en vie au nom de principes humanitaires dont l'absurdité fait frémir. Et que l'on confine aux marges de la société, dans des endroits où ils continuent de végéter loin des yeux – et le plus souvent du cœur – de leurs proches, qui ignorent tout de leur sort. Visions de cauchemar, écho grinçant aux grimaces qui ont cours dans une société que l'on dirait tout droit sortie d'un tableau de George Grosz.

Dans cet univers, la sexualité s'affiche dans toute son impudeur et sa brutalité. D'Irene Moll, affligée d'une nymphomanie extravagante, aux filles de joie et à leurs clients, en passant par les artistes de l'atelier de Ruth Reiter, tous donnent libre cours à leur frustration, à leur recherche effrénée de plaisir sans que jamais il y ait quelque chose qui ressemble à un échange, à une relation consentie. Partout, toujours, la contrainte, l'asservissement, l'humiliation. « Décadence » des mœurs dans une société déboussolée, en bout de course ? On choisira plutôt d'y voir l'expression d'un désarroi qui s'exprime dans l'instinct le plus vital, le plus salutaire, mais sans que le cadre général offre désormais un semblant de sens et de raison.

Il y a pourtant une lueur d'espoir dans la rencontre entre Fabian et Cornelia. Un fugitif état de grâce, d'autant plus émouvant que chacun des partenaires a connu son lot de déceptions et d'amertume. Quelque chose se noue avec une sorte d'évidence et d'immédiateté, dans une joie quasi enfantine, facétieuse et impertinente. Rien de convenu dans cette relation, la sexualité, bien présente, se conjugue avec jeu et tendresse, amour même, disons-le. La chute n'en est que plus brutale. Les réalités économiques auront eu le dernier mot.

Qu'en est-il, dans ce contexte, de l'action politique ? Si Fabian ne croit pas à la possibilité de changer durablement la société, son ami Labude, lui, s'est lancé dans l'activisme politique, avec le désir de faire entendre la voix de la raison et de lutter contre tous les débordements, contre toutes les démagogies. Le duel risible entre le communiste et le national-socialiste devant le musée de la Marche de Brandebourg – fidèle reflet des affrontements de rue que connaissait alors l'Allemagne – montre de manière éclatante l'impasse dans laquelle on se trouve. Mais Labude ne tarde pas à se heurter à l'insuffisance de ses camarades de combat : « Nous avons fini par nous taper dessus », rapporte-t-il à Fabian. Échec, donc.

Rien d'étonnant, dès lors, à ce que Fabian se retrouve une fois de plus dans cette situation d'attente qu'il avait connue avant le premier conflit mondial. Mais cette fois, ce n'est pas une autre guerre mondiale qui menace, du moins ce n'est pas ce que suggère le texte. Ce que craint Fabian – sans le dire explicitement –, c'est une guerre civile. Une guerre intestine, qui amènerait l'organisme social à se considérer comme son propre ennemi et à se détruire lui-même. À cet égard, le rêve de Fabian est extraordinairement parlant : il met en scène une société fondée sur l'hypocrisie, le vol et la tromperie, qui finit sous les balles d'assassins non identifiés, mais dont on se doute qu'ils sont à l'image de leurs victimes.

Y a-t-il quelque chose à sauver dans cet univers d'une noirceur désespérante ? Sans doute. Quelques brefs moments de tendresse et d'amour, de compréhension et d'émotion. Les scènes avec la mère en offrent une illustration pleine de sensibilité et dépourvue de manichéisme. L'irritation n'est pas absente – notamment lorsque Fabian décèle chez sa mère un certain nombre de préjugés moraux –, mais elle ne prend jamais le pas sur l'amour et la complicité. Instants magiques avec Cornelia, tendresse inattendue d'une jeune prostituée dont on ne sait si elle a deviné la tristesse secrète de Fabian. Et puis il y a aussi ce que dissimulent les apparences. Derrière l'extravagance, l'impudeur, l'obscénité, il y a parfois – souvent – la détresse, la solitude, l'amour incompris : Irene Moll, amoureuse de Fabian ; Mucki, qui cherche à créer avec lui une idylle familiale à la fois risible et touchante ; Ruth Reiter, dévorée d'une passion sans espoir pour son modèle... Chacun est enfermé dans sa propre prison et tente de s'en évader par les moyens les plus dérisoires.

Le cynisme affiché par Fabian est évidemment une arme idéale face au règne de la violence et du désespoir. La raillerie, la provocation, la dénonciation semblent offrir une protection efficace lorsqu'on n'entrevoit plus d'issue. Le texte comporte quelques passages d'anthologie (dont on comprend qu'ils aient fait peur à l'éditeur d'origine), notamment la promenade en bus de Fabian et Labude au cours de laquelle les deux compères exécutent littéralement tout ce qui possède la plus haute charge symbolique dans la société : le pouvoir, la justice, l'armée... Pourtant le cynisme ne résiste pas toujours face aux agressions du quotidien, comme en témoignent les indignations et les révoltes de Fabian. L'une d'elles lui coûtera son emploi, l'obligeant à rejoindre l'innombrable cohorte des chômeurs de la république de Weimar. Avec le résultat que l'on sait.

La grande détresse de Fabian, tempérament trop sensible, en proie à des émotions fortes, tient en grande partie à une lucidité accompagnée d'une incapacité d'agir et de s'engager. Tout semble frappé de nullité à ses yeux. L'énergie n'est pas là, le désir, quoique présent, paraît dévitalisé. Quelque chose manque. Reste cette conscience qu'il faudrait non pas essayer de changer la société, mais s'attacher à faire changer les hommes. Comme si c'était l'un ou l'autre. Et comme si changer les hommes, seule voie d'avenir pour Fabian, était par définition une tâche irréalisable. On ne saurait rêver plus belle aporie.

Faut-il donc lire *Vers l'abîme* comme le roman d'un échec ? Une œuvre décrivant une réalité désespérante à seule fin de secouer les consciences, de les avertir de la catastrophe qui menace ? C'est une possibilité. Kästner lui-même a insisté sur le caractère d'avertissement qu'il souhaitait donner à son texte en une période cruciale de l'histoire de l'Allemagne et du monde.

Attardons-nous tout de même sur la fin, abrupte, brutale et d'une ironie cinglante : Fabian, sautant à l'eau pour sauver un enfant et se noyant parce qu'il ne sait pas nager alors que l'enfant regagne la rive par ses propres moyens. Fin absurde, assortie d'un titre de chapitre on ne peut plus grinçant : « Apprenez à nager ! »

Faut-il s'arrêter à l'absurdité de cet acte avorté, au même titre que toutes les tentatives antérieures de Fabian pour réussir à prendre pied dans la vie ? Sans doute conviendrait-il de replacer cette mort en apparence si stupide en relation avec une série d'autres actes qui semblent tisser un fil d'Ariane au sein d'un labyrinthe particulièrement obscur. Fabian, tout comme Labude, est un être profondément compatissant. D'une compassion étroitement associée à un sens poussé de l'absurde. Que l'on pense à sa bienveillance à l'égard du mendiant refoulé à la porte du restaurant ou du vieil inventeur excentrique privé de toit. Impulsion spontanée, qui le porte vers les individus en détresse et procède d'une révolte profonde et inguérissable. Fabian est sensible à la façon dont les êtres, broyés par des règles sociales impitoyables, se font dépouiller de leur dignité. À cet égard, l'épisode de la fillette surprise à voler dans le grand magasin est exemplaire. Le comportement des adultes présents – vendeurs, chef de rayon, clients – témoigne d'une perte d'humanité effrayante, contre laquelle Fabian s'élève avec une brutalité salutaire. Nul doute que l'enfance revête pour lui une valeur particulière, il n'est que de penser à son « retour aux sources » sur les lieux de son enfance après la trahison de Cornelia. Elle est probablement ce qui lui permet de s'ancrer dans l'existence ou, plus exactement, le seul, l'unique lien organique qu'il semble entretenir avec l'existence. Qu'il veuille, pour finir, sauver un enfant de la noyade au mépris de sa propre vie apparaît dès lors beaucoup moins surprenant. Et beaucoup moins absurde.

Qui plus est, cet acte n'intervient pas à n'importe quel moment du récit – et pas seulement parce qu'il clôt l'histoire de manière irrémédiable. Fabian s'est vu dépouiller de tout : de son emploi, de son amour, de son ami. Il est retourné dans sa ville natale, chez ses parents. On lui offre la possibilité de travailler dans un journal, peut-être même de retrouver un poste de publicitaire. Mais il faut bien un prétexte pour rendre cette seconde chance impossible : Fabian ne se sent pas l'envie d'aider au développement d'un journal « de droite ». Pure échappatoire, en réalité, qui lui permet de dire non, une fois de plus, et de cultiver le rêve d'une retraite dans la montagne, au moins pendant un temps, avec l'idée de se découvrir, de « devenir quelque chose comme un homme » et d'attendre le « signal » qui le rappellerait dans le monde. Mais là aussi, Fabian ne peut se leurrer : n'est-ce pas une réaction de fuite ? Celui qui veut agir en trouve toujours l'occasion, en tout lieu, à tout moment.

Or c'est à l'instant précis où, d'une certaine façon, Fabian n'a plus rien, pas même l'illusion de pouvoir accéder à lui-même, qu'il saute à l'eau pour sauver l'enfant. Suicide inconscient ? Peut-être. Mais tout de même : c'est la vue de la tête de l'enfant et de ses mains qui frappent l'eau qui le pousse à agir et à se précipiter dans le fleuve en *oubliant* qu'il ne sait pas nager. Qu'il n'ait pas les moyens de ses ambitions ne diminue en rien la valeur de son geste. Tout l'art, redoutable, de Kästner est d'avoir offert, au terme de ce roman, un acte d'amour inconditionnel dans ce qu'il a de plus absurde et de plus inéluctable. Sans le savoir, Fabian atteint ce moment où le soi s'efface complètement devant la pure impulsion du cœur, ce cœur malade qui n'en bat pas moins jusqu'au bout pour « sauver ». Et que le sacrifice soit – ou paraisse – vain ne change rien à l'affaire.

Il n'est évidemment pas question de présenter Fabian comme un personnage sacrificiel, mais plutôt de souligner que dans ce roman d'une grande violence satirique se joue souterrainement tout autre chose. Et que ce quelque chose fait exploser les limites étroites de l'univers décrit pour mettre au jour, à l'insu même des protagonistes, toute la violence désespérée de l'amour.

Il faudrait enfin signaler une dimension peut-être moins évidente, en tout cas rarement mentionnée, de ce roman : sa vertu poétique. Une poésie singulière, qui ne s'affiche pas, qui surgit à l'improviste, au détour d'une phrase : ainsi de Fabian, tout heureux à la vue de l'éclat jaune d'un réverbère sur le feuillage des arbres et pris du désir de longer les façades grises des immeubles. Poésie de la ville, au travers de descriptions brèves, de phrases courtes, qui traduisent un sens des lieux, des ambiances, toujours avec une grande économie de moyens. Berlin n'est pas simplement le décor dans lequel évoluent les personnages : la ville est intensément présente, dans toutes ses facettes. Pourrait-on imaginer l'action du roman ailleurs qu'à Berlin ?

La poésie naît aussi, d'une manière inattendue, de l'ironie constante de Fabian. Certains dialogues sont empreints d'une étrangeté qui fait basculer le lecteur dans un univers quasi surréaliste. Le décalage entre les situations et les propos de Fabian (voir, par exemple, la façon dont il s'adresse à la petite « voleuse » du grand magasin) transcende en quelque sorte la dimension satirique de l'ouvrage pour lui donner un caractère de singularité poétique. Et souligne aussi à quel point cette poésie est l'expression d'une émotion retenue qui, si elle n'a pas droit de cité, ne s'interdit pas l'incongruité ou le coq-à-l'âne pour pouvoir exister. Au lecteur d'y déchiffrer le message de la tendresse et de la compassion.

Il serait facile de réduire ce roman à une œuvre satirique, datée, dénuée de profondeur et de champ. Cette version plus conforme au projet initial de l'auteur, dans sa verdeur, ses contrastes et son acuité, devrait permettre de lui restituer toute sa complexité.

Corinna Gepner

Table

Composé par IGS-CP
à L'Isle-d'Espagnac (16)
cet ouvrage a été achevé d'imprimer
par CPI Firmin Didot
à Mesnil-sur-L'Estrée
pour le compte de S.N. Éditions Anne Carrière,
39, rue des Mathurins, 75008 Paris
en décembre 2015.

Imprimé en France
Dépôt légal : janvier 2016
N° d'édition : 796 – N° d'impression : 131647